EINE HEISSE ANGELEGENHEIT

Ein weiterer John Pickett Krimi

und

ICH SEHE DICH IN MEINEN TRÄUMEN

Eine John Pickett Kurzgeschichte

Sheri Cobb South

Übersetzt von Susanne Doering

John Pickett Krimiserie

IN MYLADYS SCHLAFZIMMER

ZU TODE GELANGWEILT

FAMILIENGRAB

TÖDLICHES DINER

EINE HEISSE ANGELEGENHEIT

1

*In dem sich im Königlichen Theater in der Drury Lane
Unheil zusammenbraut*

Als unterhaltsamer Abend war dies in jeder Hinsicht eine Enttäuschung gewesen, sinnierte Julia, Lady Fieldhurst, die Witwe des sechsten Viscount Fieldhurst. Einerseits war das Programm der Theater in dieser Fastenzeit des Jahres 1809 zwangsläufig nüchtern – obwohl, wie George, der siebente Viscount Fieldhurst und Cousin ihres verstorbenen Gatten, erwähnt hatte (mehrere Male), war es die Nüchternheit von Miltons *Samson Agonistes*, das das Königliche Theater in der Drury Lane zu einer passenden Zerstreuung für eine Frau machte, die noch immer in Trauer um ihren Ehemann war. Abgesehen davon, dass Samsons tragisches Schicksal auf der Bühne gespielt wurde, trug dazu auch Julias derzeitige Gesellschaft bei: Neben Lord Fieldhurst gehörte zu der Gesellschaft auch ihre Schwiegermutter, die verwitwete Viscountess. Keiner dieser beiden wäre ihre eigene Wahl für eine Begleitung gewesen, doch da ihre beste Freundin, Lady Dunnington, sich vor Kurzem mit ihrem ihr lange Zeit entfremdeten Ehemann versöhnt hatte und jetzt mit ihm den Winter auf dem Landsitz der Dunningtons in Sussex verbrachte, waren Julias Möglichkeiten begrenzt. Da sie ihrer eigenen Gesellschaft von Herzen überdrüssig war, hatte sie Georges Einladung dankbar, wenn nicht sogar begierig angenommen.

Wenn sie ehrlich zu sich selbst war, gab es einen weiteren Grund für ihre Enttäuschung bei der abendlichen Unterhaltung, der wenig mit ihrer gegenwärtigen Gesellschaft und noch weniger mit den Schauspielern auf der Bühne zu tun hatte. Zwischen den Akten ertappte sie sich, wie sie unten im Parkett nach der vertrauten Gestalt eines großen, jungen Mannes mit lockigem braunen Haar suchte, das er unmodisch lang und in einem nicht mehr modernen Zopf zusammengefasst hatte. Sie hatte keine Spur von ihm gesehen – was, wie sie streng zu sich selbst sagte, wahrscheinlich nur gut war. Als sie ihn das letzte Mal im Parkett gesehen hatte, hatte sie ihn in ihre Loge gerufen – eine impulsive Aktion, die Lord Fieldhurst und die Witwe aus Empörung dazu veranlasst hatte, sie wegen ihrer Sünden nach Schottland zu verbannen. Diese Buße hatte das kaum das gewünschte Ergebnis gezeigt: durch eine Reihe von Umständen, die sie nur dem Handeln eines mutwilligen Schicksals zuschreiben konnte, hatte sie sich am Ende in einer außerordentlichen Ehe mit eben dem jungen Mann wiedergefunden, nach dem sie jetzt im Parkett suchte.

Was sie brauchte, entschied sie, war ein Mord. Samson und seine schöne Verräterin waren vergessen; sie richtete ihr Opernglas auf die Logen auf der anderen Seite des Theaters, um sich unter ihren verschiedenen Bekannten umzusehen und zu beschließen, auf wen davon sie am ehesten verzichten könnte. Sie war noch immer mit diesem eher blutrünstigen Zeitvertreib beschäftigt, als der letzte Vorhang fiel. Das Orchester stimmte noch einmal die Ouvertüre an und die Witwe Lady Fieldhurst erwachte mit einem Schnauben.

„Nun, das war es wohl", verkündete Lord Fieldhurst, als er aufstand und sich streckte. „Wenn ihr so weit seid, Tante Fieldhurst, Cousine Julia, können wir gehen."

„Ja, George."

Julia machte jedoch keine Anstalten, ihm zu folgen, denn in diesem Moment hatte sie einen Blick auf einen Mann erhascht, der auf einer der Bänke unten saß, einen eher großen Mann mit braunem Haar, das in seinem Nacken zurückgebunden war. Sicher, seine Haare waren dunkler und nicht so lockig wie in ihrer Erinnerung, aber das Gedächtnis konnte einem doch Streiche spielen, nicht wahr? *Schau hoch*, dachte sie eindringlich, als könnte sie mit ihm durch pure Willenskraft kommunizieren. *Schau herauf.*

„Cousine Julia?", wiederholte George.

Wie zur Antwort auf ihr schweigendes Flehen wählte der

Mann im Parkett diesen Moment, um aufzublicken, und enthüllte ein unbekanntes Gesicht, das ein Jahrzehnt älter war als das, auf das sie gehofft hatte. Ja, das Gedächtnis konnte einem Streiche spielen. Mit einem Seufzer steckte sie ihr Opernglas in ihre Réticule und stand von ihrem Stuhl auf mit der Haltung eines Menschen, der seine Hoffnung endgültig fahren lässt.

Sie erlaubte George, sie am Ellbogen zu führen, während er ihrer Schwiegermutter seinen anderen Arm anbot, und zu dritt verließen sie die Loge und gesellte sich zu den eleganten Leuten, die die Treppe zum Erdgeschoss hinuntergingen. Hier mussten sie warten, während Umhänge geholt und Kutschen herbeigerufen wurden. Lord Fieldhurst legte der Witwe den Abendumhang um die Schultern, doch als er sich an Julia wandte, um dasselbe bei ihr zu tun, bemerkte sie in der Nähe der Tür einen Tumult. Sie ging auf das Geräusch zu und bemerkte es kaum, als der Umhang von ihren Schultern rutschte und wie eine Pfütze aus schwarzem Samt auf den Boden glitt.

„Sie sind weg, ich sage es Euch", beharrte eine elegant gekleidete Frau fortgeschrittenen Alters, die ihre knotigen Finger an ihren bloßen Hals drückte. „Sie sind gestohlen worden!"

„Ganz ruhig, Mylady", sagte der Majordomus des Theaters besänftigend. „Vielleicht sind sie nur heruntergefallen. Ein beschädigtes Schloss, vielleicht …"

„An den Oversley-Smaragden ist nichts ‚beschädigt‘",
teilte sie ihm eisig mit.

„Nein, nein, natürlich nicht", verbesserte er sich hastig.
„Trotzdem habe ich einen Diener geschickt, um in Eurer Loge
nachzusehen, nur für den Fall ..."

„Was ist los, Lady Oversley?", unterbrach Julia.

„Die Oversley-Smaragde sind verschwunden und dieser
Dummkopf besteht darauf, dass es meine Schuld wäre!",
erklärte die ältere Frau empört und deutete mit einer
verächtlichen Handbewegung auf den Urheber dieser
Kränkung.

„Ich bin sicher, dass ich nie gesagt habe ...", protestierte
der Majordomus, dessen Gesicht sich dann aufhellte, als er
den Diener zurückkommen sah. „Ah, da ist er ja! Hast du sie
gefunden, Edward?"

Edward schüttelte den Kopf. „Keine Spur von ihnen in
Myladys Loge, Sir."

„Nein, denn ich habe sie noch getragen, als ich aus der
Loge kam", sagte Lady Oversley. „Ich sage Euch, sie wurden
gestohlen! Und das passiert hier nicht zum ersten Mal, nicht
wahr? Erst vor zwei Wochen, nicht wahr, sind doch die
Rubine der Herzogin von Mallen aus genau diesem Theater
verschwunden?"

„Das ist die traurige Wahrheit, Mylady", räumte der
Majordomus ein, „doch ich versichere Euch, wir tun alles, was
wir können ..."

„Das scheint bei Weitem nicht genug zu sein", sagte Lady Oversley.

„Vielleicht solltet Ihr eine Nachricht in die Bow Street schicken", schlug Lady Fieldhurst mit vielleicht unangebrachtem Eifer vor.

„Einen Läufer anstellen?" Lady Oversley blickte bei der bloßen Vorstellung finster drein. „Es ist so unangenehm, einen Außenstehenden in private Angelegenheiten einzubeziehen. Der Skandal, wisst Ihr." Sie schüttelte missbilligend den Kopf und ihre Ohrringe, die anscheinend zu dem gleichen Set gehörten wie die verschwundene Halskette, blitzten grün auf.

„Aber Ihr wollt die Smaragde doch wiederhaben, nicht wahr?", beharrte Julia. „Wenn ich mich richtig erinnere, wurden die Rubine Ihrer Gnaden durch die Truppe der Bow Street wiederbeschafft."

„Das ist wohl wahr", gab Lady Oversley zu und schwankte deutlich. „Nun, ich …"

„Cousine Julia, komm sofort dort weg!" George, Lord Fieldhurst, schob sich durch die Menge, die sich um die verzweifelte Lady Oversley zu sammeln begonnen hatte. „Unsere Kutsche wartet und deine Schwiegermutter wird ungeduldig."

„Eine Minute noch, George." Sie drehte sich wieder zu der verwitweten Marchioness um. „Wenn Ihr eine Nachricht in die Bow Street schicken wollt, Mylady, kann ich gern mit

Euch warten, bis der Läufer ankommt. Ich hatte schon einmal mit ihnen zu tun, wie Ihr wisst."

„Ja, wegen dieser unangenehmen Angelegenheit mit Eurem Gatten, nicht wahr, und da war dieser junge Mann, der es schaffte, Euch von allen Beschuldigungen zu befreien?" Lady Oversley musterte sie einen langen Moment eindringlich und nickte dann. „Nun gut, Lady Fieldhurst. Ich werde Euer Angebot annehmen."

Julia war sich kaum bewusst, was danach geschah, obwohl sie vermutete, dass der Majordomus Edward oder einen anderen Diener mit einer Nachricht in die Bow Street geschickt hatte. Sie war sich auch kaum mehr als vage bewusst, dass George brummte und Mutter Fieldhurst stirnrunzelnd ihrer Missbilligung Ausdruck verlieh. Sie konnte nur daran denken, dass sie *ihn* wiedersehen würde, den Läufer aus der Bow Street, der nach dem Mord ihres Ehemannes ihre Unschuld bewiesen hatte und der in den Monaten seither eine zunehmend wichtige Rolle in ihrem Leben spielte. Und mit dem sie, jedenfalls dem Gesetz nach, rechtmäßig verheiratet war. Sie hatte ihn seit drei langen Monaten nicht gesehen, aber sie würde seine letzten an sie gerichteten Worte nie vergessen. *Ich liebe Euch ... Ich weiß, es gibt keine Hoffnung für mich ... Ich werde Euch nicht wiedersehen ...* Seine Stimme schwebte tagsüber am Rande ihres Bewusstseins und verfolgte sie nachts in ihren Träumen. Ihrer eigenen Gefühle war sie sich nicht sicher; sie scheute davor zurück, Empfindungen zu genau zu untersuchen, für die es keinen Ausweg zu geben schien. Welche Zukunft konnte es schließlich für eine Viscountess und einen Bow-Street-Läufer geben, ganz gleich, wie unwiderstehlich sie sich zueinander hingezogen fühlten?

Sie konnte jedoch kaum mit Lady Oversley über solche Dinge sprechen, daher begnügte sie sich damit, der verwitweten Marchioness Mr. Picketts Kompetenz, Intelligenz und Diskretion zu beschreiben. Trotz dieser Zusicherungen – oder vielleicht gerade deshalb – war Lady Oversley (wie sie Freunden gegenüber später gestand) überrascht, als etwa zwanzig Minuten später Edward die Ankunft des Läufers aus der Bow Street ankündigte. Die ältere der beiden Damen drehte sich um, um der jüngeren zu danken, dass sie bei ihr geblieben war, und sah Lady Fieldhurst die Tür mit einem solchen Ausdruck freudiger Erwartung beobachten, der nur, nun ja, als *bräutlich* bezeichnet werden konnte.

Im nächsten Moment betrat ein Fremder den Raum, ein Mann Mitte Dreißig mit strohfarbenen Haaren, einer auffälligen Nase und ziemlich kalten blauen Augen. Diese Person näherte sich Lady Oversley und führte eine tiefe Verbeugung aus, die irgendwie eher frech als respektvoll wirkte.

„Lady Oversley? William Foote vom Amt in der Bow Street, zu Euren Diensten."

„Mr. Foote." Die verwitwete Marchioness neigte majestätisch ihren Kopf. „Es ist gut, dass Ihr so rasch kommen konntet. Ich fürchte, mir ist ein ziemlich wertvoller Smaragdschmuck gestohlen worden."

Julias Strahlen verlosch plötzlich, sie konnte diesen Fremden, der eigentlich John Pickett hätte sein sollen, nur stumm anstarren. Endlich bemerkte sie, dass George an ihrem Arm zog.

„Komm schon mit, Cousine Julia", sagte er ungeduldig. „Hier gibt es für dich nichts mehr zu tun."

Wie betäubt vor Enttäuschung nickte sie wortlos und erlaubte ihm, sie wegzuführen.

„Ich hoffe, du bist glücklich, denn du hast dort eine ziemliche Szene veranstaltet", schimpfte er, als sie sich in der Kutsche niederließen und nach Westen in Richtung des eleganten Viertels von Mayfair fuhren. „Wirklich, Julia, wie kannst du erwarten, dass die Gesellschaft den Skandal um Cousin Fredericks Tod vergisst, wenn du darauf bestehst, jeden daran zu erinnern, dass du mit diesem Kerl aus der Bow Street befreundet bist? Eine Freundschaft, sollte ich hinzufügen, die dein verstorbener Ehemann zweifellos zutiefst missbilligt hätte."

Seine Strafpredigt drang kaum in Julias Bewusstsein, denn sie hörte eine ganz andere Stimme. *Ich werde Euch nicht wiedersehen ... Ich liebe Euch ... Ich werde Euch nicht wiedersehen ...* Es schien, dass er es ernst gemeint hatte. Was für ein Mann war das, der einer Frau seine Liebe erklärte und dann für immer aus ihrem Leben verschwand? Ihr Gehirn hatte die Frage kaum gestellt, als die Antwort bereits auftauchte: ein Mann, der glaubte, ihrer nicht würdig zu sein. Nein, berichtigte sie, ein Mann, der *wusste*, dass er nach jedem Maßstab der Welt, in der sie beide lebten, ihrer nicht würdig war.

„Die Abendpost, Mylady."

Sie blinzelte beim Anblick ihres Butlers, der ein silbernes Tablett mit ein paar Briefen darauf hinhielt; sie konnte sich nicht erinnern, sich von George und Mutter Fieldhurst verabschiedet zu haben, geschweige denn aus der Kutsche ausgestiegen zu sein und ihr eigenes Domizil betreten zu haben, so sehr war sie in ihrem eigenen Elend versunken.

Sie brachte ein schwaches Lächeln zustande. „Danke, Rogers."

Sie nahm die beiden Briefe und riss den einen eifrig auf, als sie Lady Dunningtons spinnenähnliche Handschrift auf ihm erkannte. Die kreuz und quer überschriebenen Zeilen waren voll mit „Dunnington dieses" und „Dunnington jenes", doch selbst das Wissen um das neu gefundene Glück ihrer Freundin war bittersüß, da ausgerechnet Mr. Pickett indirekt für diese Versöhnung verantwortlich war.

Die Handschrift auf der Vorderseite des anderen Briefes war ihr nicht vertraut. Sie erbrach das Siegel und entfaltete das einzelne Blatt. Es erwies sich, dass das Schreiben von Mr.

Walter Crumpton, Esquire, von Crumpton und Crumpton, Lincoln's Inn Fields, stammte, seit Generationen die Anwälte der Fieldhurst. Er freute sich (schrieb er), ihr mitteilen zu können, dass die Annullierung ihrer Ehe mit Mr. John Pickett am Mittwoch, dem fünfzehnten März, vor dem Kirchengericht verhandelt werden sollte, wonach sie hoffentlich dieses unangenehme Kapitel ihres Lebens würde hinter sich lassen können. Es war, erinnerte er sie, für sie unnötig, persönlich vor dem Gericht zu erscheinen. Außerdem hatte er sich erlaubt, Mr. Pickett noch am selben Abend per Post den Gerichtstermin mitzuteilen, sodass sie überhaupt keinen weiteren Kontakt zu diesem jungen Mann haben musste.

„Schlechte Nachrichten, Mylady?", fragte Rogers besorgt, als er hörte, wie seine Herrin einen leisen Jammerlaut von sich gab.

„Oh, nein!", sagte sie etwas zu fröhlich. „Eigentlich sehr gute Nachrichten! N–Nur unerwartet."

Natürlich waren es gute Nachrichten, ermahnte sie sich energisch. Es waren die Nachrichten, auf die sie seit November gewartet hatte, seit sie zum ersten Mal gehört hatte, dass sie versehentlich eine irreguläre schottische Ehe geschlossen hatten. Am fünfzehnten März, in nur drei Wochen, würde John Pickett so völlig aus ihrem Leben gelöscht werden, als hätte er es nie betreten. Es gab keinen Grund, überhaupt keinen Grund, sich zu fühlen, als würde ihr plötzlich der Boden unter ihren Füßen weggezogen, und noch weniger, als würden die Worte des Anwalts auf dem Papier verschwimmen, für die ganze Welt, als würden sich ihre Augen mit Tränen füllen.

2

In dem Mr. Colquhoun einen Plan ausheckt

M r. Patrick Colquhoun, Amtsrichter, musterte unter seinen weißen Brauen hervor die Gruppe von Männern, die sich in der Amtsstube der Bow Street versammelt hatten. Alle sechs Bow Street Läufer sowie die meisten der zahlreicheren, aber weniger angesehenen Männer der Fußpatrouille waren anwesend. Er hatte sie zusammengerufen zu dieser Besprechung, nachdem er spät in der vorhergehenden Nacht von der neusten Entwicklung in der jüngsten Reihe von Verbrechen, die seine geliebte Stadt heimsuchten, erfahren hatte.

„Ich setze voraus, dass die meisten von Euch inzwischen gehört haben, dass es letzte Nacht wieder geschehen ist", sagte er streng. „Die verwitwete Marchioness von Oversley hat ein wertvolles Smaragdhalsband im Königlichen Theater der Drury Lane verloren."

Ein junger Mann, der seine lockigen, braunen Haare im Nacken mit einem schmalen, schwarzen Band zusammengebunden trug, schaute von den Notizen auf, die er sich machte. „‚Verloren', Sir?"

Mr. Colquhoun grüßte den jungen Läufer mit einem Nicken. „So drückt der Majordomus des Theaters es aus. Nun, das möchte er gern, nicht wahr? Kann es dem Mann nicht verübeln, dass er nicht zugeben möchte, dass sein Theater ein beliebter Spielplatz für Juwelendiebe geworden ist. Wir jedoch brauchen keine solchen Skrupel zu haben. Wie Lady Oversley glaube ich, dass es ein Diebstahl war und behandele ihn auch so." Er schlug mit der Faust auf den Tisch. „Das geht nicht, Männer! Dies ist der zweite Fall in ebenso vielen Wochen, und der vierte seit Weihnachten."

„Aber alle bisher gestohlenen Juwelen sind doch wiederbeschafft worden, nicht wahr?", fragte ein anderer Läufer, dieser beträchtlich älter als der erste.

„Das stimmt, aber darum geht es nicht. Es steht mir bis zum Hals, Finderlöhne auszahlen zu müssen – obwohl mir klar ist, dass Ihr reichlich davon profitiert habt, Mr. Foote", fügte er unter einem Chor verstohlenen, neidischen Kicherns hinzu.

„Ich kann nicht verstehen, wie dieser Dieb den Schmuck direkt vom Hals der Damen nimmt", staunte Mr. Marshall, ein Läufer, der kürzlich als Invalide aus der Ersten Garde zu Fuß Seiner Majestät entlassen worden war.

„Das ist tatsächlich nicht so schwierig", warf der junge Läufer mit dem Zopf ein. „Alles, was es braucht, ist eine kurze Ablenkung."

„Ihr wisst das natürlich", sagte Mr. Foote mit einem anzüglichen Grinsen.

Der jüngere Mann erstarrte. „Ja, allerdings."

„Und ich jedenfalls bin froh, von Mr. Picketts einzigartigen Einblicken profitieren zu dürfen", sagte Mr. Colquhoun mit einem bösen Blick auf den ältesten der Läufer. „Doch wie ich sagte, ich denke, es ist höchste Zeit, dass wir diesen Diebstählen ein für alle Mal ein Ende bereiten."

„Aber wie, Sir?", fragte Mr. Pickett, die Stirn in nachdenkliche Falten gelegt.

„Wir werden eine Falle stellen", verkündete der Amtsrichter. „Am Freitag soll es eine außerordentliche Aufführung von Händels Oratorium *Esther* geben. Mehrere Mitglieder des Königshauses werden anwesend sein und unter den Gästen in ihrer Loge soll die russische Prinzessin Olga Fjodorowna sein. Sie ist die stolze Eigentümerin eines Diamantschmucks, dessen Steine die Größe von Vogeleiern haben sollen – ein unwiderstehliches Ziel für jeden Juwelendieb, dem werdet Ihr sicher zustimmen."

„Warum nicht Mr. Pickett schicken, um sie zu beschützen?", schlug Mr. Foote grinsend vor. „Er hat eine bekannte Vorliebe für Frauen über seinem Stand."

Diese Empfehlung löste eine Menge anzüglichen

Gelächters aus und Pickett rutschte errötend tiefer in seinen Stuhl.

„Da die Prinzessin Olga fast dreimal so alt ist wie Mr. Pickett, steht ihre Königliche Hoheit Euch im Alter weit näher als ihm", antwortete Mr. Colquhoun stirnrunzelnd. „Nein, Spaß beiseite, dies ist eine Aufgabe, die die Zusammenarbeit der gesamten Truppe erfordern wird. Ihr werdet alle an verschiedenen Stellen des Theaters Stellung beziehen. Die Prinzessin Olga und ihre Gesellschaft werden während der gesamten Zeit und aus jedem Winkel unter Beobachtung stehen. Wenn irgendjemand den Versuch machte, ihre Diamanten zu stehlen, wird er nicht weit kommen."

„Und was ist mit der Prinzessin selbst?", fragte Mr. Pickett. „Sicher kann es nicht richtig sein, sie in Gefahr zu bringen, auch nicht, um einen Dieb zu fassen."

Ein Mitglied der Fußpatrouille beugte sich vor, um einem seiner Kameraden etwas ins Ohr zu flüstern, und beide Männer kicherten. Pickett seufzte. Er wusste nicht genau, was gesagt worden war, aber er konnte es erraten. In solchen Zeiten war es verlockend, seinen Kollegen zu eröffnen, dass er tatsächlich mit der Viscountess Fieldhurst verheiratet war, nur um das befriedigende Gefühl zu erleben, dass ihnen der Mund sperrangelweit offen stehen blieb. Doch nein, das würde die Annullierung in drei Wochen nur umso schmerzhafter machen. Je weniger Menschen von seiner irregulären Heirat mit Lady Fieldhurst erfuhren, desto besser würde es am Ende sein.

„Für die Prinzessin wird es keine Gefahr geben, Mr. Pickett", versicherte der Richter ihm. „In der Tat wird die Dame, die die Diamanten trägt, gar nicht Prinzessin Olga sein, sondern eine ihrer Hofdamen. Die Prinzessin wird dort sein, aber zwischen dem restlichen Gefolge. Sie und ihre Hofdame werden für diesen Abend die Rollen tauschen."

„Und – Verzeihung, Sir, aber seid Ihr sicher, dass die Prinzessin damit einverstanden sein wird?"

„Damit einverstanden? Es war ihre Idee! Ihre Königliche Hoheit ist geradezu entzückt von ihrem eigenen Einfallsreichtum. Natürlich muss ich nicht darauf hinweisen, dass sie viel Vertrauen in Euch setzt – und dass ich davon ausgehe, dass ihr Vertrauen nicht fehl am Platze sein wird."

Ein zustimmendes Murmeln antwortete auf diese kaum verhüllte Drohung.

„Nun", fuhr Mr. Colquhoun fort, „habe ich Karten für jeden von Euch für die Aufführung am Freitagabend. Mitglieder der Fußpatrouille, Ihr werdet bei dieser Gelegenheit keine roten Westen tragen, sondern einfache Kleidung, um nicht auf Eure Anwesenheit aufmerksam zu machen. Mr. Dixon, Ihr werdet im Parkett sein und so nahe am Ausgang stehen, wie Ihr nur könnt. Ich fürchte, Ihr werdet keinen stets ungehinderten Blick auf die Königliche Loge haben, aber was wichtiger ist, Ihr werdet unsere letzte Verteidigungslinie darstellen, sollte unser Juwelendieb

21

erfolgreich sein und versuchen, aus dem Theater zu fliehen. Mr. Marshall, Ihr haltet Euch in der Galerie direkt unter der Königlichen Loge auf. Sollte Prinzessin Olga Euch brauchen, wird sie dreimal mit ihrem Stock auf den Boden ihrer Loge klopfen. Mr. Pickett, Ihr geht in der dritten Reihe der Logen in Position, direkt gegenüber derjenigen, die von der königlichen Gesellschaft besetzt ist. Ihr solltet einen hervorragenden Blick auf die Prinzessin haben, oder besser, auf ihren Ersatz. Mr. Griffin …"

Einer nach dem anderen erhielt jedes Mitglied der Truppe der Bow Street seine Anweisungen für den Abend, zusammen mit einer Eintrittskarte für das Theater.

„Wie, keine Karte für mich?", fragte Picketts Quälgeist, als die letzte Karte ausgehändigt und die letzte Anweisung ausgegeben waren.

Mr. Colquhoun schüttelte den Kopf. „Nein, Mr. Foote. Da Ihr gestern Abend auf Lady Oversleys Ruf dort gewesen seid, könntet Ihr von unserem Wild leicht erkannt werden. Ihr übernehmt hier den Dienst – schließlich muss jemand dafür sorgen, dass der Rest von London auf dem schmalen Pfad der Tugend bleibt. Ich hoffe um Euretwillen, dass es eine ruhige Nacht wird, denn ich kann nicht viele Männer entbehren, um Euch zu helfen."

„Ich bin sicher, dass ich zurechtkommen werde", sagte der älteste Läufer, obwohl sein mürrischer Gesichtsausdruck dem Richter zu verstehen gab, dass ihm dieser Auftrag nicht besonders behagte.

„Gut. Jetzt, wenn es keine weiteren Fragen gibt, betrachtet Euch alle als entlassen", sagte Mr. Colquhoun zu der gesamten Gruppe. „Ihr nicht, Mr. Pickett. Mit Euch möchte ich bitte ein paar Worte reden."

Pickett blieb zurück, bis die anderen sich zerstreut hatten und zermarterte sich den Kopf, ob er etwas getan hatte, um das Missfallen des Amtsrichters zu erregen. Da war zwar der andauernde Konflikt mit Mr. Foote, aber sicher konnte Mr. Colquhoun sehen, dass er nichts getan hatte, um den Mann zu provozieren. Da war natürlich seine Verbindung zu Lady Fieldhurst, die Mr. Colquhoun von ganzem Herzen missbilligte, aber das, so dachte er trostlos, würde ja bald der Vergangenheit angehören. „Ja, Sir?", fragte er, als sie sich relativ sicher sein konnten, unter sich zu sein.

„Vielleicht habt Ihr bemerkt, Mr. Pickett, dass Ihr, während die meisten Eurer Kameraden inmitten der *hoi polloi* Stellung beziehen sollen, Ihr in einer Loge stationiert seid. Da der Erfolg dieser Operation davon abhängt, dass jeder von Euch so unauffällig wie möglich wirkt, ist es unabdingbar, dass Ihr ausseht, als würdet Ihr dorthin gehören."

Pickett nickte. „Ich werde heute Abend meinen schwarzen Rock ausbürsten, Sir", versprach er.

Dieser Plan stieß beim Richter jedoch nicht auf Zustimmung. „Ich habe Euren schwarzen Rock gesehen, Mr. Pickett, und wenn er auch sehr gut für Auftritte bei Gericht im

Old Bailey dienen kann, reicht er doch nicht aus, wenn Ihr Euch als Gentleman ausgeben sollt."

„Er ist der beste, den ich habe", protestierte Pickett.

„Daran zweifle ich nicht. Zum Glück habe ich mit meinem Schneider sprechen können und er hat sich bereit erklärt, Euch für diesen Abend einen Anzug zu vermieten."

Pickett führte schnell ein paar mentale Berechnungen durch, die den Geldbetrag in seiner Tasche und die Anzahl der Tage betrafen, bis er das nächste Mal seinen Lohn erhalten würde. „Verzeihung, Sir, aber wie viel ...?"

Mr. Colquhoun hob eine Hand, um ihm zuvorzukommen. „Die Kosten werden von der Abteilung übernommen, Ihr braucht Euch deshalb also keine Gedanken zu machen. Ihr müsst heute Nachmittag in Mr. Meyers Geschäft in der Conduit Street vorbeischauen, damit bei Euch Maß genommen werden kann. Die Kleidung wird in meine Wohnung geliefert. Ihr könnt Freitagabend vor der Vorstellung das Diner mit mir einnehmen."

„Vielen Dank, Sir", sagte Pickett, eher verblüfft von dieser bisher beispiellosen Einladung. „Es wird mir eine Ehre sein."

„Unsinn! Meine Janet ist abwesend, auf einem Besuch bei Verwandten, daher bin ich für die nächsten Wochen Junggeselle. Kein Grund, warum Ihr nicht mit mir das Brot brechen solltet. Nach dem Essen könnt Ihr Eure geborgten Federn anlegen. Mein Kammerdiener wird Euch behilflich sein."

„Das ist sehr freundlich von Euch, Sir, aber ich habe mich all diese Jahre ohne Hilfe angekleidet …"

„Dessen bin ich mir bewusst, Mr. Pickett, aber da es darum geht, Euch so gut wie möglich wie einen Gentleman aussehen zu lassen, denke ich, dass es besser sein wird, wenn ich diese Verwandlung beaufsichtige."

Das Zwinkern in seinen Augen nahm diesen Worten alles Beleidigende und Pickett erwiderte das Schmunzeln. „Sehr wohl, Sir, ich werde versuchen, Euch nicht zu enttäuschen."

Der Ausdruck des Richters wurde ernst. „Da ist noch etwas …"

„Ja, Sir? Was gibt es noch?"

„Da es äußerst unüblich für einen Mann wäre, allein ins Theater zu gehen, wäre Eure Scharade vielleicht überzeugender, wenn eine Frau Euch begleiten würde. Nicht irgendeine Frau, wohlgemerkt, sondern eine Dame … eine, die in einer Loge selbst nicht fehl am Platze wirken würde und die nötigenfalls Euch daran hindern könnte, einen zu offensichtlichen Verstoß gegen die Etikette zu begehen. Kennt Ihr vielleicht eine solche Dame?"

Pickett lauschte dieser Rede mit aufsteigendem Unglauben und nicht geringem Hochgefühl. „Sir? Ihr … Ihr weist mich an, Lady Fieldhurst einzuladen, mich zu begleiten?"

„Ich tue nichts dergleichen! In der Tat, wenn Ihr

irgendeine andere Dame kennt, die sich dafür eignet, würde ich Euch dringend bitten, stattdessen diese zu wählen. Doch da ich den Verdacht hege, dass dies nicht der Fall ist, schätze ich, werden wir uns mit Mylady begnügen müssen."

„Aber Sir, Ihr wart damit einverstanden, mich nicht für Fälle einzuteilen, wo ich gezwungen sein würde, Lady Fieldhurst wieder zu begegnen", erinnerte Pickett ihn.

„Wenn ich mich richtig erinnere, habe ich zugestimmt – und das nur ungern –, Euch nicht nach Mayfair zu schicken", entgegnete der Richter daraufhin. „Das letzte Mal, als ich auf einen Stadtplan schaute, war Drury Lane nicht in Mayfair."

„Nein, Sir, aber – aber *warum*, wenn ich fragen darf?"

Mr. Colquhoun gab nicht vor, ihn falsch zu verstehen. „Um ganz ehrlich zu sein, Mr. Pickett, ich habe keine Ahnung", grummelte er. „Ich glaube, ich werde in meinem Alter weichherzig. Oder vielleicht bin ich es einfach leid, Euch trübe herumhängen zu sehen."

„Nicht mehr lange, Sir", versicherte ihm Pickett etwas trostlos. „Ich habe gestern einen Brief von Myladys Anwalt erhalten. Die Annullierung wird in drei Wochen vor dem Kirchengericht verhandelt."

„Hmm. Ich frage mich, ob das die Lage eher verbessern oder doch verschlechtern wird? Nun, wenn Ihr Mylady bitten wollt, Euch zu begleiten, schlage ich vor, dass Ihr das ohne weiteres Zögern tut. Frauen haben gern Zeit, um sich auf solche Dinge vorzubereiten, wie Ihr wisst – vorausgesetzt natürlich, dass sie Eure Einladung annimmt."

„Ja, Sir, danke, Sir! Das werde ich sofort tun", versprach Pickett, der beinahe über seine Füße fiel, um diesen Auftrag zu erfüllen.

Erst als er den Richter verlassen hatte, fiel ihm ein, dass es in gewisser Hinsicht peinlich sein könnte, sich Lady Fieldhurst zu nähern. Er hatte drei lange Monate nicht mit ihr gesprochen, doch die Umstände, unter denen sie sich getrennt hatten, nicht vergessen, und ebenso wenig seine letzten Worte an sie. *Ich liebe Euch ... Ich weiß, es gibt keine Hoffnung für mich ...* Er hätte so etwas nie gesagt, wenn er sich nicht ganz sicher gewesen wäre, dass er sie nicht wiedersehen würde. Er erinnerte sich daran, dass sie ihm zumindest nicht ins Gesicht gelacht hatte, aber dies war ein kleiner Trost; sie war zu gut erzogen – und vor allem zu freundlich –, um so etwas zu tun, ganz gleich, wie sie sich dabei fühlte. Er tröstete sich mit dem Wissen, dass er zumindest nicht die letzte Torheit begangen hatte, sie zu bitten, das Annullierungsverfahren fallen zu lassen und tatsächlich seine Frau zu sein.

Nein, dann wäre es zu demütigend, sie jetzt aufzusuchen. Und dennoch, die Versuchung, sie wiederzusehen, ganz gleich wie groß seine Verlegenheit sein mochte, war unwiderstehlich. Eines war sicher: Er würde seine Einladung schriftlich formulieren. Er würde sie nicht besuchen; nach dem, was sich bei ihrem letzten Zusammentreffen ereignet hatte, wagte er es in der Tat nicht, ihr in die Augen zu sehen, bis er nicht sicher war, dass sie ihn wiedersehen wollte.

Aus diesem Grund holte er Feder und Papier und begann, seine Bitte zu formulieren. Sollte er ihr versprechen, diese *andere Angelegenheit* nicht zu erwähnen, oder wäre es am besten, so zu tun, als ob es nie geschehen wäre? Er entschied, dass es am besten war, überhaupt nichts davon zu sagen; er schmeichelte sich nicht, in ihren Gedanken den gleichen Platz einzunehmen, den sie in seinen innehatte, sodass es durchaus möglich war, dass sie die Erklärung bereits vergessen hatte, die ihn immer noch mit der Erinnerung an seine eigene Dummheit plagte. Wenn das tatsächlich der Fall wäre, wäre es äußerst dumm, sie daran zu erinnern, indem sie versprach, es nicht zu erwähnen. In der Tat wäre es wahrscheinlich eine gute Idee, von Anfang an deutlich zu machen, dass es auf Mr. Colquhouns Geheiß war, dass er ihr überhaupt schrieb. Ja, entschied er, das war der richtige Weg.

Mylady Fieldhurst, schrieb er, *im Rahmen einer laufenden Untersuchung ist es notwendig, dass ich am Freitag, dem 24. Februar, die Aufführung von Händels Esther im Königlichen Theater in der Drury Lane besuche. Mein Richter, Mr. Colquhoun, ist der Meinung, dass meine Anwesenheit dort weniger auffällig erscheinen würde, wenn ich in Begleitung einer Dame erschiene. Da meine Bekanntschaft mit Damen höheren Standes begrenzt ist, frage ich mich, ob Ihr mir wohl den Gefallen tun würdet, mich bei dieser Gelegenheit zu begleiten.* Nach einigem Zögern fügte er vielleicht etwas von der völligen Wahrheit abweichend hinzu: *Mr. Colquhoun schließt sich meiner Bitte an.* Er unterschrieb mit: *Ihr John Pickett*, und fügte dann ein Postskriptum hinzu: *P.S. Ich verspreche, Euch nicht ins Parkett zu führen.* Er las dieses vorzügliche Beispiel eleganter Korrespondenz mehrere Male und dann, als er entschied, dass er daran nichts verbessern könnte, faltete er ihn zusammen und übergab ihm einen Boten mit der Anweisung, dass er zu Händen von Lady Fieldhurst in der Curzon Street Nummer zweiundzwanzig abzugeben wäre.

* * *

Lady Fieldhurst, die diese Mitteilung ungefähr eine Stunde nach dem Verfassen las, war sich nicht ganz sicher, was sie davon halten sollte. Beim ersten Lesen schien es fast so, als würde er sie unter Zwang einladen; mit Sicherheit handelte er eher nach den Anweisungen von Mr. Colquhoun als nach seiner eigenen Neigung. Sie erinnerte sich daran, dass seit seiner Erklärung drei Monate vergangen waren und dass sich seine Gefühle geändert haben könnten; er hätte sogar eine andere Frau kennengelernt haben können, eine Frau, die nicht zu den „Damen besseren Standes" gehörte und daher nicht in der Lage war, ihn bei dieser besonderen Gelegenheit zu begleiten. Dann kam sie zu seinem Postskriptum und lächelte. Mr. Pickett war von einer so liebenswürdigen Unbeholfenheit, erinnerte sie sich. Seine distanzierte, fast kalte Einladung war zweifellos auf die Verlegenheit zurückzuführen, sie wiederzusehen, wenn man an seine Liebeserklärung bei ihrem letzten Zusammentreffen dachte. Nun, sie würde es vielleicht auch ein wenig peinlich finden, aber ein paar Minuten des Unbehagens könnten mit Sicherheit nicht schlimmer sein, als drei Monate Einsamkeit und Kummer es gewesen waren. Wie unglücklich die Einladung auch formuliert war, seine Einladung war die Antwort auf Gebete, die zu sprechen sie sich nicht einmal bewusst gewesen war.

Sie gab dem Boten Anweisung zu warten, nahm das Briefchen mit zu ihrem Schreibtisch und setzte sich hin, um eine Antwort zu verfassen. Diese war in ihrer Kürze fast schroff, doch als sie sie noch einmal durchlas, fügte sie nur am Ende noch ein Wort hinzu, bevor sie sie dem Boten übergab.

* * *

Die Messingglocke über der Tür klingelte einen fröhlichen Gruß, als Pickett Mr. Meyers Geschäft in der Conduit Street betrat. Dort jedoch schien er keineswegs erwartet zu werden. Er stand unbeholfen am Eingang, unsicher, wie er fortfahren sollte. Wäre der Zweck seines Hierseins es gewesen, Erkundigungen wegen einer Ermittlung einzuziehen, hätte er nicht gezögert, den ersten Angestellten, den er sah, um ein Gespräch mit Mr. Meyer zu ersuchen. Aber er hatte nie die Mittel gehabt, Kleidung zu kaufen, die speziell auf seine Maße zugeschnitten war, und er war sich überhaupt nicht sicher, wie das vor sich ging. Was dabei wohl eine wesentliche Rolle spielte, war die Tatsache, dass Prinzessin Olga und ihre märchenhaften Diamanten irgendwie zwischen Bow und Conduit Street aus seinem Kopf verschwunden waren und es seine erste Sorge war, sich in einen akzeptablen Begleiter für Lady Fieldhurst zu verwandeln.

Und noch nie war er sich seiner Mängel so bewusst gewesen. Es waren etwa ein halbes Dutzend Gentlemen im Laden, von denen sich nur drei Mühe gaben, aufzublicken, als die Glocke Picketts Eintritt ankündigte. Einer von ihnen, ein silberhaariger Mann mittleren Alters, der vor einem Spiegel stand und den Sitz eines schwarzen Abendrocks und eng anliegender Kniehosen bewunderte, hielt lange genug inne, um den neu Eingetretenen mit verächtlich gekräuselten Lippen zu mustern, bevor er seine Aufmerksamkeit wieder dem viel befriedigenderen Anblick seines eigenen Spiegelbildes widmete. Zwei jüngere Stutzer, die beide etwa in Picketts Alter waren, unterbrachen ihre Diskussion über die Vorzüge von flaschengrüner Wolle im Gegensatz zu maulbeerfarben lange genug, um Scherze auszutauschen, von denen Pickett nur die Worte „Trottel" und „vom Lande" verstand.

Nach einer Zeit, die Pickett eine Ewigkeit zu sein schien (obwohl es sich in der Tat um nicht mehr als dreißig Sekunden handelte), trennte sich ein kleiner, drahtiger Mann mit einem um den Hals gehängten Maßband von seinen adligen Kunden und trat auf ihn zu, um ihn zu begrüßen.

„Ja, Sir?", fragte er. „Wie kann ich Euch dienen?"

„Mr. Meyer?" Nachdem Pickett ein zustimmendes Nicken erhalten hatte, fuhr er mit größerem Selbstvertrauen fort und befand sich endlich auf bekanntem Boden. „John Pickett von der Bow Street. Mein Richter, Mr. Colquhoun, sagte, Ihr würdet mich erwarten."

„Natürlich, Mr. Pickett. Wenn Ihr mir folgen würdet?"

Das tat Pickett und war erleichtert, als der Schneider ihn in ein kleines Vorzimmer führte, fort von der spöttischen Neugier von Mr. Meyers aristokratischen Kunden.

„Wenn Ihr Euch bitte ausziehen würdet, Mr. Pickett?"

Pickett legte seinen braunen Rock ab und war sich mehr denn je bewusst, wie seine dürftige Garderobe auf jemanden wirken musste, der die Aufgabe hatte, Englands reichste und einflussreichste Männer einzukleiden. Er hatte nie gedacht, dass seine Wäsche besonders schmuddelig wäre, und er war sich sicher, dass Mrs. Catchpole, die seine Kleidung für drei Shilling und sechs Pence wusch, zusätzlich zu dem, was er ihr jeden Monat für Miete bezahlte, ihr Bestes tat. Doch als er Hemd und Krawatte mit der schneeweißen Wäsche der Männer vor der Tür des Vorraums verglich, konnte er nicht leugnen, dass sie einen schwachen, aber unverkennbar gelblichen Farbton hatten.

Weste, Hemd, Schuhe und Hosen folgten dem braunen Rock, und bald stand Pickett nur noch in Unterhosen vor dem

Schneider. Mr. Meyer zog das Maßband von seinem Nacken und machte sich energisch an die Arbeit, nahm Maß und notierte die Ergebnisse, wobei er gelegentlich in seiner Arbeit innehielt, um einen Kommentar zu Picketts Schulterbreite oder Beinlänge abzugeben. Pickett, der sich eher wie ein zu versteigerndes Pferd fühlte, empfand die Erfahrung als etwas weniger peinlich als die ärztliche Untersuchung, die er hatte erdulden müssen, um Lady Fieldhurst einen Grund für die Annullierung zu geben.

Endlich war die Arbeit des Schneiders erledigt und Mr. Meyer überließ es Pickett, sich anzuziehen, und versprach, dass die bestimmten Kleidungsstücke, die er im Sinn hatte, bereits angefertigt waren (und tatsächlich manchmal reichen Kunden als Muster der Schneiderkunst vorgeführt wurden), und er selbst würde alle notwendigen, geringfügigen Änderungen vornehmen, bevor die Kleidungsstücke zu Mr. Colquhouns Haus geliefert würden.

„Verlasst Euch darauf", versicherte er Pickett, „sie werden passen, als wären sie für Euch gemacht. In der Tat werdet Ihr jeden Zoll wie ein Gentleman aussehen."

Pickett bezweifelte dies eher, aber als er Mr. Meyers Geschäft verließ und zurück in Richtung Bow Street ging, waren seine Gedanken nicht bei dem Experiment der kommenden Freitagnacht, noch bei seinen plötzlichen (wenn auch vorübergehenden) Aufstieg in der Welt. In der Tat konnte er an nichts denken als an den Weg seines eigenen

Briefes zu Lady Fieldhurst. War er schon in der Curzon Street angekommen? Mit Sicherheit musste er inzwischen dort sein. Angenommen, das war der Fall, wie war er dort aufgenommen worden? Würde die Lady erst über die Angelegenheit nachdenken wollen, bevor sie eine Antwort schrieb? Wenn ja, würde er vielleicht vor dem Morgen keine Antwort erhalten. Möglicherweise würde er überhaupt keine Antwort erhalten. Er hatte gerade eine halbe Stunde in unmittelbarer Nähe von Männern der Art verbracht, an die sie gewöhnt war; so freundlich sie auch zu ihm sein mochte, wenn sie allein waren, mit ihm öffentlich aufzutreten, wäre wahrscheinlich doch etwas völlig anderes. Vielleicht würde sie es freundlicher finden, ihm eine Ablehnung zu ersparen, indem sie nicht auf seine Einladung antwortete. Vielleicht war seine Mitteilung, die er unter solchen Qualen formuliert hatte, sofort ins Feuer geworfen worden und rollte sich in diesem Moment zu schwarzer Asche zusammen. Ja, so war es wahrscheinlich, dachte er kläglich.

Diese trostlose Aussicht nahm seinen Verstand so stark in Beschlag, dass er bei seiner Rückkehr in die Bow Street fassungslos war, die Information zu erhalten, dass in seiner Abwesenheit ein Brief für ihn eingegangen wäre. Er erkannte die Handschrift sofort und erbrach das Siegel mit zitternden Händen. Er war ziemlich kurz – tatsächlich fast barsch –, aber als er das Ende erreichte, konnte er ein ziemlich breites Lächeln nicht unterdrücken.

Mr. Pickett, hieß es, *es wäre mir eine Ehre. Ihr dürft mich um acht Uhr abholen.* Der Brief war unterschrieben: *Julia Fieldhurst Pickett.*

3

In dem John Pickett als Gentleman auftritt

D anke, McElwain, das ist alles." Als der Kammerdiener die Werkzeuge seines Handwerks einsammelte und den Raum verließ, warf Mr. Colquhoun einen ziemlich strengen Blick auf seinen Schützling. „Nun, John, lasst uns einen Blick auf Euch werfen."

Pickett wandte sich vom Spiegel ab und sah seinen Mentor mit einem befangenen Lächeln an. „Ich sehe ziemlich wie ein Lackaffe aus, nicht wahr, Sir?"

Tatsächlich war „Lackaffe" nicht das Wort, das dem Richter in den Sinn kam, als er den jungen Mann betrachtete, den er vor einem Jahrzehnt aus den Slums von London geholt hatte. Picketts alltäglicher brauner Sergerock war fort, ersetzt durch einen dunkelblauen, doppelreihigen Schoßrock aus superfeinem Bathtuch, der über einer weißen Weste aus Seidenbrokat getragen wurde. Kniehosen aus schwarzem

Trikotstoff lagen eng an seinen langen Beinen an wie eine zweite Haut und Schuhe aus Ziegenleder umhüllten seine Füße. Sein Haar brauchte keine Nachhilfe mit der Lockenzange, sondern war in seinem Nacken mit einem schwarzen Seidenband zusammengefasst, das einen vollen Zoll breit war. Mr. Colquhoun schaute nur umso grimmiger drein, um den Kloß zu verbergen, der sich in seiner Kehle gebildet hatte.

„Ihr werdet es schaffen, John, verdammt, wenn nicht", sagte er schroff und machte eine winzige Änderung an Picketts schneeweißer Krawatte. „Denkt daran, die Kleidung muss bis morgen Mittag wieder an Meyer zurückgegeben werden, also um Himmels willen verschüttet nichts darauf. Jeder Schaden muss von Eurem Lohn abgezogen werden."

„Ja, Sir."

„Also, Eure Loge sollte Euch einen hervorragenden Blick auf die königliche Gesellschaft bieten. Um das Gedränge am Ende der Aufführung zu vermeiden, werden der Prinz von Wales und seine Gäste das Theater zu Beginn der letzten Szene des letzten Akts verlassen – ich weiß nicht, wie viele Szenen es gibt, aber das könnt Ihr in dem gedruckten Programm nachschlagen. Wenn Ihr seht, wie sich die königliche Gesellschaft zum Aufbrechen anschickt, müsst Ihr hinausschlüpfen und ihnen die Treppe hinunter folgen – in diskreter Entfernung, wohlgemerkt, und mit Mylady an Eurem Arm, um den Schein zu wahren. Prinzessin Olga mag das Ganze für einen großen Spaß halten, aber ich gehe keine Risiken ein. Sollten diese Diamanten gestohlen werden – oder noch schlimmer, sollte Ihre Königliche Hoheit zu Schaden kommen –, könnte dies einen internationalen Zwischenfall auslösen, zu einer Zeit, in der gute Beziehungen zu Russland von entscheidender Bedeutung sind." Er seufzte. „Wir brauchen jede Hilfe gegen Boney, die wir bekommen können."

„Ja, Sir." Pickett war sich der Wichtigkeit seines Auftrags voll bewusst, aber die Schmetterlinge, die sich in seinem Bauch tummelten, hatten weniger mit der älteren Prinzessin zu tun als mit der schönen jungen Witwe, die für den Abend seine Begleiterin sein sollte.

Der Richter machte eine scheuchende Handbewegung. „Dann fort mit Euch. Ihr könnt mir Bericht erstatten, nachdem Ihr Lady Fieldhurst nach Hause gebracht habt, wenn Ihr wollt. Es macht mir nichts aus, wach zu bleiben."

Pickett nickte und wandte sich zum Gehen.

„Oh, und John ..."

Er blieb mit einer Hand an der Tür stehen. „Sir?"

„Alles, was später zwischen Euch und der Lady passieren könnte, ist Eure eigene Angelegenheit, aber während Ihr im Theater seid, schuldet Ihr mir Eure Zeit und Eure Aufmerksamkeit. Ist das klar?"

„Ja, Sir. Völlig klar, Sir", sagte Pickett und errötete ein wenig, weil seine Gedanken so leicht zu lesen gewesen waren.

Mr. Colquhoun nickte. „Viel Glück dann."

„Vielen Dank, Sir", sagte Pickett und machte sich auf den Weg, seine Dame abzuholen.

* * *

In einiger Entfernung im Norden, in Mayfair, saß Lady Fieldhurst an ihrem Schminktisch und hielt ihren Kopf vollkommen ruhig, während ihre Zofe eine Agraffe gefärbter Straußenfedern in ihren goldenen Locken befestigte.

„Ich kann nicht behaupten, dass mir das gefällt", bemerkte die finster schauende, schwarz gekleidete Frau, die hinter ihrer Schulter stand.

Die blauen Augen der Herrin trafen im Spiegel den Blick aus den schwarzen der Zofe. „Eure Missbilligung wird zur Kenntnis genommen, Smithers", sagte Lady Fieldhurst in eisigem Ton, der die Anmaßung der Frau dämpfen sollte.

Feinheiten waren auf Smithers leider verschwendet. „Wenn Ihr mich fragt, ist es nicht anständig, dass Ihr dieses Kleid kaum zehn Monate nach dem Tod seiner Lordschaft tragt."

„Vielleicht nicht", räumte Julia ein. „Aber andererseits *habe* ich Euch nicht gefragt, nicht wahr?"

„Oh, Mylady, ich bin sicher, ich wollte nicht ..." Als ihre Zofe in respektvoller Empörung stotterte, stand Lady Fieldhurst von ihrem Platz vor dem Spiegel auf.

„Das wäre dann alles, Smithers. Ihr braucht nicht auf mich zu warten."

„Sehr gut, Mylady." Die Zofe machten einen steifen Knicks und verließ das Zimmer; ihr Rücken war zum Ausdruck ihres verletzten Anstandsgefühls kerzengerade aufgerichtet.

Julia seufzte und fragte sich, warum sie jemals zugestimmt hatte, die Schwester von Georges Butler als ihre Zofe zu engagieren. Noch ärgerlicher als die Unverschämtheit der Frau war jedoch das Wissen, dass Smithers recht hatte: zweifellos würde die Tatsache, dass sie zwei Monate vor dem Ende des Trauerjahres ein farbiges Kleid trug, in der *feinen Gesellschaft* hochgezogene Augenbrauen hervorrufen.

Aber als sie ihr Spiegelbild im Spiegel betrachtete, war es einfach, alle anderen Bedenken in den Wind zu schlagen. Sie hatte das Kleid, ein himmelblaues Satinkleid mit einem Überrock aus Urlingsgaze, zwei Monate zuvor bestellt, um etwas bereitzuhalten, wenn sie endlich wieder Farben tragen durfte. Sie hatte dabei keinen besonderen Anlass im Sinn gehabt – oder zumindest hatte sie sich das gesagt, bis sie Mr. Picketts Einladung erhielt und ihr klar wurde, dass ihre neue Pracht die ganze Zeit für das Königliche Theater in der Drury Lane bestimmt gewesen war, in der Hoffnung, dass er unter der Loge der Fieldhursts im Parkett sitzen und heraufschauen würde ...

Er hatte sie nur in Trauer gesehen, und sie wollte sich unbedingt nur einmal von ihrer besten Seite sehen lassen, bevor ihre Bekanntschaft endete. Es war wahrscheinlich töricht und vielleicht sogar ein bisschen grausam, nachdem sie von seinen eigenen Lippen gehört hatte, was er für sie empfand und so sicher wusste, dass nichts daraus werden konnte. Aber sie konnte nicht anders, ebenso wenig, wie sie erklären konnte, warum es so wichtig für sie war, dass er sie so gekleidet sehen würde. Sie beugte sich näher zum Spiegel, um Perlen an Ohren und Hals anzubringen, legte dann ihren schwarzen Abendmantel aus Samt über den Arm und stieg die Treppe hinunter, um auf die Ankunft ihres Begleiters zu warten.

Sie musste ziemlich lange warten, da sie volle zwanzig Minuten vor Acht in den Salon heruntergekommen war. Im Raum war kein Feuer angezündet worden, da sie nicht vorhatte, dort zu verweilen, und sie erlaubte dem Butler Rogers, ihr den Umhang um ihre Schultern zu legen, um die Kälte abzuwehren. Nach einer weiteren Viertelstunde, während ihr auf und ab Gehen schon eine Spur im Teppich hinterlassen hatte, hörte sie endlich den Klopfer an der Vordertür. Schwache Stimmen erklangen im Flur und einen Moment später wurde die Tür zum Salon aufgerissen, um Rogers einzulassen, eine stattliche Gestalt mit einem Zwinkern im Auge, das so gar nicht zu einem Butler passte.

„Mr. Pickett, Mylady", meldete er in seiner vornehmsten Manier.

Dann betrat John Pickett das Zimmer und es war, als ob zum ersten Mal in drei langen Monaten die Sonne durch die

Wolken gebrochen wäre.

* * *

„Guten Abend, Mr. Pickett", sagte sie, plötzlich atemlos. Wenn sie vorgehabt hätte, ihn zu blenden, hatte sie sich vergebens Mühe gegeben, denn sie hatte ihn noch nie so gesehen. Wenn sie es nicht besser gewusst hätte, würde sie ihn für einen Aristokraten gehalten haben – und folglich für einen passenden Mann für sich. Das Wissen, dass es nur eine Illusion war, ließ sie wünschen zu weinen. Doch für Tränen würde später noch Zeit sein. Einstweilen würde sie sich seiner Gesellschaft erfreuen und wenn sie sich erlaubte, ein wenig in Wunschdenken zu schwelgen, nun, davon musste ja niemand etwas erfahren. Sie kam quer durch den Raum auf ihn zu und lächelte, als sie zur Begrüßung die Hände ausstreckte. „Ich habe mich gefreut, Eure Einladung zu erhalten."

„Mylady." Er ergriff ihre Hände und beugte sich darüber. „Es ist nett von Euch, mir hierbei behilflich zu sein."

„Es ist mir ein Vergnügen", versicherte sie ihm. „Vielen Dank, dass Ihr an mich gedacht habt."

Ich denke jede Minute jeden Tages an Euch ... Nein, das würde er nicht sagen. Er hatte bereits viel zu viel über dieses Thema gesagt; er würde keinen von ihnen beiden noch mehr in Verlegenheit bringen. „Aber nicht doch, Mylady", entgegnete er.

„Aber wie großartig Ihr ausseht, Mr. Pickett! Ich bin direkt überwältigt!"

„Die Kleider sind geliehen", gestand er mit verlegenem Grinsen. „Ich weiß nicht, welchen Einfluss Mr. Colquhoun auf seinen Schneider hat, aber er hat Mr. Meyer überredet, mir zu erlauben, sie heute Abend zu benutzen. Mr. Colquhoun hat mir angekündigt, sollte ich etwas auf sie verschütten, würde das von meinem Lohn abgezogen."

„Dann ist es vielleicht auch gut, dass wir ins Theater gehen und nicht zum Essen." Sie zögerte einen Moment und fügte dann eine ernstere Bemerkung hinzu: „Es ist schön, Euch wiederzusehen, Mr. Pickett Ich – ich habe Euch vermisst."

„Ich Euch auch, Mylady." Es war ein Meisterwerk der Untertreibung, aber es war so viel, wie er zu sagen bereit war; mehr traute er sich nicht.

Ein diskretes Hüsteln von Rogers erinnerte daran, dass Mr. Colquhouns Pferde warteten.

Pickett bemerkte, dass er immer noch die Hände seiner Dame hielt und ließ sie abrupt fallen. „Wenn Ihr zum Gehen bereit seid, Mylady, sollen wir aufbrechen?"

Er bot ihr seinen Arm, sie legte ihre Hand darauf und erlaubte ihm, sie nach draußen zu führen, wo Mr. Colquhouns Kutsche stand. Der Kutscher wartete darauf, Lady Fieldhurst die Stufen hinauf und in das Fahrzeug zu helfen, aber Pickett erledigte diese Aufgabe selbst. Als sie beide saßen und die Kutsche Fahrt aufnahm, wandte sie sich ihm zu und musterte ihn im schwachen Licht der Kutschenlampen.

„Nun, Mr. Pickett, müsst Ihr mir von dieser Ermittlung erzählen, die Ihr durchführt. Das klingt alles sehr mysteriös."

„Eigentlich nicht so mysteriös, und es ist nicht nur meine Ermittlung. In der Tat ist der größte Teil der Truppe der Bow Street daran beteiligt. Möglicherweise habt Ihr Gerüchte über eine Reihe von Juwelendiebstählen in und um das Drury Lane Theater gehört. Die verwitwete Lady Oversley war das letzte Opfer ..."

„Ja, ich weiß!", rief Lady Fieldhurst aus. „Ich war an diesem Abend im Theater."

„Nun, warum überrascht mich das nicht?", fragte sich Pickett laut.

„Was meint Ihr damit?"

„Nur, dass, wenn es Ärger unter der Aristokratie gibt, Ihr immer mittendrin zu sein scheint – nicht, dass ich mich beschwere, wohlgemerkt."

„Ich war nicht ‚mittendrin'", protestierte Lady Fieldhurst. „Ich habe Lady Oversley lediglich vorgeschlagen, in die Bow Street zu schicken, und ihr angeboten, bei ihr zu bleiben, bis ein Läufer ankommt. In der Tat hatte ich gehofft, Mr. Pickett ..." Sie unterbrach sich abrupt. „Aber erwartet Ihr, dass es heute Abend erneut zu einem solchen Diebstahl kommt?"

Pickett hörte die Frage kaum, so abgelenkt war er von den Worten, die sie nicht ausgesprochen hatte. *Ich hatte gehofft* – was? War es möglich, dass sie ihn hatte wiedersehen

44

wollen? Tatsächlich war er an jenem Abend nicht im Dienst gewesen, aber wenn er es gewesen wäre …

„Mr. Pickett?"

Als er bemerkte, dass sie noch immer auf seine Antwort wartete, kam Pickett von seiner Wolke wieder herunter, wenn auch widerwillig. „Mr. Colquhoun glaubt, dass es heute Abend einen Versuch geben könnte. Prinzessin Olga Fjodorowna wird als Gast des Prinzen von Wales anwesend sein und laut Mr. Colquhoun wird sie einen Diamantschmuck tragen, dem kein Juwelendieb widerstehen kann. Der größte Teil der Truppe der Bow Street wird zur Stelle sein, um ihn aufzuhalten und, wenn nötig, ihre Königliche Hoheit zu beschützen."

„Das kann ich mir vorstellen! Ich frage mich nur, warum die Prinzessin sie unter diesen Umständen tragen wollen würde."

Er zuckte mit den Schultern. „Ich nehme an, sie möchte alle englischen Damen mit ihrer Pracht blenden. Aber die Frau, die die Diamanten trägt, wird eine der Hofdamen der Prinzessin sein. Sie und Prinzessin Olga tauschen heute Abend die Rollen."

„Was für ein Spaß für sie!"

Picketts Lippen zuckten. „Ich schätze, so kann man es auch sehen."

„Aber welche Verantwortung Ihr heute Abend tragt, und was kann ich tun, um Euch zu helfen?"

„Ich werde die königliche Loge von einem günstigen Ort auf der gegenüberliegenden Seite des Theaters aus beobachten. Wenn irgendjemand sich der angeblichen Prinzessin nähert, muss ich so schnell wie möglich hinüberkommen und helfen, den Dieb zu fassen; wenn nicht, soll ich der königlichen Gesellschaft folgen, wenn sie die Loge verlässt, falls der Angriff in der Zeit zwischen dem Moment, wenn die Prinzessin die Loge verlässt, bis sie in ihre Kutsche steigt, versucht werden könnte."

„Was ist mit mir?", fragte Lady Fieldhurst eifrig. „Was soll ich tun?"

„Um die Wahrheit zu sagen, Mylady, Eure vordringlichste Aufgabe ist es, mir Ansehen zu verleihen und zu verhindern, dass ich irgendwelche offensichtlichen Fehler mache. Mr. Colquhoun ist überzeugt, dass ich in einer Loge fehl am Platz wirken könnte. Ich kann mir nicht vorstellen, warum", fügte er mit offensichtlicher Schalkhaftigkeit hinzu.

„Ich mir auch nicht, Mr. Pickett, denn in Eurer jetzigen Aufmachung würdet Ihr der königlichen Loge selbst keine Schande bereiten. Aber könnt Ihr mir nicht eine aktivere Möglichkeit geben, daran teilzunehmen?"

Dem konnte Pickett nicht zustimmen. „Niemand bewundert Euren Mut mehr als ich, Mylady, aber ich würde es vorziehen, Euch der Gefahr fernzuhalten."

„Welche Gefahr könnte das in einem Theater sein, das mit fast viertausend Menschen gefüllt ist?", beharrte sie.

„Wenn ich eines gelernt habe, dann, dass niemand vorhersagen kann, wie ein Verbrecher bei einer Verhaftung reagieren wird. Niemand ist gefährlicher als ein Mann, der nichts zu verlieren hat. Ich werde kein Risiko für Eure Sicherheit eingehen, Mylady." Er schauderte bei einer unangenehmen Erinnerung. „Ich kann diesen Vorfall in Schottland nicht vergessen."

Sie sah ihn fragend an. „Auf welchen Vorfall bezieht Ihr Euch, Mr. Pickett? Den Vorfall auf der Felswand oder die irreguläre Ehe?"

Er war fest entschlossen gewesen, es nicht zu erwähnen, aber es war fast eine Erleichterung, es offen anzusprechen. „Ich meinte die Klippe. Was die Ehe angeht, so wird dieser besondere Vorfall zumindest in drei weiteren Wochen vorüber sein."

„Ja, das wird er wohl."

Diese glückliche Aussicht hatte den Effekt, sie beide in trübes Schweigen zu versetzen.

Schließlich fand Lady Fieldhurst die Sprache wieder. „Mr. Pickett, wegen der Annullierung – ich wünschte, es gäbe eine andere Möglichkeit – es tut mir sehr leid …"

Aus einem Impuls heraus bedeckte er ihre Hand mit seiner und drückte sie leicht. „Bitte, Mylady, Ihr braucht Euch nicht zu entschuldigen."

„Ich weiß, dass es für uns beide ziemlich peinlich ist, aber können wir uns nicht als Freunde treffen? Es war …" Die

Worte waren kaum mehr als ein Flüstern. „… es war ein langer Winter, Mr. Pickett."

Er seufzte. „Ja, das war es." Keiner von ihnen sprach über das kalte Wetter und beide wussten es. „Freunde, Mylady", sagte er und streckte seine Hand aus.

Noch, als sie sich über dieser Abmachung die Hände reichten, wusste er, dass es ein Fehler war. Und doch, wenn sie seine Freundschaft wünschte, konnte er sie ihr nicht verweigern. Gott mochte ihm helfen, in ihren Händen war er wie Wachs.

Es war vielleicht ein Glück, dass die Kutsche in diesem Moment mit einem Ruck vor dem Theater zum Stehen kam. Pickett wäre aufgestanden, um die Tür zu öffnen, aber Lady Fieldhurst griff nach seinem Ärmel.

„Nein, Mr. Pickett, lasst den Diener das tun." Als er zögerte, fügte sie hinzu: „Wenn Ihr in einer Loge den Eindruck erwecken wollt, Euch dort wohlzufühlen, könnt Ihr genauso gut damit beginnen, Euch so zu verhalten, als wäret Ihr es gewohnt, Diener zu haben, die Dinge für Euch erledigen."

Da er so gebeten wurde, ließ er sich wieder auf den Sitz neben ihr fallen. Als die Tür jedoch geöffnet war, sprang er hinaus und drehte sich um, um Lady Fieldhurst herauszuhelfen. Er wusste nicht, ob das richtig war, aber es kümmerte ihn nicht; er hatte drei lange Monate darauf gewartet, sie wiederzusehen, sie zu berühren, wenn möglich in anständiger Art und Weise, und er hatte nicht vor, eine dieser Gelegenheiten zu verschwenden. Nachdem Lady Fieldhurst sicher ausgestiegen war, bot er seiner „Freundin" den Arm und führte sie die Stufen hinauf ins Theater.

Einmal drinnen, entschuldigte sie sich, um in die Garderobe zu gehen, und als sie ein paar Minuten später auftauchte, nachdem sie ihren Umhang abgelegt hatte, sah Pickett sie zum ersten Mal in einem farbigen Kleid. Der Anblick raubte ihm den Atem. *Freunde?* Er musste verrückt sein. Wie konnte man mit einem Pulverfass befreundet sein?

„Mr. Pickett?" Wenn Julia gedacht – befürchtet? – hatte, dass sich seine Gefühle in den letzten drei Monaten geändert haben könnten, sah sie ihn jetzt, wie er dort stand und sein ganzes Herz in den Augen trug, und hatte ihre Antwort. „Ist etwas nicht in Ordnung?"

Er öffnete den Mund, schloss ihn wieder und schluckte schwer. Er fand keine Worte. Und selbst, wenn er welche gefunden hätte, würde er kein Recht gehabt haben, sie auszusprechen.

„Ich – ich denke –", begann er, als er überhaupt sprechen konnte, „ich denke, ich hätte mir eine Menge Ärger ersparen können, wenn ich Euch die Annullierung aufgrund geistiger Unzurechnungsfähigkeit hätte beantragen lassen."

Welche Reaktion sie auch immer von ihm erwartet hatte, nicht diese. „Wie bitte?"

Er schenkte ihr ein trauriges kleines Lächeln. „Ich muss

verrückt sein, Euch gehen zu lassen."

Was hätte sie darauf antworten können? Zum Glück wartete er nicht auf eine Antwort, sondern nahm ihren Ellenbogen und lenkte sie durch die Menge zu der Treppe, die zu den Logen führte. Als die Bereiche der einfachen Plätze auf dem ersten Stock hinter ihnen lagen und sie in die erleseneren Höhen kamen, die für diejenigen reserviert waren, die es sich leisten konnten, fünf Shilling pro Platz zu zahlen, wurden die Stuckdecken, Marmorböden und die polierten Vertäfelungen imposanter.

„Ihr gafft, Mr. Pickett", sagte Lady Fieldhurst mit einem Seitenblick auf ihn.

„Wie bitte?"

„Ihr gafft", sagte sie erneut und verbarg ein mutwilliges Lächeln. „Wenn Ihr vortäuschen wollt, dass Ihr Euch in einer Loge daheim fühlt, solltet Ihr so tun, als ob Ihr schon früher dort gewesen wäret."

„Dann, fürchte ich, werde ich es vortäuschen müssen, denn ich bin nie irgendwo anders als im Parkett gewesen."

„Natürlich wart Ihr das schon!", tadelte sie. „Ich weiß, dass Ihr zumindest einmal zuvor in einer Loge wart, denn ich habe Euch selbst dorthin gerufen. Oder habt Ihr das vergessen?"

„Nein, aber ..." *Aber bei der Gelegenheit war ich zu sehr damit beschäftigt, daran zu denken, Euch wiederzusehen, als dass ich einen Gedanken an meine Umgebung verschwendet hätte.*

„Aber was, Mr. Pickett?"

Er schüttelte den Kopf. „Nichts, nur – nein."

Sie hatte eine ziemlich gute Vorstellung davon, was er dachte, und drückte seinen Arm ein wenig verständnisvoll.

Ihre Plätze befanden sich im dritten Stock, direkt gegenüber der königlichen Loge. Als sie beide auf den samtbezogenen Polsterstühlen saßen, schaute Pickett sich im Theater um. Da er nur einen Steinwurf vom Königlichen Theater in der Drury Lane entfernt wohnte, war er schon oft dort gewesen, aber bei all den anderen Gelegenheiten hatte er im Parkett gesessen, wo man für einen Shilling einen Platz auf einer der Bänke ohne Rückenlehne finden konnte. Wie Lady Fieldhurst ihn daran erinnert hatte, war er nur ein einziges Mal in einer Loge gewesen, aber bei der vorherigen Gelegenheit war er zu überwältigt gewesen, um besonders auf seine Umgebung zu achten, weil er von Mylady herbeigerufen worden war, und an diesem Abend konnte er sich keine Unaufmerksamkeit leisten. Er erinnerte sich an die Warnung seines Richters und nahm sich einen Moment Zeit, um sich einen Überblick über die weitläufige Ausdehnung des Theaters zu verschaffen. Die drei Reihen von Logen waren in Hufeisenform angeordnet, wobei jede Loge mit roten Samtvorhängen geschmückt war und von den Nachbarlogen durch eine Wand auf jeder Seite getrennt wurde, die einen massiven Messingleuchter mit je mindestens zwei Dutzend

Kerzen hielt.

Die königliche Gesellschaft war noch nicht eingetroffen, denn ihre Loge war noch leer, aber die Männer der Bow Street waren bereits in Stellung gegangen. Unter der leeren königlichen Loge saß Mr. Marshall bereit, um auf das Klopfen von Prinzessin Olgas Stock zu reagieren. In der letzten Reihe des Parketts hatte Mr. Dixon sich einen Platz am Ende einer Bank gesichert, bereit, sich notfalls eilig zu entfernen. Pickett wusste, dass noch mehrere andere anwesend, wenn auch unsichtbar waren, an deren Standorte er sich im Moment nicht erinnern konnte.

Plötzlich öffnete sich die Tür im hinteren Teil der königlichen Loge und Pickett erhob sich zusammen mit den anderen Theatergästen, als der Prinz von Wales und seine Gäste eintraten und ihre Plätze einnahmen. Pickett hatte keine Schwierigkeiten, den stämmigen Prinzen zu erkennen, dessen Brust von den verschiedenen Orden seines Amtes strotzte, aber er war sich der Identität der anderen nicht ganz sicher. Als sie ihre Plätze wieder einnahmen, öffnete Lady Fieldhurst ihr Réticule und zog ein kleines, mit Perlmutt eingelegtes Messinginstrument heraus. Sie richtete es in Richtung der königlichen Loge und spähte einen langen Moment hindurch, bevor sie Pickett das Instrument anbot.

„Opernglas", erklärte sie. „Ich weiß, dass Ihr gelegentlich Augengläser bevorzugt, aber ich dachte, heute Abend könntet Ihr dies nützlicher finden."

Er hielt es sich an die Augen und die königliche Gesellschaft erschien nahe genug, um mit ihnen zu sprechen, ohne seine Stimme zu erheben.

„Sehr nützlich, Mylady. Ich danke Euch." Während Pickett die königlichen Gäste durch das Glas musterte, gab Lady Fieldhurst ihren Gesichtern Namen, da sie nach ihrer Heirat vielen von ihnen bei ihrer Vorstellung bei Hofe vorgestellt worden war. „Ich nehme an, Ihr habt den Prinzen von Wales bereits erkannt. Er ist in mehrfacher Hinsicht ziemlich schwer zu übersehen. Ich glaube, die Dame, die zu seiner Rechten den Ehrenplatz innehat, ist Prinzessin Olga, oder besser gesagt ihr Ersatz – und ich verstehe, was Ihr mit den Diamanten meint! Die Dame links vom Prinzen ist seine Schwägerin, die Herzogin von York. Sie zieht die Hundezwinger in Oatlands den Vergnügungen in der Stadt vor, daher spricht ihre Anwesenheit Bände über die Wichtigkeit der Prinzessin. Der Gentleman zur Rechten der Prinzessin ist Prinnys Bruder, der Herzog von York, und der Gentleman zur Linken der Herzogin ist ein weiterer Bruder von Prinny, der Herzog von Cumberland. Ich musste einmal bei einem Ball mit ihm tanzen – kein Erlebnis, das ich gern wiederholen würde, denn er ist eine äußerst unangenehme Person! Bei den Leuten in der zweiten Reihe bin ich mir nicht sicher – verschiedene Herrschaften des königlichen Gefolges und ähnliches, schätze ich. Oh, schaut! Ich frage mich, ob diese Frau – die zweite von links, neben dem großen

Gentleman mit dem schwarzen Bart – die echte Prinzessin Olga ist?"

„Sehr wahrscheinlich, Mylady, aber vielleicht sollten wir diese Informationen für uns behalten", schlug Pickett mit leiser Stimme vor.

Lady Fieldhurst schlug sich eine behandschuhte Hand vor den Mund. „Ich bitte um Verzeihung!"

„Nicht nötig. Ich denke, niemand konnte es hören, aber man weiß nie, wer lauscht."

„Sehr wahr, besonders wenn jeder im Theater eifrig darauf bedacht ist, Eure Identität zu erraten."

Pickett senkte abrupt das Opernglas. „Was?"

„Ihr habt einmal selbst gesagt, dass die oberen Stände eher ins Theater kämen, um einander zu beobachten, statt die Handlung auf der Bühne zu verfolgen. Ich versichere Euch, morgen früh wird es überall in der Stadt herum sein, dass die skandalöse Lady Fieldhurst kaum zehn Monate nach dem Tod ihres Mannes und in Begleitung eines Gentlemans öffentlich in einem farbigen Kleid aufgetreten ist. Ich schätze, ich werde von Morgenbesuchern überfallen werden. Soll ich sehr scheu und geheimnisvoll tun?"

„Mylady, ich hoffe, Ihr scherzt!"

„Ich versichere Euch, ich bin ganz ernst. Wenn Ihr unauffällig zu sein wünschtet, hättet Ihr keine unpassendere Dame zu Eurer Begleitung wählen können. Ich hörte jemanden auf der Treppe herumrätseln, ob Ihr mit den

Yorkshire-Manningtons verwandt sein könntet, da sie eine Familie von großem Wuchs sind. Was für ein Unfug!"

Natürlich war es Unsinn, dass er für ein Mitglied einer adeligen Familie gehalten werden könnte, aber es versetzte ihm doch einen Stich, sie das sagen zu hören. „Unfug, allerdings", murmelte Pickett.

„Ja, denn jeder kann sehen, dass Ihr viel besser ausseht als einer der Manningtons."

Picketts Laune erhob sich beträchtlich bei dieser Bemerkung, doch er fühlte sich gezwungen zu sagen: „Ich wünschte, Ihr hättet mich gewarnt, wie auffällig wir sein würden, Mylady."

„Damit Ihr vielleicht eine weniger berüchtigte Frau hättet finden können, um sie an meiner Stelle einzuladen?" Ihre Stimme wurde nachdenklich. „Das hätte ich vielleicht tun sollen, aber ich … ich wollte Euch wiedersehen, Mr. Pickett. Das wollte ich so sehr."

Nach diesem Eingeständnis hätte eine ganze Armee von Juwelendieben die gesamte königliche Gesellschaft sämtlichen Schmucks berauben können und Pickett hätte es nicht mitbekommen. „Mylady, was diese ‚Freundschaft' zwischen uns angeht … ich …"

In diesem Moment wurden die Lichter im Haus gedämpft und es wurde still im Publikum, als der tiefrote Samtvorhang sich öffnete und die Sopranistin Esther die Arie: „Wehet sachte, ihr Winde" begann.

Da Pickett nicht über die gleiche musikalische Bildung verfügte wie Lady Fieldhurst, war es unvermeidlich, dass er die Vorstellung nicht ebenso genoss wie sie offensichtlich. Doch der Zweck seiner Anwesenheit war es ohnehin nicht, der Musik zuzuhören, und als daher der Bass die Rolle des Haman sang, der dem Chor der persischen Soldaten befahl, „Wurzeln und Bäume aus dem Land zu reißen", hielt Pickett ein wachsames Auge auf die königliche Loge gegenüber gerichtet und warf der neben ihm sitzenden Dame nur gelegentlich einen Blick zu.

Man brauchte jedoch keine musikalische Ausbildung, um die Leidenschaft zu erkennen, wenn man sie hörte, und als spät im zweiten Akt sich die Stimmen Esthers und des Tenors, der König Ahasver spielte, im leidenschaftlichen Duett „Erwecke meine Seele, mein Leben, meinen Atem!" verbanden, wäre es Pickett schwergefallen, sich an den Namen der russischen Prinzessin zu erinnern, so bewusst war er sich, wie Lady Fieldhurst so nah bei ihm saß, dass sich ihre Schultern fast berührten. Sein Blick wurde wie von einem Magneten abgelenkt, er sah sie an, und als er erblickte, wie sie mit glänzenden Augen zu ihm aufschaute, die Wangen errötend und die Lippen vor Vorfreude geöffnet waren, war er ein verlorener Mann. Es war sehr gut, dass sie unter den Augen von fast viertausend anderen Menschen saßen, dachte Pickett, sonst hätte er keine andere Wahl gehabt, als sie zu küssen. Wieder.

Vielleicht war es gut, dass donnernder Applaus das Ende des zweiten Aktes begrüßte, den Zauber brach und Pickett seine Aufmerksamkeit auf die eigentliche Aufgabe dieses Abends richten ließ. Als der dritte und letzte Akt fortschritt und die Soprane immer noch höher stiegen, verankert durch die dröhnenden Töne der Bässe, betrat ein Mann die königliche Loge und wechselte ein paar Worte mit dem Bediensteten, der in der Nähe der Tür stationiert war.

„Was macht er ...? Das ist seltsam", sagte Pickett und griff nach dem Opernglas Myladys. „Darf ich?"

Sie nickte wortlos, während ihre Augen von den Darstellern unten auf der Bühne gefesselt waren. Er hob das Glas an die Augen und bekam einen Schreck. Die gesamte königliche Gesellschaft hatte sich erhoben und bewegte sich jetzt auf die Tür im Hintergrund der Loge zu.

„Was machen sie da?" Pickett schnappte sich sein Programm und überflog die gedruckten Zeilen erneut, um sicherzugehen, dass er sich nicht täuschte. „Sie sollten nicht vor dem Beginn der dritten Szene dieses Aktes aufbrechen! Die erste Szene hat kaum begonnen!"

„Mr. Pickett?" Lady Fieldhurst riss ihren Blick von der Bühne los. „Was ist los?"

Er drückte ihr sowohl das Programm wie das Opernglas in die Hände und sprang auf. „Die königliche Gesellschaft bricht früher auf und ich bin nicht einmal in der Nähe meines vorgesehenen Standorts! Warum hat mich niemand über diese

Veränderung informiert?"

Die Musik kam abrupt und unmelodisch zum Stillstand, als die Musiker ihre Instrumente ergriffen und von der Bühne eilten, während die Zuschauer im Parkett auf Bänke kletterten und sich gegenseitig stießen, um die Türen zu erreichen. Die Luft war von Schreien erfüllt, doch diese wurden bald von bedrohlicheren knisternden und brüllenden Geräuschen übertönt. Verblüfft beugte sich Pickett über die niedrige Mauer vor der Loge und sah nach unten.

„Mr. Pickett? Was geschieht hier?"

Er drehte sich mit einem Ausdruck solchen Entsetzens zu ihr um, dass das Blut in ihren Adern gefror.

„Feuer! Mein Gott, das Theater brennt!"

4

*In dem John Pickett
einen hohen Preis für eine Heldentat zahlt*

Das Geräusch splitternden Glases erfüllte die Luft, als die Fensterscheiben durch die starke Hitze platzten und der darauf folgende Zustrom von Sauerstoff die Flammen anfachte. Lady Fieldhurst hatte ihren Stuhl verlassen und sich Pickett an der Vorderseite der Loge angeschlossen. Sie klammerte sich an seinen Arm, während sie gemeinsam das völlige Chaos unten beobachteten.

„Was machen wir jetzt?", fragte sie mit erhobener Stimme, um über dem Brüllen der Flammen und den Schreien der in Panik geratenen Theaterbesucher hinweg gehört zu werden.

„Wir sehen zu, dass wir irgendwie hier herauskommen", sagte er und bewegte sich zum hinteren Teil der Loge. Er erinnerte sich gut genug an das Feuer im Covent Garden Theater im vergangenen September, um zu wissen, dass die höhlenartigen Strukturen, sobald sie angezündet waren, wie Zunder brannten.

„Was ist mit Prinzessin Olga?"

„Die königliche Gesellschaft hat die Loge gerade rechtzeitig verlassen."

In der Tat war dieser plötzliche Aufbruch ein Rätsel für sich, und was den Mann betraf, der sie gewarnt hatte ... aber darüber würde er später nachdenken können. Im Moment war seine vorderste Priorität – seine *einzige* Priorität – Lady Fieldhurst lebend aus dem brennenden Theater zu schaffen. Und das nach all seinem Gerede darüber, sie nicht in Gefahr bringen zu wollen! Er griff nach dem Türknauf und zog daran, aber die Tür gab nicht nach. Er drückte dagegen, mit dem gleichen Ergebnis. Er rüttelte hektisch daran, ohne Erfolg.

„Sie lässt sich nicht öffnen!"

Lady Fieldhurst, die vor dem Rauch husten musste, der aus den unteren Rängen aufstieg, erschien an seiner Seite. „Was? Aber wie ...?"

„Habt Ihr eine Haarnadel?" Während sie in ihren Locken nach einer Nadel fummelte, zog er ein Taschentuch aus der inneren Brusttasche seines geliehenen Fracks. „Hier, haltet dies über Mund und Nase, damit Ihr keinen Rauch einatmet."

Er reichte ihr das Taschentuch und nahm die Haarnadel, die sie ihm hinhielt, kniete sich dann vor die Tür und steckte die Haarnadel ins Schloss. Diese nützliche Fähigkeit, eine von mehreren zweifelhafter Legalität, hatte er zu Füßen seines

Vaters gelernt und sie hatte ihn nie im Stich gelassen – bis jetzt, wo seine Hände so heftig zitterten, dass er den Kontakt mit dem Schließmechanismus nicht lange genug halten konnte, um ihn auszulösen.

„Verdammt, verdammt, verdammt", murmelte er leise.

Mehr als sein halbes Leben lang hatte er Schlösser geknackt, aber noch nie zuvor war der Einsatz so hoch gewesen. Weder eine Strafpredigt des Polizisten, weil er erfolgreich ein Schloss geknackt hatte, noch eine Tracht Prügel von seinem Vater, wenn es ihm nicht gelungen war, hatte je solches Entsetzen in ihm ausgelöst wie die Aussicht, zuschauen zu müssen, wie die Frau, die er liebte, eines besonders schrecklichen Todes starb.

Er gab eine Strategie auf, die nichts bewirkte, als wertvolle Zeit zu verschwenden, erhob sich und schnappte sich einen der Stühle. Er hob ihn hoch über seinen Kopf und ließ ihn, mit aller Kraft, die er aufbringen konnte, auf den Türknauf fallen. Er traf den Türknauf, brach aber in Stücke.

„Mr. Pickett!", rief Lady Fieldhurst aus, entsetzt über diese bisher ungeahnte Neigung zur Gewalt. „Müsst Ihr die Möbel zerstören?"

„Ihr könnt mich morgen bei der Verwaltung melden", gab er zurück, „wenn Ihr sie finden könnt." Er hob einen anderen Stuhl auf und wiederholte seinen vandalistischen Akt ohne ein sichtbares Zeichen der Reue. Der zweite Stuhl zersplitterte ebenfalls, aber der Türknauf gab unter der Wucht des Schlages nach. Der gesamte Schließmechanismus klapperte auf den Boden und ließ ein leeres rundes Loch im Türblatt zurück. Pickett schob seine Hand durch und riss die Tür auf.

Und trat sofort zurück, da er von einem Hitzeschwall getroffen wurde. Der Flur stand in Flammen und als sie dort standen und in das Inferno starrten, fiel ihnen ein brennender Deckenbalken fast vor die Füße. Pickett knallte die Tür zu.

„Dort kommen wir nicht durch", stellte er fest und schaute sich in der Loge wild nach einer anderen Fluchtmöglichkeit um. Er ergriff einen der schweren Vorhänge der Loge und zog an ihm, bis er wie ein Haufen roten Samts in seine Arme fiel. Er suchte nach dem Rand und begann, ihn in lange Streifen zu reißen.

„Was macht Ihr da?", fragte Lady Fieldhurst, deren Stimme von seinem Taschentuch, das sie sich über den Mund hielt, gedämpft war.

Pickett deutete mit dem Kopf auf den Wandleuchter, der an der Wand zwischen ihrer Loge und der nächsten angebracht war. Die vielen Kerzen, die noch vor wenigen Augenblicken so beeindruckend gewesen waren, wirkten jetzt blass und mager im Vergleich zu den Flammen, die rings um sie herum tanzten.

„Ich mache ein Seil, um es an diesen Kandelaber zu binden. Ihr könnt daran ins Parkett hinunterklettern und von dort aus fliehen. Und wartet nicht auf mich. Sobald Eure Füße auf dem Boden aufkommen, möchte ich, dass Ihr alles vergesst, was Ihr je darüber gelernt habt, eine Lady zu sein – schiebt, stoßt, tut, was immer nötig ist, aber macht, dass Ihr hier *herauskommt,* habt Ihr verstanden?"

„Und was ist mit Euch, Mr. Pickett?"

Er warf einen Blick auf die Messinghalterung. „Ich bin mir nicht sicher, ob das Ding da mein Gewicht tragen würde, Mylady. Ich schätze, ich werde es versuchen müssen – ich halte nicht viel von meinen Chancen im Korridor – aber ich werde es nicht ausprobieren, bevor ich Euch nicht sicher am Boden sehe."

Sie lehnte sich über das Geländer und schaute an den drei Reihen von Logen ins Parkett etwa vierzig Fuß unter ihr, dann drehte sie sich zu Pickett um. „Die Wahrscheinlichkeit beiseite gelassen, dass ich wahrscheinlich den Halt verlieren und in den Tod stürzen würde, glaubt Ihr wirklich, ich würde Euch allein hier oben lassen, um einen Ausweg zu finden – oder nicht! – so gut Ihr könnt? Nein, Mr. Pickett, das dulde ich nicht! Entweder wir gehen zusammen oder gar nicht!"

Das Krachen fallender Holzbalken unterstrich diese Aussage und obwohl an der Lage nichts Witziges war, schenkte er ihr ein rätselhaftes kleines Lächeln. „,Bis das der Tod uns scheide', Mrs. Pickett?"

Sie hob das Kinn. „Genau so, Mr. Pickett."

Er fuhr sich mit den Fingern durch die Haare auf der verzweifelten Suche nach einer akzeptablen Alternative und fand nur eine. Ihm gefielen die Chancen nicht, aber sie schienen nur eine andere Möglichkeit zu haben und er konnte keine Zeit darauf verschwenden, Lady Fieldhurst von der Weisheit seines ursprünglichen Plans überzeugen zu versuchen.

„Na gut, also dann werden wir folgendes tun: Ich werde an dem Seil hinabsteigen, mit Euch auf meinem Rücken."

Sie sah zweifelnd auf die Wandleuchte. „Ich möchte meinen, wenn das Ding da vielleicht nicht Euer Gewicht allein tragen würde, ist es noch unwahrscheinlicher, dass es uns beide aushalten kann. Seid Ihr Euch sicher, Mr. Pickett?"

„Ich bin mir keineswegs sicher, Mylady, aber ich sehe keinen anderen Weg, und wie Ihr sagtet, würden wir wenigstens zusammen gehen. Glaubt Ihr, Euch an mir festhalten zu können?"

Sie stopfte sein Taschentuch in ihren Ausschnitt und begann, ihre langen weißen Glacéhandschuhe auszuziehen. „Um ganz ehrlich zu sein, Mr. Pickett, sehe ich nicht, dass ich wirklich eine Wahl hätte!"

Er nickte. „Genau."

Nachdem er damit zu Ende war, die Vorhangstreifen zusammenzubinden, schlang er ein Ende um die Wandleuchte, wo sie an der Wand befestigt war. Er zog es fest und zerrte dann mit all seiner Macht, um den Knoten zu straffen.

„Ich werde mich auf das Geländer setzen und das Seil

fest im Griff halten. Sobald ich bereit bin, möchte ich, dass Ihr die Arme fest um meinen Hals schlingt und Eure Beine um meine Taille legt."

„Aber – meine Röcke ..."

„Ihr werdet sie hochraffen müssen." Da er ihre Einwände vorausahnte, fügte er hinzu: „Sittsamkeit ist hier fehl am Platz, Mylady. Jeder versucht, seine eigene Haut zu retten. Niemand wird Euch unter die Röcke schauen, ich am allerwenigsten."

Ohne auf ihre Zustimmung zu warten, setzte er sich auf das Geländer und schwang seine Beine hinüber, sodass sie in der Luft baumelten. Er schlang einen Arm um sein provisorisches Seil, um den Griff zu stärken, und packte es dann mit beiden Händen. „Alles klar, Mylady, es kann losgehen."

Sie zögerte nicht, sondern trat hinter ihn.

„John?"

Ihr verängstigter Tonfall, ebenso wie ihr fast noch nie dagewesener Gebrauch seines Vornamens, ließen ihn den Kopf drehen.

„Ja, Mylady?"

„Auf unser Glück", sagte sie und küsste ihn schnell und fest auf den Mund. Dann zog sie ihre Röcke bis über ihre Knie hoch und schlang ihre Arme um seinen Nacken.

Es würde eine Weile dauern, dachte Pickett, bis er die Erinnerung an nackte Arme um seinen Hals, an warmen Atem in seinem Ohr und an schlanke, mit Seide bekleidete Knöchel, die um seine Taille geschlungen waren, würde genießen können. Im Moment gab es Dringenderes zu tun.

„Haltet Euch fest", sagte er und festigte dann den Griff um das Samtseil noch einmal, um sich dann vom Geländer rutschen zu lassen.

Während ihres Abstiegs wurde Julia von einem seltsamen Gefühl der Distanz überkommen, als ob ihre gegenwärtige Gefahr nicht mehr wäre als die Szene aus einem Stück, das auf der brennenden Bühne unten aufgeführt wurde, oder ein Traum, von dem sie wusste, dass sie bald aus ihm erwachen würde. Vielleicht hatte sie keinen Zweifel an seiner Fähigkeit, sie aus jeder Katastrophe zu retten; vielleicht konnte ihr traumatisiertes Gehirn nur in Benommenheit Zuflucht suchen. Welches auch immer der Grund für ihre unnatürliche Gelassenheit war, sie schöpfte Kraft aus der Erkenntnis, dass es sicher ein schlimmeres Schicksal gäbe, als mit John Pickett in den Armen zu sterben.

* * *

In seinem Wohnsitz in Westminster saß Mr. Colquhoun in seinem Arbeitszimmer und versuchte, nicht auf die Uhr zu schauen. Es war schon nach halb elf; das Musikprogramm, das im Königlichen Theater in der Drury Lane aufgeführt wurde, musste sich bald seinem Abschluss nähern. Wäre er zwanzig Jahre jünger gewesen, hätte er vielleicht bei der von ihm geplanten Operation eine aktive Rolle gespielt. Doch

66

solche Aktionen waren für jüngere Männer bestimmt, und außerdem klang die Art von Musik, die er sich sonst anzuhören gezwungen wäre, in seinem ungeübten Ohr wie Katzenmusik. Nein, er würde einen ruhigen Abend vor seinem eigenen Kamin lesend verbringen und sich am nächsten Morgen in der Bow Street einen vollständigen Bericht erstatten lassen.

Es sei denn, sein junger Schützling würde ihm heute Abend Neuigkeiten bringen. Ein zufriedenes Lächeln kräuselte seine Lippen, als er an John Pickett dachte, und fragte sich, was diese Viscountess von dem Jungen in seiner vollen Pracht gehalten haben mochte. Wenn sie genug Verstand besaß, über die Umstände der Geburt eines Mannes hinwegzusehen, würde sie in seine Arme sinken. In der Tat, dachte Mr. Colquhoun, wenn seine eigenen Töchter ein paar Jahre jünger und noch unverheiratet gewesen wären, hätte er nicht gezögert, einen von ihnen John Picketts Obhut anzuvertrauen. Tatsächlich hätte er die Gelegenheit begrüßen können, eine Verbindung zu formalisieren, die …

Ein Kratzen an der Tür ließ ihn sich umsehen, und er war überrascht und verstört, als er seinen eigenen Kutscher auf der Schwelle herumstehen sah. Der Ausdruck auf dem Gesicht des Mannes war genug, um ihm zu sagen, dass etwas nicht stimmte. Wenn diese verdammte Frau darauf bestanden hatte, früher nach Hause gebracht zu werden oder irgendetwas anderes zu tun, um die Operation zu verpfuschen, würde er etwas dazu zu sagen haben, etwas, das die Ohren Myladys zum Brennen bringen würde.

„Jervis? So bald zurück?"

„Schlechte Nachrichten, Sir", sagte der Kutscher. „Das Theater brennt. Ich konnte nicht näher kommen als bis zur St. Martins Lane, bevor ich umkehren musste."

„Brennt, sagst du?" Der Richter stand abrupt auf und das Buch auf seinem Schoß fiel unbemerkt auf den Teppich. „Wie schlimm ist es?"

Jervis schüttelte den Kopf. „Es ist schlimm, Sir. Morgen früh wird nichts mehr übrig sein als Asche, glaubt mir."

Mr. Colquhoun rannte an dem Kutscher vorbei in die Halle und von dort aus zur Tür und zur Vordertreppe. Weit im Nordosten glühte der Himmel in einem unheimlichen orangefarbenen Licht und dunkle Rauchwolken stiegen auf, die den Mond verdeckten.

„Nichts als Asche", murmelte der Richter entsetzt. „Und der größte Teil der Truppe der Bow Street ist darin eingeschlossen."

„Ich würde nicht ‚eingeschlossen' sagen", beeilte der Kutscher sich, ihn zu beruhigen. „Wenn man nach der Menge der Leute urteilen darf, die durch die Straßen rennen, würde ich sagen, dass die meisten es sicher nach draußen geschafft haben."

Die im Parkett gesessen hatten oder vielleicht nahe genug an den Treppen, um fliehen zu können, bevor die unvermeidliche Panik eine geordnete Evakuierung unmöglich machen würde. Aber was die Menschen in den Logen betraf, vor allem in den Logen in einiger Entfernung von der Treppe …

„Was ist mit dem Prinzen von Wales und seiner Gesellschaft?", verlangte er zu wissen.

Jervis zuckte entschuldigend die Achseln. „Davon weiß ich nichts. Ich schätze, sie werden alle anderen zurückgehalten haben, bis die königliche Gesellschaft es nach draußen geschafft hatte", fügte er hoffnungsvoll hinzu.

Mr. Colquhoun nickte geistesabwesend. „Ja, natürlich."

Aber John Pickett befand sich in der Loge gegenüber, ungefähr so weit von der königlichen Gesellschaft entfernt, wie es möglich war, solange man sich noch immer im selben Gebäude befand. Auch wenn das Publikum im Parkett und auf der Galerie zurückgehalten worden war, um es der königlichen Gesellschaft zu ermöglichen, sicher zu entkommen, würde der Junge sich auf der anderen Seite des Theaters gefangen finden. Tatsächlich, sinnierte Mr. Colquhoun, hätte er gern die gesamte nutzlose, teure Menage des Hannover'schen Hauses geopfert, um die Sicherheit eines ehemaligen Taschendiebs zu gewährleisten.

„Ich gehe zur Bow Street", verkündete er.

„Die Straßen sind mit Verkehr verstopft, Sir", protestierte Jervis. „Nichts kann durchkommen, nicht einmal ein Reitpferd."

„Ich werde zu Fuß gehen", sagte Mr. Colquhoun, und machte sich auf den Weg, ohne auch nur wegen seines Umhangs wieder hineinzugehen.

Es war seine Schuld. Wenn dem Jungen irgendetwas passiert wäre, würde er nur sich selbst einen Vorwurf zu machen haben. Rund um das Theater waren Läufer stationiert, außerdem mehrere Mitglieder der Fußpatrouille. Mit Sicherheit hätten sie die Prinzessin Olga im Auge behalten können, ohne jemanden direkt gegenüber in die Loge zu setzen. Aber nein, er war beinahe väterlich stolz darauf gewesen, den jungen Mann als Gentleman aufgemacht zu sehen, ihn mitten zwischen die Aristokratie zu schicken, ihm vielleicht sogar ihm eine letzte Chance zu geben, die hochgeborene Dame zu gewinnen, die er liebte.

Und damit hatte er den Besten und Klügsten der Bow Street in den Tod geschickt.

* * *

Ihr Abstieg war ungeschickter, als Pickett erwartet hatte, größtenteils wegen der unbeholfenen Last auf seinem Rücken; auch seine verschwitzten Handflächen machten es nicht besser. Sie waren sicher an ihrer eigenen Loge vorbeigekommen und befanden sich jetzt fast auf der gleichen Ebene wie die darunter. Oder zumindest glaubte Pickett, dass sie dort wären; er wagte es nicht, sich umzuschauen, um ihre Lage zu überprüfen. Stattdessen hielt er seinen Blick auf den Messingleuchter gerichtet, an dem sein provisorisches Seil verankert war, als könnte er ihn mit bloßer Willenskraft fest in der Wand halten. Und dann, gerade als das Geländer der Loge im zweiten Rang am Rande seines Blickfelds auftauchte, begann der Wandleuchter nicht in der Art, wie er es befürchtet hatte, aus der Wand zu brechen, sondern sich unter ihrem gemeinsamen Gewicht nach unten aufzubiegen. Durch die Hitze geschwächt, beugte er sich immer weiter nach unten, bis die Kerzen die Samtfalten berührten. Der überhitzte Stoff fing sofort Feuer, die Flammen rasten das Seil nach unten auf seine Hände zu, deren Knöchel vor Anstrengung schneeweiß waren.

„Festhalten, Mylady!", warnte Pickett seine süße Last und lockerte seinen Griff, sodass das Seil leicht durch seine Finger glitt. Ihr Abstieg beschleunigte sich heftig, auch wenn die Reibung eine Schicht seiner Haut von der Innenseite seiner Hände abschälte. Sie hatten den untersten Rang der Logen noch nicht ganz erreicht, als der Stoff völlig verbrannt war und fielen die letzten paar Fuß nach unten. Pickett schaffte es, nicht auf Lady Fieldhurst zu landen, doch durch sein Bemühen, ihren Fall abzufangen, landete er ungeschickt. Schmerz schoss durch seinen linken Knöchel.

Bei ihrer abrupten Landung zerplatzte Julias überirdische Gelassenheit und die Notwendigkeit sofortigen Handelns wurde ihr bewusst. Sie kletterte von Pickett herunter, zog die Röcke herunter, die sich um ihre Taille gebauscht hatten. „Ist bei Euch alles in Ordnung, Mr. Pickett?", rief sie ihm über das

Knistern und Brüllen der Flammen zu.

Er nickte, zu sehr außer Atem, um sprechen zu können. Er holte tief Luft und erlag einem Hustenanfall. „Und bei Euch?", würgte er heraus.

„Ja." Der Rauch war hier viel dichter, näher an der Quelle des Feuers. Sie tastete in ihrem Oberteil nach Picketts Taschentuch und drückte es sich gegen Nase und Mund.

„Wir müssen hier raus." Pickett stand auf und machte ein paar humpelnde Schritte.

Lady Fieldhurst sah ihn scharf an. „Ihr seid *nicht* in Ordnung! Ihr seid verletzt, Mr. Pickett."

„Ich bin ein bisschen schwer aufgekommen, das ist alles", keuchte er. „Es geht schon wieder. *Gehen* wir, Mylady."

Er warf seinen Arm um sie, hielt sie fest an seiner Seite, als sie den Gang hinaufliefen, wobei Pickett seinen linken Fuß schonte. Im Laufen flog die obere Lage ihrer Röcke aus Netzstoff auf und streifte das Ende einer brennenden Bank. Als Pickett den Stoff aufflammen sah, packte er eine Handvoll davon, zog und riss ihn an der hohen Taille ab, bevor das ganze Kleid in Flammen aufgehen konnte. Sie protestierte nicht gegen diese grobe Behandlung, sondern raffte ihre Röcke und hielt sie dichter an ihrem Körper, um zu verhindern, dass etwas Derartiges noch einmal geschähe. Nach ein paar weiteren Sekunden, die wie Stunden schienen, erreichten sie das Foyer, wo das Feuer noch nicht Fuß gefasst hatte.

„Mein – mein Umhang ist da drin", keuchte sie und deutete auf die Garderobe, wo der Abend so vielversprechend begonnen hatte.

In diesem Teil des Theaters waren noch keine Flammen zu sehen, aber schwarzer Rauch quoll aus den Ritzen um die Garderobentür.

„Vergesst ihn!", befahl Pickett.

„Es ist kalt draußen", widersprach sie.

„Jetzt wohl nicht", sagte er grimmig voraus. Er legte seinen Arm fester um sie und halb zog, halb trug er sie aus dem Theater in die Nacht hinaus.

Der Anblick, der sich ihren Augen bot, hätte eine Szene aus Dantes *Inferno* sein können. Flammen schossen hoch in den Himmel, winzige glühende Holzstückchen tanzten wie nachtaktive Insekten in der Luft. Hin und wieder löste sich ein brennender Balken aus dem Gebäude und krachte zu Boden, von wo eine eigene Wolke aus Rauch und Flammen aufstieg. Die Feuerwehr war eingetroffen und pumpte so kräftig wie möglich Wasser. Eine Kette von Männern reichte Eimer von Hand zu Hand, aber ihre Bemühungen waren angesichts des Ausmaßes des Brandes vergeblich. Aus sicherer Entfernung auf der anderen Straßenseite schrien und schluchzten die Menschen, als sie nach ihren Lieben suchten, ihre Gestalten waren nur als dunkle Silhouetten zu sehen, die sich vor dem flackernden Licht abhoben. Eine Frau wurde entweder vor

Hitze oder Schrecken ohnmächtig, während eine andere zurückgehalten werden musste, um zu verhindern, dass sie auf der Suche nach etwas – oder jemandem –, das oder den sie zurückgelassen hatte, zurück ins Theater eilte.

Pickett zögerte nicht, sondern schleppte Lady Fieldhurst in das Gewühl, um so viel Abstand wie möglich zwischen ihnen beiden und dem verdammten Theater zu schaffen. Sie hatten die gegenüberliegende Straßenseite noch nicht erreicht, als das Dach mit lautem Krachen zusammenbrach und der daraus resultierende heiße Luftstoß warf ihn um. Er fiel schwer nach vorn und zog sie mit sich zu Boden.

Sein Gewicht presste ihr die Luft aus den Lungen. „Lieber Himmel, Mr. Pickett", keuchte sie, als sie unter ihm hervorkroch. „Ihr solltet mich warnen …"

Sie brach abrupt ab. Ohne ihren Körper unter sich, um seinen Fall abzufedern, lag er jetzt mit dem Gesicht nach unten reglos auf dem Boden.

„Mr. Pickett?" Sie schüttelte ihn an der Schulter. Als sie keine Antwort erhielt, zog sie ihre Hand fort und fand sie nass vor Blut. „Mr. Pickett! Mr. Pickett! *John!*"

Und während die Welt um sie herum brannte, kniete sie in der Mitte der nassen Straße, hielt seinen blutenden Kopf in ihren Armen und schrie: „Hilfe! Bitte, hilf uns doch jemand!"

5

In dem Lady Fieldhurst eine Offenbarung erlebt

Mr. Colquhoun legte die Strecke von seiner Residenz zur Bow Street in einer Geschwindigkeit zurück, um die viele jüngere Männer ihn hätten beneiden mögen. Er war jedoch nicht in der Stimmung, sich dieser sportlichen Leistung zu rühmen, als er in die Amtsstube der Bow Street trat und wild umherschaute. Dixon war dort, ebenso wie Marshall, beide Männer wischten sich Schweiß und Ruß von ihren Brauen, als sie sich bereit machten, um bei der Bearbeitung von kleinen Einbrüchen und Diebstählen zu helfen, die unweigerlich folgten, wenn Londons kriminelle Elemente die Gelegenheit sahen, von einer Krise zu profitieren.

„Mr. Dixon! Guter Mann", sagte der Richter und schlug ihm auf die Schulter. „Mr. Marshall, froh zu sehen, dass Ihr es in Sicherheit geschafft habt. Irgendeine Nachricht von Mr.

Pickett?"

Marshall schüttelte den Kopf. „Ich habe nichts von ihm gesehen, Sir."

Dixon bestätigte das. „Er hat sich noch nicht zurückgemeldet."

Einer nach dem anderen kehrten die Männer der Bow Street Truppe zurück, die meisten husteten vom Rauch und ein paar waren leicht verletzt. Ihre Berichte über den Abend waren von Mann zu Mann leicht unterschiedlich, doch an einem Punkt waren sich alle einige: in dem Chaos der Evakuierung hatte niemand etwas von Mr. Pickett gesehen.

„Und Mr. Foote?", fragte Mr. Colquhoun und schaute sich suchend im Raum um. „Er sollte hier den Befehl übernehmen. Wo zum Teufel ist er?"

„Ich gehe davon aus, dass er losgelaufen ist, um zu helfen, als das Feuer ausbrach", riet Dixon.

Der Richter nickte zerstreut. „Ich schätze, das ist in Ordnung." Ihm gefiel die Vorstellung nicht, dass das Amt in der Bow Street praktisch leer gelassen worden war, aber er war erfahren genug, um zu wissen, dass auch die besten Pläne im Falle einer größeren Katastrophe in den Wind geschlagen werden.

Ein plötzliches Krachen erschütterte das Gebäude und vibrierte noch Sekunden nach dem ersten Aufprall nach.

„Guter Gott, was war das?", wollte Mr. Colquhoun wissen.

„Das Dach ist gerade eingestürzt", berichtete Mr. Griffin und betrat das Büro in der Bow Street in einem Schwall verrauchter Luft. „Das Theater ist völlig zerstört."

Zerstört. Das Theater war zerstört und damit seine letzte Hoffnung, dass John Pickett noch irgendwie am Leben sein könnte. Mr. Colquhoun tastete nach einem Stuhl und ließ sich schwer darauf fallen und fühlte sich plötzlich älter als seine vierundsechzig Jahre.

„Er könnte immer noch auftauchen, Sir", sagte Dixon, als er das aschfahle Gesicht des Richters sah. „Es sind schon seltsamere Dinge geschehen."

Mr. Colquhoun nickte, konnte sich aber nicht recht dazu bringen, es zu glauben.

* * *

„Hilfe!", schrie Lady Fieldhurst zwischen krampfartigen Hustenanfällen. „Hilf uns doch jemand, bitte!"

„Verzeihung, Ma'am, darf ich Euch behilflich sein?"

Julia schaute auf und sah eine männliche Silhouette sich deutlich von den Flammen abheben. „Dieser Mann wurde verletzt", erklärte sie. „Er braucht einen Arzt, aber ich kann ihn allein nicht bewegen."

„Wohin soll er gebracht werden?"

Sie wollte ihre eigene Adresse in der Curzon Street angeben, als ein Teil eines längst vergessenen Gesprächs sie an seinen viel nähere Wohnung erinnerte. „Er wohnt in der Drury Lane. Ich weiß die Nummer nicht, aber ich weiß, dass er Räume über dem Geschäft eines Kerzenziehers gemietet hat. Könnt Ihr eine Sänfte holen?"

Der Mann schaute sich um und enthüllte das scharfe Profil einer Adlernase, als er sich in dem Chaos um sie herum umschaute. „Pferde können noch nicht durchkommen, daher wird jede Sänfte wahrscheinlich von Leuten, die nach einer Transportmöglichkeit suchen, belagert. Wenn Ihr mir die Unverschämtheit verzeihen wollt, scheint mir, dass eine schöne Frau bessere Chancen hätte, einen Tragsessel zu bekommen, als ein Mann."

Innerlich bezweifelte Lady Fieldhurst, dass ihr derzeitiges Aussehen sehr verführerisch sein könnte, doch sie verstand das Argument des Mannes. Sie zögerte jedoch sehr, Mr. Pickett allein zu lassen.

„Ich bleibe bei ihm, bis Ihr wiederkommt", bot der Fremde an, der ihre Einwände zu ahnen schien.

Sanft ließ sie Picketts Kopf auf den Boden gleiten. „Vielen Dank. Ich komme zurück, sobald ich kann", sagte sie, obwohl sie sich nicht sicher war, ob sie dieses Versprechen dem Fremden gab oder Pickett selbst.

Sie stand mühsam auf und drängte sich durch die Menge, bis sie eine Sänfte erblickte. Leider war sie schon von einem behäbigen Gentleman in Anspruch genommen worden, der gerade hineinkletterte. Sie rannte hinter ihm her und packte seinen Arm.

„Verzeiht mir, Lord Lindlay", sagte sie atemlos vor

Anstrengung und dem eingeatmeten Rauch, „aber es gibt einen Verletzten, der diese Sänfte dringender benötigt als Ihr."

Lord Lindlay drehte sich um und sah die leicht skandalöse Witwe des verstorbenen Lord Fieldhurst, die in einem zerrissenen und schlammbeschmutzten Kleid völlig entstellt aussah; ihre Haare hingen herunter und die gefärbten Straußenfedern, die einst ihre Frisur geschmückt hatten, neigten sich nun wie betrunken über ihr linkes Ohr.

„Was soll das?", fragte er und erhob seine Stimme, um in dem Durcheinander gehört zu werden. „Habt Ihr eine Vorstellung davon, wie schwer es war, diese Sänfte zu bekommen?"

„Das bezweifle ich nicht …"

„Nun, dann!", rief der beleidigte Adlige und drehte sich zurück, um sich in den Tragsessel zu heben.

„Es tut mir wirklich leid, Euch auf diese Weise zu bedrängen, Sir", beharrte Lady Fieldhurst und ließ seinen Arm nicht los, „aber das Leben eines Mannes könnte auf dem Spiel stehen!"

„Was sagt Ihr da?", fragte er, sichtlich schwankend. „Ein verletzter Gentleman?"

„Ja", log sie, ohne zu zögern. „Würdet Ihr bitte, *bitte* so freundlich sein, ihm Euren Platz zu hinterlassen, Sir?"

„Na, ich würde nie …", polterte er. „Trotzdem, ich schätze, man muss tun, was man kann. Ich nehme an, in ähnlichen Umständen würde ich wollen, dass jemand dasselbe für mich tut. Nun gut, Mylady, meine Sänfte steht Euch zur Verfügung."

Er vollführte eine höfische Verbeugung, die unter den Umständen hätte lächerlich wirken müssen, aber das brachte sie dazu, ihm einen raschen Kuss auf die Wange zu geben. „Vielen Dank, Lord Lindlay! Ihr seid sehr gütig."

„Aber gar nicht, nicht doch", entrüstete er sich und wandte sich dann an die Sesselträger, die diesen Austausch mit unverhülltem Interesse verfolgt hatten. „Ihr habt die Lady gehört. Also los jetzt."

Die beiden Männer mussten laufen, um mit ihr Schritt halten zu können – keine einfache Aufgabe mit dem kastenförmigen Holzstuhl, den sie zwischen sich auf Stangen balancierten – doch bald kamen sie wieder an dem Ort an, wo sie Pickett auf der Straße hatte liegen lassen. Ihr Schutzengel stand noch immer bei seiner reglosen Gestalt, genau, wie er es versprochen hatte, doch inzwischen hatte sich eine Häufchen neugieriger Zuschauer um ihn gesammelt.

„Da ist er", erklärte sie den Sesselträgern und deutete auf die Stelle, wo Pickett lag. „Wenn Ihr mir erlauben wollt, zuerst einzusteigen, könnt Ihr ihn herein heben und mir übergeben. Und Ihr, Sir, ich hatte keine Gelegenheit, Euren Namen zu erfahren oder Euch meine Dankbarkeit auszudrücken für …"

Doch als sie sich umdrehte, um ihm zu danken, war ihr Wohltäter verschwunden. Sie hatte keine Zeit, sich über sein

Verschwinden zu wundern, da sie befürchtete, jemand anders könnte ihr die Sänfte ebenso abnehmen, wie sie sie dem glücklosen Lord Lindlay abgeschwätzt hatte. Sie kletterte hinein und hielt die Arme ausgestreckt, um Picketts leblosen Körper aufzufangen.

„Vorsichtig – passt auf seinen Kopf auf."

Da Pickett ziemlich groß und der Tragsessel nicht allzu geräumig war, waren die Träger gezwungen, ihn auf den Boden der Sänfte zu legen, wobei sein Kopf auf Lady Fieldhursts Schoß ruhte und seine Beine zusammengefaltet wurden, damit sie die Tür schließen konnten. Nachdem diese Operation abgeschlossen war, schauten sie Julia um weitere Anweisungen bittend an.

„Drury Lane", sagte sie und blickte durch das Fenster des Tragsessels. „Ich kenne die Nummer nicht, aber dort ist ein Kerzenzieherladen mit einer vermieteten Wohnung darüber."

Einer der Träger schaute sie nur verständnislos an, aber der andere nickte. „Ich glaube, ich kenne den Laden. Komm schon", sagte er zu seinem Kameraden und sie hoben den Stuhl mit den Stangen an und machten sich auf den Weg die Straße hinunter.

Lady Fieldhurst versuchte ihr Bestes, Picketts Kopf in ihrem Schoß zu schützen, aber es war trotzdem eine hüpfende, holprige Bewegung. Endlich erreichten sie den Laden, der trotz der späten Stunde hell erleuchtet war. Diese ungewöhnliche Beleuchtung war nicht nur hier zu sehen;

jeder Ladenbesitzer in der Drury Lane war wach und auf dem Posten, jeder bewachte sein Eigentum, damit es nicht dem Feuer oder Plünderern oder beidem zum Opfer fallen sollte.

Die Sesselträger hielten vor diesem Gebäude an und senkten ihre Last auf den Boden, öffneten dann die Tür und traten zurück, damit ihre Passagiere aussteigen konnten.

„Könnt Ihr mir helfen, ihn die Treppe dort hinaufzutragen?", fragte Lady Fieldhurst. Als sie den widerwilligen Ausdruck auf beider Gesichter sah, stampfte sie mit dem Fuß auf. „Sicher könnt Ihr nicht erwarten, dass ich ihn ganz allein dort hinauf zerre! Ihr werdet für Eure Bemühungen gut belohnt werden, das verspreche ich."

Doch noch im Sprechen erinnerte sie sich daran, dass ihr Réticule neben ihrem Sitz in der Loge gelegen hatte. Davon würde nichts als Asche übrig geblieben sein. Glücklicherweise kam Hilfe in Form einer stämmigen Frau, die aus dem Geschäft eilte und ihre Schürze in den Händen verdrehte.

„Grundgütiger! Johnny, seid Ihr das? Ich war völlig außer mir vor Sorge – du meine Güte!" rief sie aus beim Anblick des bewusstlosen Pickett in den Armen einer völlig aufgelösten Frau, deren Haltung trotz ihres Äußeren eine Dame höheren Standes erkennen ließ.

„Wie Ihr sehen könnt, hat Mr. Pickett eine Verletzung erlitten."

Die beiden Sesselträger hoben Pickett, wenn auch

widerwillig, heraus, und Lady Fieldhurst, deren Arme sich seltsam leer anfühlten, stieg steif hinter ihm nach draußen.

„Als ich den Rauch sah und hörte, dass das Theater brannte, befürchtete ich das Schlimmste", gestand die Frau. „Ich wusste, dass er heute Abend dort sein sollte."

„Und Ihr seid Mrs. ...?", fragte Lady Fieldhurst.

„Mrs. Catchpole, Johnnys Wirtin."

„Mrs. Catchpole, ich wäre Euch sehr verpflichtet, wenn Ihr diese guten Männer für ihre Dienste bezahlen könntet. Ich werde Euch das Geld gern mit jeder Summe an Zinsen, die Ihr nennt, zurückzahlen."

„Das ist nett von Euch, Ma'am, aber für Zinsen besteht keine Notwendigkeit. Warum, Jonny gehört fast zur Familie", fügte sie hinzu, da sie sich lange Hoffnung auf eine Heirat zwischen ihrem gut aussehenden jungen Mieter und ihrer unverheirateten Nichte gemacht hatte.

„Vielen Dank." Nachdem Lady Fieldhurst sich um die Zahlung gekümmert hatte, wandte sie sich wieder den Stuhlträgern zu. „Wenn Ihr ihn jetzt hochtragen würdet; bitte, Mrs. Catchpole wird Euch den Weg zeigen."

Die Wirtin hörte ihr Stichwort, verlor keine Zeit, sich eine Kerze zu nehmen und den Weg die Treppe hinauf und in Picketts Zimmer zu leuchten, wo Lady Fieldhurst die Männer anwies, ihn auf das Bett zu legen.

„Ich werde Euch brauchen, um schnell einen Arzt zu holen."

Die Träger, denen inzwischen klar geworden war, dass sie es mit einer Persönlichkeit zu tun hatten, tippten an ihre Kappen und machten sich sofort auf den Weg. Nachdem die unmittelbare Krise nun vorbei war, begann Lady Fieldhurst zu zittern; es war merkwürdig, aber sie hatte zuvor nicht bemerkt, wie kalt das Zimmer war.

„Ich werde nur das Feuer anzünden, Ma'am, ja?", bot Mrs. Catchpole an, die sich bereits in Richtung des Kamins bewegte.

„Ja, bitte."

Während die Wirtin sich daran machte, das Feuer zu entfachen, drehte sich Lady Fieldhurst um, um Mr. Pickett im Licht der einzelnen Kerze zu untersuchen. Sein Gesicht war schwarz wie das eines Schornsteinfegers – sie vermutete, dass ihr Gesicht nicht viel sauberer sein musste –, aber abgesehen von dem Blut, das immer noch aus seinem Hinterkopf sickerte, konnte sie keine weiteren Anzeichen von Verletzungen finden. Vorsichtig, um ihn nicht zu erschüttern, löste sie die Krawatte um seinen Hals und wickelte sie um seinen verwundeten Kopf, wobei sie zwei ihrer Haarnadeln opferte, um sie festzustecken. Als sie auf einem Waschtisch einen Krug und eine Schüssel sah, suchte sie einen Lappen und goss Wasser aus dem Krug in die Schüssel. Zweifellos war es am Morgen warm gewesen, aber inzwischen war es fast eiskalt. Sie hatte nicht das Gefühl, dass das schlecht wäre; vielleicht würde der Schock des kalten Wassers ihn wieder zu

Bewusstsein bringen. Sie tauchte das Tuch in das kalte Wasser, wrang das überflüssige Wasser aus, kehrte dann zum Bett zurück und begann, sein Gesicht zu waschen. Leider machte er kein Anzeichen, wieder aufzuwachen.

Nachdem sie sein Gesicht von getrocknetem Blut und dem Ruß gereinigt hatte, machte sie sich an die unangenehme Aufgabe, seine schmutzige, blutgetränkte Kleidung zu entfernen. Indem sie ihn zuerst vorsichtig auf eine Schulter und dann auf die andere rollte, war sie in der Lage, ihn von seinem Rock und seiner Weste zu befreien, aber das Hemd stellte ein Problem dar, da sie es nicht wagte, es über seinen Kopf zu ziehen.

„Mrs. Catchpole", wandte sie sich an die Frau, die noch vor dem Feuer kniete. „Wisst Ihr vielleicht, wo ich eine Schere oder ein Messer finden könnte?"

Die Wirtin drehte sich um und sah, wie ihr Mieter geschickt, aber überraschend sanft ausgezogen wurde. „Aber Mylady, das ist keine Arbeit für eine Dame! Ihr lasst das besser mich machen."

„Unsinn! Ich war sechs Jahre lang verheiratet. Ich habe schon einmal einen nackten Mann gesehen", beharrte Julia und wurde trotzdem rot, als sie die Worte aussprach.

„Oh!" Mrs. Catchpoles Augen weiteten sich, als sie plötzlich etwas klar wurde. „Ihr müsst Jonnys Witwe sein!"

„Er ist doch nicht tot!", schrie Lady Fieldhurst entsetzt auf. „So dürft Ihr nicht von ihm sprechen!"

„Nein, natürlich nicht", beeilte die andere Frau sich, sie zu beruhigen, obwohl sie nun erkannte, dass ihre eigenen Hoffnungen auf eine Ehe zwischen ihrer Nichte und ihrem gut aussehenden jungen Mieter endgültig zum Scheitern verurteilt waren, ob dieser sich erholen würde oder nicht. „Ich meinte nur das – das heißt, Johnny erzählte mir einmal, dass er Euch kennengelernt hatte ..."

Lady Fieldhurst fuhr sich mit der Hand über die Augen. „Ich bitte um Verzeihung. Natürlich habt Ihr nichts dergleichen gemeint! Es war ein furchtbarer Abend und ich fürchte, meine Nerven sind äußerst angespannt."

„Nun, wie könnte es anders sein?", fragte Mrs. Catchpole beruhigend. „Vielleicht hättet Ihr gern eine schöne Tasse Tee? Wenn Ihr sicher seid, dass Ihr meine Hilfe nicht braucht, heißt das."

In der Tat schrak Lady Fieldhurst ein wenig vor der Aussicht zurück, Mr. Picketts untere Hälfte zu entkleiden, aber sie wollte niemand anderem erlauben, ihn zu berühren, und legte keinen besonderen Wert auf Publikum, während sie dies selbst tat. „Tee wäre wundervoll, Mrs. Catchpole."

Nachdem die Wirtin gegangen war, wandte sich Lady Fieldhurst wieder der reglosen Gestalt auf dem Bett zu. Sie holte tief Atem. „Es tut mir leid, Mr. Pickett. Ich weiß, dass es Euch nicht gefallen würde, aber Eure Kleidung ist schrecklich nass von den Feuerlöschschläuchen, und Ihr werdet Euch viel wohler fühlen, wenn Ihr erst warm und trocken seid", sagte sie und machte sich an die Arbeit, die Klappe seiner Kniehose aufzuknöpfen.

Bald, nachdem sie Mr. Pickett bis auf die Unterwäsche ausgezogen hatte (sie hatte es nicht gewagt, weiter zu gehen, ganz gleich, wie feucht seine Unterhosen waren), bedeckte sie ihn mit einer Decke. Sie schaute über ihre Schulter zum Feuer, das jetzt hell brannte, obwohl es die Kälte in dem Zimmer erst noch vertreiben musste. Sie schauderte bei dem Anblick und fragte sich, ob sie jemals in der Lage sein würde, auch die harmloseste Kerzenflamme wieder wie früher zu betrachten.

„Da wären wir", verkündete Mrs. Catchpole und betrat den Raum mit einer dampfenden Tasse und einem Messer mit kurzer Klinge. Sie stellte beides auf dem Nachttisch ab und sah dann Lady Fieldhurst erwartungsvoll an.

„Vielen Dank, Mrs. Catchpole", sagte Julia und nickte ihr zu, dass sie gehen dürfte.

Leider war die Wirtin nicht so einfach zu entlassen. „Ich weiß nicht, was aus der Welt wird, wirklich Ma'am, ich weiß es nicht! Letzten September das Theater in Covent Garden und jetzt das in der Drury Lane! Es ist nur gut, dass ich nichts für diese erfundenen Schauspiele auf der Bühne übrig habe, denn es ist klar wie Kloßbrühe, dass diese Orte nicht sicher sind. Und wenn ich daran denke, dass ich erst vor einer Woche zu meiner Nichte gesagt habe …"

„Ihr wart überaus hilfreich, Mrs. Catchpole", sagte Julia und unterbrach, was eine längere Rede zu werden versprach,

„aber ich bin sicher, dass Ihr lieber wieder nach unten gehen möchtet und ein Auge auf Euren Laden haben wollt. Ich bin ziemlich sicher, dass ich jetzt hier allein zurechtkomme. Bitte lasst Euch von mir nicht von Euren eigenen Pflichten abhalten."

Mrs. Catchpole schwankte zwischen dem Groll, so einfach entlassen zu werden, und dem Wissen, dass die aristokratische Begleiterin ihres Mieters völlig recht hatte: Außer der Möglichkeit, dass sich das Feuer ausbreiten könnte, gab es die allgegenwärtige Drohung von Dieben, die Chaos und Verwirrung schnell auszunutzen wussten, um sich zu bereichern.

„Sehr gut, Ma'am", sagte sie mit sichtlichem Widerstreben. „Wenn Ihr sicher seid, dass Ihr mich nicht mehr braucht, werde ich Euch jetzt verlassen. Ich komme dann am Morgen mit frischem Wasser und mehr Kohlen für das Feuer wieder heraus, wenn es recht ist?"

„Ja, vielen Dank, Mrs. Catchpole", sagte Julia mit echter Dankbarkeit. „Dafür wäre ich sehr dankbar."

Allein mit dem Mann, der ihr Ehemann war und doch wieder nicht, kräftigte Julia sich mit einem Schluck Tee, bei dessen Geschmack sie das Gesicht verzog; Mrs. Catchpoles Teeblätter waren deutlich schlechter als die Mischung, die sich in ihrer eigenen Küche in der Curzon Street fand. Sie stellte die Tasse zur Seite, knöpfte Picketts Hemd am Hals auf und nahm dann das Messer zur Hand. Sie schlitzte das

Kleidungsstück von der Knopfleiste bis zum Saum auf und zog es ihm dann mit derselben Bewegung von einer Seite zur anderen aus, die sie schon benutzt hatte, um ihm Rock und Weste auszuziehen.

Das Licht im Zimmer war jetzt etwas heller dank des Feuers, und als sie seinen Arm aus dem Ärmel zog, konnte sie deutlich sehen, was sie zuvor nicht bemerkt hatte. Seine Handflächen waren rot und roh und auf der weichen Haut bildeten sich Blutblasen. Sie erinnerte sich an ihr schnelles Hinabgleiten an dem provisorischen Seil und legte seine Hand an ihre Wange.

„Ich weiß nicht, ob Ihr mich hören könnt, Mr. Pickett", flüsterte sie gegen seine misshandelte Handfläche, „aber ich wünschte, ich könnte Euch sagen, wie wunderbar – wie mutig …"

Ihre Kehle wurde eng und sie konnte nichts mehr sagen. Als ihre Augen sich mit Tränen füllten, wusste sie mit blendender Gewissheit, dass, wenn er sterben würde, alles Gute und Schöne in ihrem Leben mit ihm gehen würde. Sie hätte die Wahrheit schon vor Wochen erkennen müssen. Nach all der Einsamkeit und dem Elend der letzten drei Monate schien es die grausamste Ironie zu sein, dass sie ihr eigenes Herz bis jetzt nicht erkannte hatte, wo er so still und ruhig lag, als ob er sich unter einem bösen Bann befände.

„Bitte wach auf", flehte sie. „Bitte komm zu mir zurück. Ich könnte es nicht ertragen, wenn du … ich … ich …"

Vielleicht würde sie nie wieder eine Gelegenheit finden, zu sagen, was in ihrem Herzen war, was sie schon lange hätte aussprechen sollen. Sie saß auf der Bettkante und beugte sich über seine unbewegliche Gestalt.

„Ich liebe dich, John Pickett", flüsterte sie und presste ihre Lippen auf seinen nicht reagierenden Mund.

* * *

Für Pickett, der sich trübe seines schmerzenden Kopfes bewusst war, schien es, als würde er schwerelos in einer zähen Flüssigkeit treiben, die er nicht identifizieren konnte. Es war mit Sicherheit nicht das Wasser der Themse; er hatte sich in seinen frühen Jahren oft genug im Schlamm des Ufers herumgetrieben und das Wasser war nie so klar gewesen. Er nahm an, er könnte an die Oberfläche schwimmen und sich umschauen, um seinen Standort festzustellen, doch bemerkte er, dass er zögerte, das zu tun. Dort oben war Feuer und Schmerz und noch etwas, etwas Wichtiges, das er jemandem sagen musste. Hier unten jedoch … Hier unten war nur samtige Dunkelheit und sanfte Liebkosungen und eine vertraute, geliebte Stimme, die Dinge sagte, von denen er wusste, dass er sie dort oben nie ausgesprochen hören würde.

Es war die einfachste Entscheidung, die er je getroffen hatte. Er entspannte sich und gab sich der Dunkelheit hin.

6

*In dem Lady Fieldhurst einen Scharlatan entlarvt
und eine verstörende Entdeckung macht*

Lady Fieldhurst hatte keine Ahnung, wie viel Zeit vergangen war, bis der Arzt endlich eintraf. Es erschien ihr sicher wie Stunden, aber andererseits hatte die Zeit in dieser, wohl der längsten Nacht ihres Lebens, aufgehört zu existieren. Endlich klopfte es an der Tür und sie öffnete sie, um einen Mann mit Brille und abgenutzter schwarzer Ledertasche einzulassen.

„Oh, Gott sei Dank!", rief sie aus.

„Willard Portman, Arzt", sagte er zur Vorstellung. „Ich glaube, Ihr habt einen Patienten für mich?"

„Ja, Mr. Portman. Gleich hier entlang, bitte."

Sie führte ihn durch den Vorraum, der als Wohn- und Esszimmer diente, in das kleine Schlafzimmer, in dem Pickett genau so lag, wie sie ihn verlassen hatte.

„Hmmm." Der Arzt musterte ihn einen langen Moment

und begann dann, die provisorische Bandage, die sie aus seiner Krawatte gemacht hatte, vorsichtig abzuwickeln. „Mm–hmm", sagte er erneut, als er die blutverkrustete Wunde aufdeckte.

Er drehte sich zum Nachttisch um, öffnete seine Tasche und legte einige bedrohlich aussehende Instrumente heraus.

„Was – was habt Ihr vor zu tun?", fragte Lady Fieldhurst und beäugte diese Sammlung mit wachsendem Unbehagen.

„In Fällen, in denen der Kopf eine Verletzung erlitten hat, ist die größte Gefahr die Möglichkeit eines Hirnfiebers. Meiner Meinung nach ist der beste Weg, dies zu verhindern, eine Schwellung des Gehirns zu lindern. Ich selbst habe ein Verfahren entwickelt, von dem ich glaube, dass es das bewirkt." Er warf einen Blick auf die Instrumente, die auf dem Nachttisch aufgereiht waren, und hob ein Rasiermesser auf. „Ich werde zunächst den Kopf des Patienten rasieren. Dann kann ich ein Loch in den Schädel bohren, das den Druck auf das Gehirn verringert und so Folgendes ermöglicht: …"

„Und das habt Ihr schon zuvor gemacht?", fragte Lady Fieldhurst entsetzt.

Er nickte. „Zweimal, ja."

„Und – und Eure anderen Patienten? Haben sie sich am Ende erholt?"

„Leider sind beide gestorben. Aber", fügte er schnell hinzu, „sie wären zweifellos nur viel früher gestorben, wenn kein Heilungsversuch unternommen worden wäre."

„Raus", hauchte Lady Fieldhurst und bewegte sich, um sich zwischen Arzt und Patient zu stellen.

„Wie bitte?"

„Ihr habt mich gehört", sagte sie diesmal lauter. „Raus."

„Darf ich Euch daran erinnern, dass *Ihr* es wart, die *mich* habt rufen lassen? Wenn Ihr mir nicht erlaubt, ihn zu behandeln …"

Sie schnappte sich das Messer, das sie benutzt hatte, um Picketts Hemd aufzuschneiden und zielte damit auf die Kehle des Arztes. „Ich sagte: raus."

Er gab ein nervöses kleines Lachen von sich. „Schon gut, Ma'am, schon gut, ich bin sicher, es gibt keinen Grund …"

„Wenn Ihr ihn anfasst", sagte sie überdeutlich, „werde ich Euch töten."

Mit hinter seinen Brillengläsern weit aufgerissenen Augen stopfte der Arzt seine Instrumente wieder in seine Ledertasche und begann, sich langsam zurückzuziehen. „Sehr wohl, Ma'am, aber wenn er stirbt, seid Ihr dafür verantwortlich!"

Nachdem er diesen letzten Schuss von sich gegeben hatte, wandte er sich ab und verschwand eiligst. Lady Fieldhurst knallte die Tür hinter ihm zu und schloss sie ab, als fürchte sie, er könnte zurückkehren und versuchen, seine schreckliche Operation ohne ihre Erlaubnis durchzuführen. Dann vergrub sie ihr Gesicht in ihren zitternden Händen und ergab sich den Tränen, die sie nicht länger zurückhalten konnte.

* * *

Als die Morgendämmerung über der Stadt hereinbrach, verließ Mr. Colquhoun die Amtsstube in der Bow Street und ging zur Kreuzung von Russell und Brydge Street, wo einst das Königliche Theater die Landschaft beherrscht hatte. Die Luft war noch voller Rauch, aber durch den Dunst konnte er eine zerbrochene und geschwärzte Wand über den Ruinen aufragen sehen, mit zwei großen Löchern, die einst Fenster gewesen waren und die nun über den Trümmern klafften wie blinde Augen. Die tiefe Schlucht darunter, nahm er an, musste der Orchestergraben gewesen sein, was hieß, dass die schwelenden Balken auf den Seiten alles waren, was von den Logen übrig war, die sich einst zu beiden Seiten des Parketts erhoben hatten. Die königliche Loge musste rechts der Bühne gewesen sein, also direkt gegenüber, zur Linken …

Eine Rauchwolke erhob sich aus der Asche wie aus einem Scheiterhaufen. Gott allein mochte wissen, was der Junge gelitten hatte, dachte der Richter. Er ertappte sich bei der Hoffnung, dass der Junge am Rauch erstickt war, lange bevor die Flammen die Loge erreicht hatten. Ersticken war schon eine schlimme Todesart, aber sicher weit weniger grässlich als die andere Möglichkeit. Er vermutete, dass Lady Fieldhurst ebenfalls unter den Verunglückten gewesen sein musste, und hoffte, dass Pickett etwas Trost daraus gezogen hatte, dass sie am Ende bei ihm war.

Ihm kam der Gedanke, dass er im Laufe seiner Amtszeit viele Freunde in hohen Positionen gewonnen hatte. Vielleicht konnte er ein paar Fäden ziehen und die Erlaubnis einholen, Anspruch auf die sterblichen Überreste zu erheben, sobald die Trümmer beseitigt waren. Gott wusste, dass John Pickett außer seinem Nichtsnutz von Vater in Botany Bay niemanden mehr hatte. Er weigerte sich zuzulassen, dass der Junge in einem namenlosen Armengrab beigesetzt würde.

„Verdammter Rauch", murmelte er, zog ein Taschentuch aus der Tasche und wischte sich über die brennenden Augen.

Dann wandte er sich von der zerstörten Stelle ab, die John Picketts Grab war, und ging langsam zurück in Richtung Bow Street. Hier ging das Leben weiter, denn neben den üblichen geringfügigen Verbrechen gab es jetzt eine Reihe weiterer Probleme im Zusammenhang mit dem Feuer. Ein Mann beschrieb ein Pferd, das in all der Verwirrung entweder verloren gegangen oder gestohlen worden war. Eine ältere Frau beklagte sich lautstark darüber, dass sie die Trümmer nicht nach dem Spazierstock absuchen dürfte, von dem sie ganz sicher war, dass sie ihn zurückgelassen hatte, als der Brand ausbrach. In der Nähe der Richterbank schwenkte ein Mann mit Brille voller Aufregung die Arme.

„Eine Verrückte, sage ich Euch!", erklärte er zu Mr. Footes skeptischer Belustigung. „Sie hat mich mit einem Messer bedroht!"

Mr. Colquhoun seufzte und trat näher. „Worum geht es

hier?"

Nachdem der Mann von seinen früheren Zuhörern nur wenig Ermutigung erhalten hatte, wandte er sich eifrig an den Richter. „Ich versuche diesem Kerl zu sagen, dass eine Verrückte mit einem Messer auf freiem Fuß ist! Sie hat mir gedroht, mich umzubringen, wenn ich die Wohnung nicht verlasse!"

„Ich verstehe." Mr. Colquhoun runzelte die Stirn. „Wo war das?"

„Schäbige kleine Wohnung in der Drury Lane. Nummer vierundachtzig, glaube ich, obwohl es mir nichts ausmacht, zuzugeben, dass ich mich nicht länger dort aufgehalten habe, um sicherzugehen."

Mr. Colquhoun erkannte die Nummer und schaute noch finsterer drein. „Über einem Kerzenzieherladen, oder?"

„Ja, ich glaube, so war es."

Mr. Colquhoun wandte sich an den Läufer. „Ich werde mich darum kümmern, Mr. Foote, Ihr braucht Euch nicht zu bemühen."

Er ließ dem Wort die Tat folgen und verließ die Amtsstube der Bow Street, ohne einen Blick zurück. Er wusste, dass es unter den Verbrechern skrupellose Personen gab, die die Besitztümer der Toten stahlen, um sie zu verkaufen, aber er wollte verdammt sein, wenn er zulassen würde, dass jemand anderes von allem profitierte, wofür John Pickett im Laufe seines kurzen Lebens gearbeitet hatte. Der

Richter seufzte. Er freute sich nicht auf die bittere Aufgabe, die mageren Habseligkeiten des Jungen auf halbem Weg um die Welt an den Schurken zu schicken, der ihn gezeugt hatte, aber er nahm an, dass er dem Mann so viel schuldete; immerhin hatte er seinen Sohn getötet.

* * *

Lady Fieldhurst trocknete ihre Tränen und kehrte ins Schlafzimmer zurück, wo sie Mr. Pickett genauso liegen sah, wie sie ihn verlassen hatte. Sicher war es doch nicht normal, dass er so ruhig lag, und, ja, so *leblos*. Er würde doch sicher nicht …

Sie befürchtete das Schlimmste, als sie rasch zum Bett eilte. Sie klappte die Decke weit genug nach unten, um seine glatte, nackte Brust zu enthüllen und legte ihre Hand auf sein Herz. Da spürte sie es, ein winziges Flattern eines Herzschlags, ein ganz leichtes Heben und Senken seiner Brust. Sie stieß einen langen Seufzer der Erleichterung aus, zog die Decke wieder bis zu seinem Kinn hoch, ersetzte die Verbände, die der Arzt entfernt hatte und richtete sich dann auf – um einen guten Blick auf sich selbst im Spiegel über dem Waschtisch zu erhaschen.

Es war vielleicht gut, dass er sie nicht sehen konnte, denn der scheußliche Anblick, den sie bot, hätte sicherlich ausgereicht, um ihn zu Tode zu erschrecken. Ihr Gesicht, zumindest der Teil, der nicht mit seinem Taschentuch bedeckt gewesen war, war rußverschmiert, und ihre Haare fielen aus den wenigen verbliebenen Nadeln herunter. Ihr Kleid – ihr schönes blaues Kleid, in das sie so große Hoffnungen gesetzt hatte, war nichts mehr als ein Lumpen, der Saum versengt, die Röcke durchnässt und blutbefleckt, und der größte Teil des Gaze-Überrocks abgerissen. Und doch würde es in ihrer Vorstellung immer so bleiben, wie es in dem Moment ausgesehen hatte, als sie aus der Garderobe aufgetaucht war und Mr. Pickett sie darin gesehen hatte …

Sie lächelte ein wenig bei der Erinnerung und begann dann, die Überreste des Kleides auszuziehen. Sie warf einen unsicheren Blick auf die ruhende Gestalt auf dem Bett, bevor sie das Kleid von ihren Schultern fallen ließ, aber sie hätte sich keine Sorgen machen müssen, er war sich ihrer Gegenwart völlig unbewusst. Oder vielleicht, wenn sie ehrlich zu sich selbst war, machte sie sich überhaupt keine Sorgen, sondern erlaubte sich die wilde Hoffnung, dass die Aussicht, sie *en déshabillé* zu sehen, ihn aufrütteln könnte, wenn nichts anderes half. Doch dies wäre vergebliche Mühe gewesen, denn er rührte sich nicht.

Obwohl das Feuer anfing, den Raum recht gut zu erwärmen, war es immer noch ziemlich kalt, wenn man nur Hemd, Korsett und Unterrock trug. Leider hatte sie kein anderes Kleid zum Anziehen. Sie rieb sich die Arme, um sich zu wärmen, und fragte sich, ob sie Mrs. Catchpole bitten sollte, ihr ein Umschlagtuch zu leihen, als sie Picketts zwei Röcke erblickte, einen schwarzen und einen braunen, die an einem Haken neben der Tür hingen. Sie erinnerte sich, dass der Schwarze sein bester war, also wählte sie den Braunen (der ihr auf jeden Fall der liebste der beiden war, da sie ihn viel häufiger darin als in dem anderen gesehen hatte) und zog ihn über ihrer Unterwäsche an. Die Ärmel waren viel zu lang – tatsächlich bedeckten sie ihre Hände –, aber dieses Problem konnte leicht gelöst werden, indem man sie hochkrempelte. Nachdem sie diese einfache Änderung durchgeführt hatte, schlug sie ein Revers hoch und vergrub ihre Nase darin, um tief den Geruch einzuatmen, der einzig John Pickett zu eigen war.

Sie wusch sich das Gesicht mit kaltem Wasser aus dem Waschbecken, löste die Reste ihrer Frisur und drehte ihr Haar im Nacken zu einem einfachen Knoten. Sie hatte diesen gerade mit ihren wenigen verbliebenen Haarnadeln festgesteckt, als es an der Tür klopfte. Mrs. Catchpole, dachte sie, die kam, um die versprochene Kohle und das versprochene Wasser abzuliefern und zweifellos nach der Gesundheit ihres Mieters zu fragen. Julia bedauerte, dass sie nichts Ermutigenderes zu berichten hatte. Sie ging durch das Wohnzimmer und öffnete die Tür – und sah sich Mr. Picketts Richter, Mr. Colquhoun, gegenüber. Einen langen Moment lang starrten sie einander mit dem gleichen Ausdruck von Unglauben an, bis Julia sich daran erinnerte, dass sie nichts als ihre Unterwäsche und Mr. Picketts Rock trug.

Sie zog ihn eng bis zum Hals um sich. „Das – es ist nicht,

wie es aussieht ..."

So überwältigend war die Trauer des Magistrats über den Verlust seines jungen Schützlings, dass er, selbst wenn er das Paar vielleicht *in flagrante delicto* entdeckt hätte, nur die tiefste Erleichterung verspürt haben würde. „Er – er lebt?", brachte er heraus, fast zu ängstlich, noch zu hoffen.

Sie nickte. „Gerade so, aber ja."

Er schloss die Augen. „Gott sei Dank! Wo ist er? Darf ich ihn sehen?"

„Natürlich. Kommt herein."

Sie trat einen Schritt zurück und ließ ihn eintreten, um dann ins Schlafzimmer vorauszugehen, in dem Pickett regungslos und mit bandagiertem Kopf lag. Mr. Colquhoun blieb an der Schwelle ruckartig stehen.

„Gütiger Gott!"

„Er wurde am Kopf getroffen, als das Dach zusammenbrach." Ihr Blick fiel auf den Haufen blutiger Kleidung auf dem Boden und sie erinnerte sich, dass sie für den Abend gemietet worden war. „Er hat stark geblutet. Ich fürchte, ich musste seine Krawatte benutzen, um einen Verband zu machen, und ich habe sein Hemd abgeschnitten, anstatt zu versuchen, es über seinen Kopf zu ziehen."

Mr. Colquhoun folgte ihrem Blick zu den blutgetränkten Kleidungsstücken, aber der Zorn seines Schneiders war nicht seine oberste Sorge. „Und ich sagte ihm, er solle nichts darauf verschütten", sagte er mit schwankender Stimme. „Ich hätte mir nicht träumen lassen, dass das einzige, was sie beflecken würde, sein eigenes Blut sein könnte!"

„Mr. Colquhoun, ich hoffe, Ihr werdet mir erlauben, die Sache bei Eurem Schneider zu regeln."

Er schüttelte den Kopf. „Nein, Mylady, das ist nicht nötig. Mr. Pickett wurde bei der Erfüllung seiner Pflicht verletzt. Die Abteilung übernimmt die Kosten – obwohl ich möglicherweise einen Großauftrag bei meinem Schneider aufgeben muss, wenn ich jemals wieder in seiner Gunst aufgenommen werden möchte."

Sie lächelte ein wenig über diesen nicht ganz erfolgreichen Versuch eines Scherzes. „Wenn es hilft, könnt Ihr Eurem Schneider von mir bestellen, dass er sich selbst übertroffen hat. Mr. Pickett sah ausgesprochen prachtvoll aus."

„Ja, nicht wahr?" Sein Lächeln verblasste, als er die stille Gestalt im Bett betrachtete. „Er ist ein guter Junge. Ich würde es hassen, ihn zu verlieren."

„Ich auch", sagte sie leise.

„Es war nett von Euch, bei ihm zu bleiben", sagte Mr. Colquhoun. „Ich werde jemanden beauftragen, Euch so schnell wie möglich abzulösen, damit Ihr nach Hause zurückkehren könnt. Ich schicke eine Droschke für Euch, ja?"

„Nein!" Das Wort kam heftiger heraus, als sie beabsichtigt hatte. „Das heißt, ich danke Euch für das großzügige Angebot, Mr. Colquhoun, aber es ist unnötig. Ich werde ihn nicht verlassen. Und ich werde seine Pflege auch niemand anderem anvertrauen", fügte sie hinzu, als sie an den Arzt dachte, den sie vor so kurzer Zeit verjagt hatte.

Er öffnete den Mund, als wollte er widersprechen, überlegte es sich anscheinend aber anders. „Also gut, wenn Ihr darauf besteht." Er machte eine kurze Pause, bevor er unbehaglich hinzufügte: „Schaut, Mylady, ich hasse es, das zu fragen, aber in der Bow Street tauchte ein Kerl auf, der behauptete, dass in diesem Haus eine Verrückte ihn mit einem Messer bedroht hätte."

„Oh." Sie gab ein zittriges kleines Lachen von sich, das mehr von Hysterie als von Belustigung zeugte. „Ich fürchte, das war ich. Das war der Arzt, seht Ihr. Er – er wollte Mr. Picketts Kopf rasieren und – und ein Loch bohren – ein Loch in seinen Schädel und – und …"

Sie kamen wieder, die Tränen, die nie weit weg waren. Mr. Colquhoun legte seine Arme um sie und tätschelte ihr unbeholfen den Rücken, während sie an seiner Schulter schluchzte. „Kommt schon, Mylady, er ist jung und kräftig. Er kann es schaffen."

Endlich befreite sie sich aus seiner Umarmung und sah zu ihm auf, ihr Gesichtsausdruck wirkte gequält. „Mr. Colquhoun, dieser Arzt – Mr. Portman – er sagte, wenn ich mich weigerte, ihn operieren zu lassen, würde Mr. Picketts Tod allein meine Schuld sein. Sagt mir, habe ich das Falsche getan, als ich ihn weggeschickt habe?"

„Ich halte es für viel wahrscheinlicher, dass Ihr dem Jungen das Leben gerettet habt – obwohl niemand ahnen kann, für wie lange." Er zögerte einen Moment und fügte dann in schroffem Ton hinzu: „Ich glaube, ich muss Euch um Verzeihung bitten, Mylady. Ich habe Euch einmal beschuldigt, mit Mr. Picketts Zuneigung zu spielen."

Sie schüttelte den Kopf und betupfte ihre Augen. „Nein, Ihr hattet völlig recht, so mit mir zu sprechen. Zu der Zeit hatte ich keine Vorstellung davon … ich hätte über die Idee gelacht, dass …" Sie unterbrach sich und schaute auf Picketts schlafende Gestalt hinab, beugte sich dann vor, um eine braune Locke aus seiner Stirn zu streichen. „Er hat so eine Art und Weise, wie er einem nahekommt."

Der Richter folgte ihrem Blick zu seinem jüngsten Läufer und nickte. „Allerdings, das kann ich nicht abstreiten."

Zu dieser Feststellung schien es nichts weiter zu sagen zu geben, daher griff Lady Fieldhurst nach dem zerrissenen, blutbefleckten Kleid, das auf dem Boden lag. „Ihr könnt bei ihm bleiben, wenn Ihr wollt. Ich gehe nur nach nebenan und mache mich etwas vorzeigbarer." Sie rümpfte die Nase. „Wenn man dieses Kleidungsstück so beschreiben kann."

„Pah! Ich habe Töchter, die älter sind als Ihr, daher müsst Ihr das Ding da nicht meinetwegen wieder anziehen. Ich möchte aber trotzdem gern ein wenig bei ihm bleiben, wenn Ihr nichts dagegen habt, und wenn ich gehe, würde ich gern Euren Bediensteten eine Nachricht übermitteln mit einer Liste von allem, was Ihr braucht, wenn Ihr das möchtet."

„Ich wäre Euch sehr dankbar, Mr. Colquhoun. Ich werde sofort alles aufschreiben."

Der Richter kehrte in das andere Zimmer zurück, um sich einen Stuhl zu holen, während Lady Fieldhurst darüber nachdachte, wo in der kleinen Wohnung sie Papier und Stift finden könnte, um eine Liste der von ihr am meisten benötigten Dinge zu erstellen. Sie erinnerte sich, dass Pickett ein kleines Notizbuch – ein Berichtsheft, wie er es nannte – in der inneren Brusttasche seines Rocks trug, hob den ruinierten blauen Rock auf, den er in der vergangenen Nacht getragen hatte, und griff in seine Tasche. Ihre Finger fanden sowohl Notizbuch wie auch einen Bleistift, ebenso wie etwas, das ihr Verstand sofort als unmöglich ablehnte. Sie zog es heraus und fand sich dabei wieder, wie sie eine Halskette mit den größten Diamanten anstarrte, die sie je gesehen hatte.

„Oh, John", hauchte sie und blickte von den Diamanten zu der stillen Gestalt auf dem Bett. „Was hast du getan?"

7

In dem Mr. Thomas Gilroy, Arzt, vorgestellt wird

Kurzes Nachdenken ließ Julia erkennen, dass entgegen allen Anscheins Mr. Pickett überhaupt nichts getan hatte, jedenfalls nicht, soweit es Prinzessin Olgas Diamanten betraf. Zugegeben, sie wusste alles über seine Vergangenheit als jugendlicher Taschendieb; Mr. Colquhoun hatte es ihr einige Monate zuvor gesagt, während er sie praktisch im selben Atemzug beschuldigte, sich auf Mr. Picketts Kosten zu amüsieren. Aber was auch immer Mr. Pickett in jungen Jahren hatte tun müssen, sei es, um Essen im Bauch zu haben oder um einem Vater zu gefallen, der anscheinend ein gewöhnlicher Nichtsnutz war, sie wusste, was für ein Mann er war. Und sie wusste – sie *wusste* –, dass er sich jetzt niemals wieder auf einen Diebstahl eingelassen hätte, nicht einmal, um sich selbst zu einem reichen Mann und damit zu einem akzeptableren Ehemann für eine Frau über seinem Stand zu machen …

Hör auf, sagte sie sich energisch. Mr. Pickett hatte die Diamanten nicht gestohlen und dabei blieb es. Leider beantwortete das nicht die Frage, wie sie in seine Tasche gekommen waren. Waren sie zuvor bereits gestohlen worden und hatte er sie vielleicht dann gefunden? Sie wies diesen hoffnungsvollen Gedanken sofort zurück. Sie waren die ganze Zeit zusammen gewesen, abgesehen von den wenigen Minuten, die sie in der Garderobe verbracht hatte, und das war bei Weitem nicht lang genug gewesen; natürlich war John Pickett gut in seiner Arbeit – wie gerade sie wissen musste –, aber niemand war *so* gut.

Es gab nur eines zu tun. Sie würde Mr. Colquhoun die Diamanten geben und ihn das regeln lassen. Sie ließ den ruinierten blauen Rock auf den Boden fallen, stand mit den Diamanten in der Hand auf und wandte sich dann dem Richter zu.

Sie erstarrte, wo sie stand. Mr. Colquhoun hatte einen Stuhl neben das Bett gezogen und saß dort und hielt Mr. Picketts schlaffe Hand in seiner. Der Magistrat ließ die Schultern hängen, und Julia hatte den Eindruck, dass er um Jahre gealtert war, seit sie ihn im vergangenen Oktober in Schottland getroffen hatte. Es schien fast unanständig, Zeuge des stillen Kummers des Mannes zu werden. Sie fühlte sich wie eine Voyeurin und begann, sich leise aus dem Raum zurückzuziehen.

Aber anscheinend nicht leise genug.

„In meinem Beruf", sagte Mr. Colquhoun, ohne je seinen Blick von dem bewusstlosen jungen Mann im Bett abzuwenden, „lernt man sehr schnell, dass man sie nicht alle retten kann. Aber wenn ich nur einen retten könnte, wäre ich froh, wenn es dieser wäre."

Sie konnte die Last auf seinen Schultern nicht vergrößern, indem sie ihm die Möglichkeit eröffnete, dass dieser gerettete Taschendieb sich schließlich vielleicht doch nicht so ganz gebessert hatte. Sie ließ die Diamanten in die innere Brusttasche des braunen Rocks gleiten, den sie noch immer trug und ging durch das Zimmer, um sich neben ihn zu stellen.

„Ihr hängt sehr an Mr. Pickett, nicht wahr?"

„Ich könnte den Jungen nicht mehr lieben, wenn er mein eigener Sohn wäre."

Sie legte ihre Hand auf seine Schulter und drückte sie mitfühlend ein wenig. Wenn er die Geste bemerkte, ließ er es nicht merken.

„Er sieht so jung aus", fuhr der Richter fort. „Kaum älter als damals, als ich seinen Vater nach Botany Bay geschickt habe."

Dem konnte Lady Fieldhurst nicht zustimmen. Ja, er war jung, aber es war kein Junge gewesen, der sie an einem provisorischen Seil auf seinem Rücken nach unten getragen hatte, während ringsum Feuer loderte. Und es war auch kein

Junge gewesen, den sie ausgezogen und gewaschen hatte, aber eine solche Bemerkung konnte sie kaum Mr. Colquhoun gegenüber machen.

Fast als hätte er ihre Gedanken gelesen, wandte sich der Richter von Pickett ab und fragte: „Wenn ich so kühn sein darf, Mylady, wer hat ihn ausgezogen und ins Bett gebracht?"

Sie hob ihr Kinn und sagte mit einem Hauch von Trotz: „Das war ich."

Zu ihrer Überraschung lächelte Mr. Colquhoun. „Er wird den Gedanken hassen, wenn er aufwacht und es herausfindet, wisst Ihr."

Sie hätte ihn dafür küssen können, dass er „wenn" sagte und nicht „falls".

„Ich frage mich", sagte sie und erwiderte das Lächeln des Richters mit ihrem eigenen, verschmitzten, „würde es die Sache besser oder schlechter machen, wenn ich ihm versicherte, dass ich an seiner Person nichts Abstoßendes gesehen habe."

„Oh, entschieden schlimmer", sagte er und lachte in sich hinein. Er erhob sich schwerfällig von dem Stuhl. „Ich sollte am besten zur Bow Street zurückkehren. Es wird ein anstrengender Tag, aber ich werde ihn wieder besuchen, sobald ich dazu in der Lage bin."

Sie nickte. Sie hasste es, die Truppe der Bow Street in Unwissenheit arbeiten zu lassen, aber sie wagte es nicht, John Picketts Besitz der Diamanten preiszugeben, bis sie Zeit gehabt hatte, genauer über die Angelegenheit nachzudenken.

Mr. Colquhoun warf einen Blick auf die stille Gestalt auf dem Bett. „Ich werde meinen eigenen Arzt vorbeischauen lassen, um ihn sich anzusehen, ja? Thomas Gilroy ist nicht nur ein alter Freund, sondern er hat auch in Edinburgh Medizin und Chirurgie studiert." Als er sah, dass ihre ausdrucksstarke Miene große Ablehnung zeigte, fügte er hinzu: „Er braucht medizinische Versorgung, Mylady, und ich verspreche Euch, er könnte nicht in bessere Hände kommen."

Sie zog das Angebot mit offensichtlichem Zögern in Betracht, bevor sie eher widerwillig eine Entscheidung traf. „Ja, bitte."

„Ihr werdet es nicht bereuen, das versichere ich Euch. Wenn Ihr jetzt diese Liste fertig geschrieben habt, sehe ich zu, dass sie überbracht wird."

Sie brauchte einen Moment, um sich daran zu erinnern, dass sie eine Liste von allem erstellen sollte, was ihre Diener ihr senden sollten. Die Entdeckung der Diamanten in Mr. Picketts Rock hatte jeden anderen Gedanken in ihrem Kopf ausgelöscht. „Ich fürchte, ich habe noch nicht einmal damit begonnen", gestand sie. „Ich habe kein Papier und weiß nicht, wo er es aufbewahren könnte."

„Dann erlaubt mir, bitte."

Mr. Colquhoun griff in die Tasche seines Rocks und zog ein Notizbuch heraus, das dem Mr. Picketts ähnelte. Er bot es ihr an und sie zog den winzigen Bleistift heraus, um ihre dringendsten Bedürfnisse aufzuschreiben. Saubere Kleidung, natürlich, und eine Zahnbürste. Eine Bürste für ihr Haar sowie Haarnadeln als Ersatz für die verlorenen. Anständiger Tee wäre schön, zusammen mit etwas zu essen. Und zuletzt, aber am wichtigsten, einen Bettwärmer für Mr. Picketts Bett.

Nachdem sie dies alles aufgeschrieben hatte, reichte sie dem Richter die Liste. „Vielen Dank, Sir. Es ist nett von Euch, dass Ihr Euch die Mühe machen wollt."

Er winkte ihren Dank ab. „Gar nicht. Das ist das Mindeste, was ich unter den Umständen tun kann." Er schaute auf den noch immer reglosen Pickett hinunter. „Ihr kümmert Euch um ihn?"

„Oh ja." Die beiden schlichten Worte hatten das Gewicht eines feierlichen Schwurs.

Er musterte sie mit einem langen, forschenden Blick und dann, anscheinend zufrieden mit dem, was er sah, nickte er und verabschiedete sich.

Allein geblieben, um auf den Arzt zu warten, entschied sie, dass ihre vordringlichste Aufgabe darin bestehen musste, eine Lösung wegen der Diamanten zu finden. Es wäre nicht gut, wenn sie in Mr. Picketts Besitz gefunden würden, bevor sie sich entschieden hatte, wie sie mit der Situation umgehen sollte. Sie sah sich in dem kleinen Raum nach einem Versteck um und entschied sich für eine wackelige Kommode in einer Ecke. Sie zog die oberste Schublade auf (sie verzog das Gesicht, als schlecht passendes Holz auf Holz kreischte) und fand Mr. Picketts Wäsche darin. Zwei gefaltete Hemden hatten den Ehrenplatz in der Mitte der Schublade inne, während links ebenso viele Krawatten und rechts mehrere Paar Strümpfe lagen. Sie ließ die Diamanten unter den Stapel von Strümpfen gleiten, wobei sie bei einem ein Loch am Zeh und eine Laufmasche in einem anderen bemerkte.

Sie beugte sich mit einem strengen Blick über die stille Gestalt im Bett. „Eure Strümpfe sind in einem bedauerlichen Zustand, Mr. Pickett", schimpfte sie. „Ihr braucht eine Frau, die sich um Euch kümmert – und ich meine *nicht* Mrs. Catchpole!"

Und auch nicht das dreiste Geschöpf in der widerlichen lila Haube, die ihn bei einer früheren Gelegenheit ins Theater begleitet hatte, und was Emily Dunningtons ehemaliges Hausmädchen Dulcie anging – nun, je weniger über sie gesprochen wurde, desto besser. Wirklich, dachte Julia, der Mann war ein absolutes Genie darin, Frauen anzuziehen, die für ihn nicht gut genug waren.

Nachdem sie die Diamanten wenigstens einstweilen losgeworden war, gab es für sie nichts zu tun, außer auf die Ankunft des Arztes zu warten. Sie zog Picketts braunen Rock enger um sich, als die morgendliche Kühle im Zimmer ihr bewusst wurde; das Feuer war während der Nacht ausgegangen. Sie sah sich instinktiv nach einem Klingelzug um und erinnerte sich dann daran, dass Mr. Pickett nicht den Luxus haben würde, einen Diener zu rufen. Wenn sie ein

Feuer haben wollte, musste sie es selbst anzünden. Sie hatte ihre Diener tausendmal bei dieser Aufgabe gesehen, aber nie besonders genau darauf geachtet, wie es gemacht wurde. Sie konnte jedoch ihre eigene Kerze neben dem Bett anzünden; wie viel anders könnte es sein?

Nachdem dieses Argument ihr Selbstvertrauen gestärkt hatte, bemerkte sie den Kohleneimer neben dem Kamin und war dankbar, ihn voll zu finden; wäre er leer gewesen, hätte sie nicht gewusst, woher sie mehr Kohlen hätte bekommen können. Sie warf einen Haufen Kohle auf die Asche des Feuers der letzten Nacht, was eine Staubwolke aufsteigen ließ, die ihr einen Hustenanfall einbrachte. Nachdem sie diese kleine Leistung vollbracht hatte, schlug sie den Feuerstein, doch bis sie ihn an die Kohlen hielt, war der Funke erloschen. Bei einem zweiten Versuch ging es nicht besser, beim dritten auch nicht. Offensichtlich waren das Anzünden eines Feuers und das einer Kerze sich nicht so ähnlich, wie sie angenommen hatte.

Eine Kerze anzünden …

Ihr kam eine Idee. Sie erhob sich und zündete die Kerze auf Picketts Nachttisch an, hob sie dann auf und trug sie, die kleine Flamme mit ihrer hohlen Hand schützend, durch den Raum zum Kamin. Hier kniete sie nieder, hielt die Kerze an die Kohlen und riss ihre Hand zurück, sobald die Flamme aufging. Oder zumindest hatte sie sich das so gedacht. In ihrer Entschlossenheit, versengte Finger zu vermeiden, hatte sie die

Flamme jedoch nicht lange genug an die Kohlen gehalten. Schlimmer noch, ihre abrupte Bewegung beim Zurückziehen der Kerze hatte das Erlöschen der Flamme verursacht. Seufzend zündete sie die Kerze an und wiederholte den Vorgang. Vorsichtig versuchte sie es immer wieder und beim vierten Versuch entzündeten sich die Kohlen schließlich.

Sie stand auf und wischte sich die Hände ab, gratulierte sich zu diesem kleinen Sieg und sah sich dann in der kleinen Wohnung um. Es war überraschend zu entdecken, dass sie, obwohl sie keine Zweifel an John Picketts Integrität hatte – sogar bis zu dem Punkt, dass sie ihm trotz aller Beweise keinen Juwelendiebstahl zutrauen würde –, wirklich sehr wenig über die Einzelheiten seines Lebens wusste. Sie nahm an, er müsse die gleichen Dinge tun, die jeder andere Mann tun würde: Auf dem Waschtisch befanden sich beispielsweise die Schüssel und der Krug, mit deren Hilfe er sich jeden Tag waschen musste, und sie vermutete, dass der gefleckte Spiegel darüber, der an einem rostigen Nagel hing, jeden Morgen während er sich rasierte, sein Gesicht spiegeln würde. Sie schaute zurück zu ihm und sah einen ganz leichten Schatten auf seinem Kinn. Sein Bart war nicht dicht – kaum mehr als der Hauch auf einem Pfirsich – und sie war dankbar dafür. Der arme Mann hatte genug gelitten, ohne bei einem von ihren unerfahrenen Versuchen, ihn zu rasieren, die Kehle durchschnitten zu bekommen.

Sie wanderte vom Schlafzimmer in den größeren Raum

vorn und fand auch hier Nahrung für ihre wachsende Neugier. Die ungleichen Tassen, die an Haken über dem Tisch hingen, zum Beispiel: hatte er je Besucher zum Tee? Sie verwarf das Bild in ihrem Inneren, wie das Mädchen aus dem Theater, das mit der lila Haube, an Mr. Picketts Tisch saß und mit abgewinkeltem kleinen Finger Tee trank. Vielleicht, sagte sich Julia hoffnungsvoll, besaß er drei Tassen, um sich selbst das ständige Abspülen einer davon zu ersparen. Um ihren Gedanken in eine glücklichere Richtung zu lenken, wandte sie sich der kleinen Büchersammlung über dem Kaminsims zu. Waren sie vom wiederholten Lesen abgenutzt oder hatte er sie gebraucht gekauft? Sie nahm zufällig einen Band heraus und öffnete ihn.

„*Die Geschichte des Findelkindes Tom Jones*, von Henry Fielding", las sie vor. „Aber Mr. Pickett, Ihr ungezogener Mensch!"

Sie stellte das skandalöse Buch wieder ins Regal und wählte ein anderes. *Der Vikar von Wakefield,* eines der Lieblingsbücher ihrer Mutter. Würde er sie hören können, fragte sie sich, wenn sie laut vorlesen würde?

Ihre Erkundungen wurden durch ein Klopfen an der Tür unterbrochen. Sie öffnete es und entdeckte einen Mann mit einer schwarzen Ledertasche, einen großen, schlanken Mann mit einem faltigen Gesicht und milden blauen Augen hinter einer Brille mit Drahtgestell. „Mr. Thomas Gilroy, Arzt", sagte er und reichte ihr seine Karte. „Mein langjähriger Patient und Freund, Mr. Patrick Colquhoun, hat mich geschickt. Ich hoffe, ich bin am richtigen Ort, Mrs. ...?"

„Mrs. Pickett", sagte Julia, ohne zu zögern. „Mrs. John Pickett. Ja, Ihr seid hier richtig. Wollt Ihr nicht hereinkommen?"

Als sie zur Seite trat, erinnerte sie sich an ihre ungewöhnliche Bekleidung. Wenn sie wirklich Mrs. Pickett gewesen wäre und hier mit ihm als seiner Frau gelebt hätte, hätte sie mit Sicherheit andere Kleidungsstücke zur Hand gehabt. „Ich entschuldige mich, dass ich Euch so empfangen habe, Mr. Gilroy. Das Feuer, seht Ihr, ich hatte keine Zeit, mich umzuziehen."

Der Arzt nickte verständnisvoll. „Ich habe in meiner jahrelangen Praxis Schlimmeres gesehen, Mrs. Pickett, das kann ich Euch versichern. Und der Patient?"

„Mein Ehemann." Eigentlich seltsam, wie leicht die Worte aus ihrem Mund kamen. „Wenn Ihr bitte hier entlang kommen wollt?"

Sie führte ihn ins Schlafzimmer und wunderte sich ein wenig darüber, wie leicht der Arzt sie als Ehemann und Ehefrau akzeptierte. Hatte Mr. Colquhoun ihn gewarnt, dass er auf ein ungleiches Paar treffen würde, oder hatten das Feuer und seine Folgen die offensichtlichsten Anzeichen für ihren Standesunterschied beseitigt? Irgendwie war diese Möglichkeit nicht so erschreckend, wie sie hätte sein sollen.

Sie sah zu, wie der Arzt die blutige Krawatte geschickt

von Picketts Kopf abwickelte und die Stirn runzelte, als er die Verletzung enthüllte. „Wie – wie schlimm ist es, Doktor?"

„Es ist schwer zu sagen, zumindest bis ich einen besseren Blick darauf werfen kann." Er öffnete die Tasche und begann, Instrumente herauszunehmen. Unter den leichter zu erkennenden waren eine Schere und ein Rasiermesser.

„Was – was habt ihr vor?", fragte Julia mit vor Besorgnis weit aufgerissenen Augen.

„Zuerst werde ich die Haare um die Wunde herum wegschneiden, dann die Stelle rasieren ..."

Sie warf sich über Picketts liegende Gestalt. „Nein! Das lasse ich nicht zu!"

„Mrs. Pickett ..."

„Mr. Colquhoun sagte, Ihr wäret anders, aber Ihr seid genauso wie der andere! Jetzt geht!"

Er verzog das Gesicht. „Welcher ‚andere', Ma'am, wenn ich fragen darf?"

„Mr. Portman, der Arzt, der ihn sich zuerst angesehen hat. Er wollte ihm den Kopf rasieren und ein Loch in seinen Schädel bohren, und – und – und ich wollte es nicht zulassen, und ich werde es auch nicht zulassen!"

„Das will ich auch nicht hoffen!", rief der Arzt empört aus. „Das klingt ja barbarisch! Mrs. Pickett, ich habe nicht die Absicht, Löcher in irgendetwas zu bohren, am allerwenigsten in den Kopf Eures Mannes. Ich möchte mir nur die Wunde richtig ansehen können und dazu muss ich etwas von den

Haaren, die sie verdecken, abschneiden. Vielleicht muss sie genäht werden und ich habe festgestellt, dass eine Wunde, in der Haare geblieben sind, eher dazu neigt, sich zu entzünden, was in Fällen, wo die Haut verletzt ist, die größte Gefahr darstellt. Ich kann Euch versichern", fügte er hinzu, als er sie schwankend werden sah, „ich werde nicht mehr abschneiden, als unbedingt notwendig ist."

Sie setzte sich auf die Bettkante und musterte Picketts ausdrucksloses Gesicht, als suche sie dort nach Antworten.

„Also gut", sagte sie schließlich und strich sich mit sanfter Hand die langen braunen Locken aus seiner Stirn. „Aber darf ich – darf ich die Haarsträhne haben, die Ihr abschneiden werdet?"

Der Arzt lächelte freundlich und bot ihr die Schere an. „Ma'am, Ihr dürft es selbst tun, wenn Ihr es wünscht."

Sie dankte Mr. Gilroy, lehnte jedoch sein Angebot ab, wohl wissend, dass ihre Hände viel zu stark zitterten, um eine so heikle Operation zu versuchen. Stattdessen beobachtete sie, wie der Arzt eine Haarsträhne von Picketts Kopf abschnitt und einen geschorenen Fleck von der Größe eines Shillings auf seiner Kopfhaut hinterließ. Als er fertig war, nahm sie die Haarsträhne entgegen und band sie mit einem der Bänder ihres ruinierten blauen Kleides zusammen. Während der Arzt seine Arbeit fortsetzte, holte sie ein Taschentuch aus Picketts Wäscheschublade, faltete das Andenken hinein und steckte es in ihr Oberteil.

Als sie sich wieder zum Bett umdrehte, richtete sich der Arzt gerade auf, nachdem er Picketts Wunde gereinigt und einen kleineren und ordentlicheren Verband um seinen Kopf gewickelt hatte.

„Nun, Mr. Gilroy?", drängte sie ihn. „Wie – wie geht es ihm?"

Der Arzt antwortete nicht sofort, sondern deutete auf die Tür, die zum äußeren Raum führte. Julia folgte ihm und als sie das Schlafzimmer verließen, schloss der Arzt die Tür.

„Kann er uns hören?", fragte sie.

„Das ist schwer zu sagen. Es gab Fälle, in denen der Patient aufwachte und Gespräche, die stattgefunden hatten, als er anscheinend bewusstlos war, ausführlich nacherzählen konnte. In anderen Fällen schien der frisch aufgewachte Patient nichts von dem zu wissen, was sich ereignet hatte, auch nicht vom Ablauf der Zeit." Er zögerte einen Moment, bevor er in einem ganz anderen Tonfall fortfuhr. „Und in anderen, fürchte ich, ist der Patient überhaupt nicht aufgewacht oder, schlimmer noch, nur aufgewacht, um den Rest seines Lebens in einem infantilen Zustand zu verbringen, nicht in der Lage, auf die grundlegendste Art und Weise zu sprechen oder sich selbst zu versorgen."

Julia fühlte sich plötzlich krank, tastete nach dem nächsten Stuhl und ließ sich schwer auf ihn fallen. „Und – und glaubt Ihr, dass dies bei Mr. Pickett der Fall sein wird?"

„Überhaupt nicht", versicherte er ihr hastig. „Tatsächlich

ist es viel zu früh für mich, eine solche Vorhersage zu treffen. Aber während wir mit Sicherheit auf das Beste hoffen sollten, muss ich Euch warnen, um auf das Schlimmste vorbereitet zu sein."

Sie gab ein leises Wimmern von sich und begann, während sie Picketts Rock fester um sich zog, hin und her zu schaukeln.

„Positiver ausgedrückt, ich könnte Euch einem Kollegen vorstellen, der glaubt, dass in solchen Fällen, in denen der Patient anscheinend nicht reagiert, im Körper viel passiert, was wir nicht sehen können. Er behauptet, der Körper sammelt seine Verteidigung, um wieder gesund zu werden, so wie eine Armee einen strategischen Rückzug vornehmen könnte, um sich neu zu gruppieren und den Angriff fortzusetzen."

„Wie unsere eigene Armee in Corunna vor einem Monat?", fragte Julia mit einem skeptischen Zug um die Lippen. „Dieser Rückzug endete, wie ich mich erinnere, nicht so gut."

„Leider nur zu wahr", gab er mit einem Seufzer zu. „Und genauso kann der Körper in seinem Kampf erfolgreich sein oder auch nicht. Ich möchte Euch nicht beunruhigen, Mrs. Pickett, aber ich frage mich, ob Ihr mir genau sagen könntet, was mit Eurem Ehemann geschehen ist. Ich glaube, er wurde letzte Nacht bei dem Feuer verletzt?"

„Ja." Sie zwang sich zu sprechen und stellte fest, dass die

Anstrengung, eine zusammenhängende Antwort zu formulieren, dazu beitrug, sie zu beruhigen. „Es geschah, als das Dach einstürzte. Etwas traf ihn am Kopf. Ich schätze, ein Brett oder so etwas muss durch die Wucht des Zusammenbruchs von dem brennenden Gebäude fortgeschleudert worden sein.

Der Arzt runzelte nachdenklich die Stirn. „Wie überaus seltsam! Ich bin Gott weiß kein Experte, aber ich hätte gedacht, die Wucht würde eher nach innen als nach außen gerichtet gewesen sein."

Nachdem Julia jetzt darüber nachdachte, erinnerte sie sich an kein solches verkohltes Brett oder Holzstück, das auf dem Boden in der Nähe gelegen hätte. Sicherlich hätte jedes Stück Holz, das einen Menschen mit ausreichender Kraft treffen konnte, um ihn bewusstlos zu machen, groß genug sein, um leicht gesehen und erkannt zu werden.

„In der Tat", fuhr der Arzt fort, „wenn Ihr mir nichts anderes gesagt hätten, hätte ich angenommen – aber ich darf nicht spekulieren."

„Ihr hättet was angenommen, Mr. Gilroy?", fragte Lady Fieldhurst, deren Neugier nun vollends geweckt war.

„Seht, Mrs. Pickett", sagte er zögernd, als müsste man ihm die Worte aus dem widerstrebenden Mund ziehen, „als ich die Wunde Eures Ehemannes säuberte, musste ich mehrere schwarze Splitter entfernen, die in seiner Haut steckten."

Sie nickte. „Ich verstehe. Von dem Brett oder was auch immer ihn getroffen hat."

„Das ist es eben, Ma'am. Die schwarze Farbe war nicht die von verkohltem Holz, sondern von Holz, das irgendwann einmal lackiert worden ist."

Julia, die sich das opulente Innere des zum Scheitern verurteilten Theaters vorstellte, erinnerte sich an viel Creme, Purpur und Vergoldung, aber wenig oder gar kein Schwarz. „Was wollt Ihr damit sagen?"

„Wenn ich nicht den Bericht über die Verletzung Eures Mannes aus Eurem eigenen Mund gehört hätte, Mrs. Pickett, hätte ich schwören mögen, dass er absichtlich auf den Kopf geschlagen wurde."

8

In dem Lady Fieldhurst
zwei sehr unterschiedlichen Gegnern gegenübersteht

Der Arzt hinterließ ihr die Anweisung zu versuchen, Pickett Wasser oder Brühe einzuflößen, falls er aufwachen sollte, sowie eine große schwarze Flasche mit Laudanum, das sie verabreichen könnte, falls er starke Schmerzen zu haben schiene. Und doch waren dies nicht die Worte, die lange, nachdem der Arzt gegangen war, Julias Gedanken erfüllten. *Hätte ich nicht den Bericht über die Verletzung Eures Mannes aus Eurem eigenen Mund gehört, Mrs. Pickett ...* Aber was, wenn ihr Bericht ungenau gewesen war? Es stimmte, dass sie anwesend gewesen war, als der Unfall stattgefunden hatte – falls es sich um einen Unfall handelte –, aber sie war sicher von Mr. Picketts Arm geschützt gewesen und hatte nichts gesehen. Tatsächlich hatte sie nicht gewusst, dass etwas Übles passiert war, bis er hingefallen war und sie unter seinem Gewicht auf den Bürgersteig gedrückt hatte. War es möglich, dass sie sich geirrt hatte und der Schlag gegen Mr. Picketts Kopf das Ergebnis eines absichtlichen Angriffs war? Doch wer hätte so etwas tun sollen?

Die Antwort lag auf der Hand: Dieselbe Person, die gestohlene Diamanten in seine Tasche gesteckt hatte. Was eine weitere verstörende Möglichkeit aufwarf: Mr. Pickett hatte gesagt, seine Anwesenheit im Theater an diesem Abend – war es wirklich erst zwölf Stunden her? – sollte unauffällig sein. Tatsächlich war sein eigentlicher Grund, sie zu seiner Begleitung einzuladen, dass er möglicherweise weniger Aufmerksamkeit erregen würde, indem er weder einen *faux pas* beging noch einfach eine Loge in einsamer Pracht besetzte. Und doch schien es, als hätte ihn jemand erkannt, jemand, der Grund hatte, ihm Schaden zuzufügen.

Wer konnte das sein? Zwar hatte Mr. Pickett bei seinen Ermittlungen über den Mord an ihrem Mann eine gewisse Bekanntheit erlangt, doch selbst die Karikaturen, die in den Fenstern der Druckereien in der Oxford Street erschienen waren, wären nicht genau genug gewesen, um es einem Fremden zu ermöglichen, ihn in einer Menschenmenge zu erkennen. Die ersten Beispiele für die Kunst der Karikaturisten waren absichtlich beleidigend gewesen und hatten Mr. Pickett als einen geilen Trottel in der bekannten roten Weste der Bow Street Fußpatrouille dargestellt (von der er fast ein Jahr zuvor befördert worden war – eine Ungenauigkeit, die ihrer Meinung nach Bände über die

Integrität der Künstler sprach); die späteren Drucke, die unmittelbar nach der Klärung ihres Namens veröffentlicht wurden, hatten ihm alle heldenhafteren physischen Eigenschaften eines griechischen Gottes zugeschrieben. Tatsächlich hatte sie in den Tagen danach eine Haube mit Schleier aufgesetzt und war inkognito in die Oxford Street gefahren, um sich einen dieser Drucke zu kaufen, und er war sogar jetzt diskret in der untersten Schublade ihres Schreibtisches verstaut. Sie war sich zu der Zeit ihrer eigenen Gründe für diesen heimlichen Kauf nicht ganz sicher gewesen; im Nachhinein fragte sie sich, ob sie von ihrem Retter etwas mehr angetan gewesen war, als sie hatte zugeben wollen. Trotzdem bezweifelte sie, dass jemand, der Mr. Pickett nicht kannte, ihn erfolgreich nach einer Abbildung hätte erkennen können, von der sie selbst zugeben musste, dass sie ausgesprochen schmeichelhaft war.

Nein, jemand, der an diesem Abend im Theater war, hatte Mr. Pickett gesehen und nicht nur den Mann selbst erkannt, sondern auch von dem Zweck seiner Anwesenheit gewusst, wie das Auftauchen der Diamanten bewies. Vielleicht hatte sie einen Fehler begangen, als sie sie nicht gleich an Mr. Colquhoun ausgehändigt hatte; offensichtlich waren hier Kräfte am Werk, die ihr Verständnis weit überstiegen.

Sie kehrte in das Schlafzimmer zurück, in dem Pickett lag, und setzte sich auf die Bettkante.

„Mr. Pickett?" Sie schüttelte ihn so fest an der Schulter, wie sie es wagte, ohne seinen verletzten Kopf zu bewegen oder sonst zu gefährden. „Mr. Pickett! John, du musst aufwachen. Hier geschieht etwas, etwas Beängstigendes, und ich weiß nicht, was ich tun soll. Bitte, Liebling, *bitte* wach auf!"

Keine Reaktion. Sie erhob sich seufzend vom Bett und wandte sich ab. Als sie jedoch die Tür erreichte, erregte ein leises Geräusch ihre Aufmerksamkeit. Sie wirbelte zum Bett herum. Die Decken verzogen sich durch die Bewegung von Picketts Beinen darunter.

„John!" Sie flog zurück zu seinem Bett und setzte sich auf den Rand der Matratze. „John, kannst du mich hören?"

„Fuß …", krächzte er und warf seine Schultern von der einen zur anderen Seite. „Fuß …"

„Welcher Fuß, Liebling?"

Sie wusste, dass er bei ihrer Flucht aus der Loge schwer aufgekommen war; in der Tat nahm sie an, dass sie auf seinem Knöchel gelandet war und er nur zu höflich gewesen war, um das zuzugeben. Aber welcher Fuß war es? Sie erinnerte sich daran, dass er mühsam gehumpelt war, konnte sich aber nicht mehr vorstellen, welche Seite er geschont hatte. Sie zog die Decke am Ende des Bettes hoch, um seine nackten Füße bloßzulegen. Es gab keine offensichtliche Verletzung, nichts, als die Wunde am Kopf, aber war sein linker Knöchel vielleicht doch ein bisschen geschwollen? Sie schloss ihre

Hände um ihn und begann, ihn sanft zu massieren. Es war etwas beunruhigend Intimes dabei und es fiel ihr ein, dass sie in sechs Jahren Ehe selten Lord Fieldhursts bloße Füße gesehen hatte; sicherlich hatte sie sie niemals so vertraulich berührt.

„Fuß ...“, hauchte Pickett und versank wieder in den Tiefen, aus denen er erwacht war.

„John! *John!*“

Sie erhielt keine Antwort, aber sie fühlte zum ersten Mal seit dem schrecklichen Moment, als er zusammengebrochen war, Hoffnung. Sicher würden sich die schlimmsten Befürchtungen des Arztes über Patienten, die noch lebend in einem völlig hilflosen Zustand verblieben, als grundlos erweisen! Während sie alles tun würde, um Mr. Pickett Schmerzen zu ersparen, war sie davon überzeugt, dass die Tatsache, dass er überhaupt etwas fühlen konnte, Grund genug war, um sich ermutigt zu fühlen.

Ein Klopfen ertönte an der Tür und sie ging mit einem viel leichteren Herzen, um sie zu öffnen.

„Thomas! Dem Himmel sei Dank, du ...“

Vor der Tür stand jedoch nicht ihr Diener, sondern eine junge Frau mit scharfgeschnittenem Gesicht und dunklen Locken unter einer grässlich lilafarbenen Haube. Die beiden Frauen starrten sich einen langen Moment an, bevor die neu gekommene in einer alles andere als feinen Art fragte: „Wer seid Ihr und was tut Ihr in John Picketts Wohnung?“

Lady Fieldhurst erkannte die Besucherin sofort, nachdem sie sie bei einer früheren Gelegenheit im Drury Lane Theater gesehen hatte – und in Begleitung von Mr. Pickett – aber sie weigerte sich, dem Mädchen die Genugtuung zu geben, ihr dies zu verraten. „Ich könnte Euch genau dasselbe fragen", antwortete sie in ihrer hochmütigsten Art.

Die Besucherin hob ihr spitzes Kinn. „Ich bin Lucy Higgins. Man könnte sagen, dass ich sein Püppchen bin."

„Tatsächlich?", erwiderte Julia mit einer Stimme, die wie gefrorenes Wasser klang. „Julia Fieldhurst Pickett. Man könnte sagen, dass ich seine Ehefrau bin."

Lucy war jedoch von dieser Offenbarung alles andere als beeindruckt. „Oh, ich weiß alles *darüber*", sagte sie und tat die Tatsache von Picketts „Ehe" mit einer Handbewegung ab, als sie an der Viscountess in den Raum vorbei fegte. „Sagt, wo ist er? Ich möchte wissen, was er von dem Feuer in der letzten Nacht hält … oh, verdammter Mist!" Sie blieb abrupt auf der Schwelle des Schlafzimmers stehen und starrte die reglose Gestalt an, die mit verbundenem Kopf auf dem Bett lag.

„Ich hätte auch gern gewusst, was er darüber denkt, aber es scheint, unsere Neugier wird zumindest einstweilen unbefriedigt bleiben", sagte Lady Fieldhurst und trat neben ihr an die Schlafzimmertür.

„Was – was ist mit ihm geschehen?", fragte Lucy leise, als befürchtete sie, ihn aufzuwecken.

„Er war gestern Abend im Theater, als das Feuer ausbrach. Wir beide waren da. Während unserer Flucht erhielt er einen Schlag auf den Kopf." Es gab natürlich mehr – viel mehr – doch sie hatte keinerlei Absicht, dem Mädchen etwas anzuvertrauen, ganz gleich, wie aufrichtig ihre Gefühle für Mr. Pickett sein mochten.

„Und Ihr?" Lucy schaute sie ungläubig an. „Ihr pflegt ihn?"

„Könnt Ihr Euch jemanden vorstellen, der dazu mehr Recht hätte? Ich bin seine Frau, soweit es das Gesetz betrifft."

„Seine Frau!" Lucy schnaubte abfällig. „Nun, das mag ja so sein, feine Lady, aber ich kann Euch offen sagen, dass ich von keiner Frau viel halte, die einen Kerl dazu zwingt zu sagen, dass sein kleiner Soldat nicht Achtung stehen will, um es so auszudrücken, nur, um vom Haken gelassen zu werden!"

Für Julia war das der schlimmste Teil des Annullierungsverfahrens, aber sie hatte nicht vor, diese Angelegenheit mit einem Mädchen von Lucys Kaliber zu diskutieren. In der Tat war sie überrascht und mehr als ein wenig beunruhigt zu wissen, dass Mr. Pickett dem Mädchen etwas so Intimes anvertrauen würde.

„Er – er hat es Euch erzählt?"

Lucy zuckte mit den Schultern. „Irgendwo musste er sich ja aussprechen, oder?"

Julia nahm an, sie müsste noch froh sein, dass er sich anscheinend entschieden hätte, sich Lucy anzuvertrauen, anstatt Mr. Colquhoun, der bis vor Kurzem geglaubt hatte, sie würde sich auf Kosten von Mr. Pickett amüsieren. Hätte der Richter gewusst, was sie von seinem Schützling verlangte, um eine Annullierung zu ermöglichen, würde er ihr niemals verzeihen. Und sie war sich nicht sicher, dass sie ihm das verübeln könnte.

Sie seufzte. „Mir gefällt es auch nicht, Lucy, aber es gibt keine anderen Gründe, aus denen wir eine Annullierung erhalten könnten." Als sie sah, dass Lucy nicht überzeugt war, fügte sie hinzu: „Ich mache die Gesetze nicht, wisst Ihr. Ich bin an sie gebunden wie alle anderen."

Lucy schnaufte spöttisch und Julia ärgerte sich über ihren eigenen Drang, ihr Handeln gegenüber diesem unverschämten Frauenzimmer zu verteidigen.

„Ich hätte gedacht, dass Ihr Euch freuen würdet, wenn die Ehe annulliert würde, egal mit welchen Mitteln", sagte sie bissig. „Schließlich ist er dann frei für Euch."

Lucy lachte kurz und bitter auf. „Oh, ich könnte ihn nicht haben, auch wenn er morgen frei wäre." Sie blickte zurück zum Bett und ihr Ausdruck wurde wehmütig. „Nicht, dass ich ihm das übel nehme, wohlgemerkt. Er ist zu gut für eine wie mich."

Julia wusste, dass sie nicht hätte fragen sollen. Sie hatte kein Recht, seine intimsten Angelegenheiten mit einer relativ Fremden zu besprechen. Dennoch, man hätte sagen können, dass die Annullierung an dieser Frage hing, daher hätte man meinen können, dass sie ein gewisses Recht auf diese Information hatte. Außerdem würde sie vielleicht nie wieder eine bessere Gelegenheit bekommen, die Antwort von jemandem zu hören, der allen Grund hatte, sie zu kennen. „Lucy, ist es wahr, dass er nie – das heißt, dass er – dass er…"

„Dass er Jungfrau ist? Soweit ich weiß, stimmte es – obwohl ich mein Bestes getan habe, um das zu ändern. Ich hätte es auch umsonst gemacht, aber er wollte mich nicht, nicht einmal, um die Annullierung ein für alle Mal zu verhindern." Sie warf Julia einen scharfen Blick zu. „Er sagte, er wäre durchaus versucht, es zu tun, wollte Euch aber nicht anketten."

Julia war sich eines tiefen Gefühls der Erleichterung bewusst, das aber wenig mit der Annullierung zu tun hatte. „Glaubt mir, Lucy, wenn es eine andere Möglichkeit gäbe, die Ehe für nichtig zu erklären, würde ich sie schnell ergreifen. Ich bin mir durchaus bewusst, wie tief ich in seiner Schuld stehe."

„Und doch seid Ihr eine zu feine Lady, um einen Mann zu heiraten, der denkt, mit Euch ginge die Sonne auf." Lucys Tonfall machte deutlich, dass ihre Worte kein Kompliment für Julias Erziehung waren.

„Wer seid Ihr, dass Ihr über mich urteilt, Ihr unverschämtes Mädchen? Ihr wisst nichts über mein Leben, absolut nichts!"

Andererseits, wie sollte Lucy das verstehen können?

Wenn *sie* Mr. Pickett heiratete, würde das für ihr Ansehen in der Welt einen riesigen Sprung nach oben bedeuten. Abgesehen davon, dass sie eine anständige Frau wäre, hätte sie einen Ehemann, der sie versorgte, einen Ehemann, dessen fünfundzwanzig Shilling pro Woche wie riesige Reichtümer im Vergleich zu Lucys eigenen, zweifelhaft erworbenen Einkünften erscheinen mussten.

Julia hingegen würde von der Gesellschaft ausgeschlossen und von all ihren Freunden schlicht geschnitten werden. Sicher würde niemand von ihr erwarten, ein solches Opfer zu bringen; Mr. Pickett jedenfalls nicht.

Es war vielleicht ein Glück, dass ein Klopfen an der Tür ein Gespräch unterbrach, das unangenehm persönlich geworden war. Julia beeilte sich, darauf zu reagieren, und fand Thomas mit einem Weidenkorb in der Hand und einem großen in Papier eingewickelten Paket unter dem Arm direkt vor der Tür stehen.

„Ich bitte um Verzeihung, Mylady", begann er und sah über ihre Schulter zu Lucy. „Ich kann später wieder-kommen ..."

„Überhaupt nicht", sagte sie hastig. „Miss Higgins wollte gerade gehen."

Lucy warf den Kopf zurück und rauschte aus dem Raum, während Thomas dem Schwung ihrer Hüften mit einem anerkennenden Schimmer in seinen Augen folgte.

„Danke, Thomas – *Thomas!*"

Die Stimme seiner Herrin erinnerte ihn an seine eigentliche Aufgabe und er stellte seine Last ab. „Mr. Rogers hat mich gebeten, im Namen des Personals zu sagen, dass wir alle froh sind, dass Ihr bei dem Feuer nicht verletzt wurdet, Mylady, und wir hoffen, dass Mr. Pickett bald wieder gesund wird", sagte er mit der Miene eines Mannes, der eine auswendig gelernte Rede aufsagt.

„Bitte übermittele dem Personal meinen Dank", antwortete sie. „Ich fürchte, ich werde in den nächsten paar Tagen von euch allen eine Menge verlangen. Ich verspreche aber, dass ihr für die zusätzliche Arbeit gut entschädigt werdet."

Thomas verließ sie mit der Versicherung, dass das gesamte Personal bereit, ja sogar begierig war, ihren Anteil beizutragen. Nachdem er gegangen war, durchwühlte sie das Paket auf der Suche nach etwas zum Anziehen. Ihre Empörung war groß, als sie entdeckte, dass jedes Kleid darin von schmucklosem Schwarz der tiefsten Trauer war; Smithers, schien es, hatte ihr den Ausrutscher am Vorabend nicht verziehen. Nun, dachte Julia, das würde sie sich nicht gefallen lassen! Falls – nein, *wenn* – Mr. Pickett erwachte, sollte er sich *nicht* so vorkommen, als käme er zu seiner eigenen Beerdigung!

„Thomas!" Sie war aus der Tür und halb die Treppe hinunter, bevor sie sich daran erinnerte, dass sie immer noch nur Picketts Mantel und ihre eigene Unterwäsche trug. Zum

Glück hatte der Diener sie gehört und ersparte es ihr, weiter hinter ihm her zu laufen. „Thomas, warte. Ich muss mit dir zurückkehren, aber ich wage es nicht, Mr. Pickett allein zu lassen. Kannst du die junge Frau finden, die gerade hier war, und sie zurückholen?“

„Ja, Ma'am!“, stimmte Thomas mit Begeisterung zu, erfreut und zufrieden über die seltene Überschneidung von Pflicht und Neigung. „Sofort, Mylady!“

Nachdem Julia Thomas mit diesem Auftrag losgeschickt hatte, trug sie das in Papier eingeschlagene Paket in das kleine Schlafzimmer und schloss die Tür. Sie entledigte sich Picketts Rocks und hängte ihn wieder an seinen Haken, streifte dann ihre Unterkleidung ab und zog frische an, darüber eines der verachteten Trauerkleider. Sie setzte sich auf die Bettkante, um die robusten ledernen Halbstiefel anzuziehen (das einzige Teil des Pakets, das wirklich ihren Wünschen entsprach), und beugte sich dann über Picketts stille Gestalt.

„Ich habe zu Hause einiges zu erledigen, Liebster, aber ich komme schnell zurück, ich verspreche es. Ich habe nach Lucy geschickt, damit sie inzwischen bei dir bleibt.“ Sie beugte sich dichter über ihn und senkte ihre Stimme. „Du weißt, dass ich will, dass du aufwachst, aber wenn du es vorziehst zu warten, bis ich zurückkomme, wirst du keinen Tadel von mir hören“, flüsterte sie und drückte einen Kuss auf seine Stirn.

Als sie in den Vorraum zurückkehrte, stellte sie fest, dass

Lucy zurückgekehrt war und stand nun dastand und sie misstrauisch musterte.

„Was wollt Ihr von mir?", fragte das Mädchen.

„Ich muss einen kurzen Besuch in meiner eigenen Wohnung machen und ich möchte Mr. Pickett nicht allein lassen. Ich frage mich, ob Ihr bereit wäret, bis zu meiner Rückkehr bei ihm zu bleiben? Ich würde Euch gern für den Zeitaufwand entschädigen", fügte sie hastig hinzu, da sie eine Ahnung hatte, dass sie Lucy von potenziellen Kunden fernhalten würde.

Lucys misstrauischer Blick wurde weicher, als sie zur Schlafzimmertür blickte. „Ihr müsst mich nicht bezahlen, um bei ihm zu bleiben, Mylady."

„Vielen Dank. Ich bin Euch sehr dankbar." Julia packte die schwarzen Kleider zusammen und ging zur Tür. Auf der Schwelle blieb sie jedoch stehen und drehte sich um. „Oh, und Lucy …"

„Mylady?"

„Wenn Euch das irgendwie besser fühlen lässt: Er ist auch zu gut für jemanden wie mich", sagte sie und verließ die Wohnung, indem sie die Tür sanft hinter sich zuzog.

* * *

Als sie einige Zeit später vor ihrem eigenen Haus abgesetzt wurde, stürmte Julia mit kampfbereitem Leuchten in den Augen durch die Haustür.

„Mylady!", rief Rogers, erschrocken über die

unerwartete Ankunft seiner Herrin, aus. „Darf ich sagen, wie erfreut ich bin …"

Sie hob eine Hand, um seine Begrüßung abzukürzen.

„Rogers, ich muss sofort mit Smithers sprechen. Ich gehe hinauf in mein Zimmer. Bitte schickt sie dort hinauf."

„Was Smithers betrifft, Mylady …" Ihr Fuß stand schon auf der untersten Stufe, doch Rogers Stimme hielt sie zurück. „Im Moment ist sie im Salon."

„Im Salon? Was hat eine Zofe im Salon zu suchen?"

Rogers hüstelte diskret. „Ich glaube, sie hat eine vertrauliche Unterhaltung mit Lord Fieldhurst. Dem derzeitigen Viscount, meine ich, nicht seine verstorbene Lordschaft natürlich."

„*George?*" Sie wartete nicht darauf, mehr zu hören. Sie ging durch das Foyer und riss die Tür zum Salon auf. „George! Ich hatte dich nicht erwartet. Wie entgegenkommend von Smithers, dir in meiner Abwesenheit Gastfreundschaft zu bieten! Soll ich nach Tee läuten oder habt ihr das schon getan?"

„Bitte um Verzeihung, Mylady …", begann die Zofe, den Rücken kerzengerade haltend.

„Nun, Cousine Julia", unterbrach der Viscount und drohte ihr mit dem Finger. „Wenn die Hälfte von dem, was Smithers mir erzählt hat, wahr ist, scheint es, dass du dich öffentlich ziemlich zum Narren gemacht hast!"

„Was die Wahrheit von Smithers Behauptungen angeht,

kann ich das nicht sagen, denn ich fürchte, dass sie mir nicht ihr Vertrauen schenkt; dieses Privileg scheint dir vorbehalten zu sein."

Der Viscount zählte ihre Sünden an seinen Fingern ab. „Die Trauer aufzugeben, bevor das Jahr vorüber ist, dich öffentlich mit diesem Kerl aus der Bow Street zu zeigen – wirklich, Cousine Julia, ich kann nicht zulassen, dass du den guten Namen der Fieldhursts befleckst!"

„Ich verstehe." Ihr vorwurfsvoller Blick wanderte von George zu Smithers und wieder zurück. „Als du mir vorgeschlagen hast, die Schwester deines Butlers als Zofe anzustellen, George, habe ich geglaubt, einer Witwe, die eine Stellung braucht, einen Gefallen zu tun. Mir war nicht klar, dass ich unabsichtlich einen Spion unter mein Dach holte."

„Ich bitte um Verzeihung, Mylady, aber ich war davon überzeugt, dass der Mangel an zügelndem, männlichen Einfluss Euch zu Indiskretionen veranlasste. Ich hatte das Gefühl, dass Lord Fieldhurst als Familienoberhaupt das Recht hätte, davon zu erfahren."

„Wirklich, Cousine Julia, Farben zu tragen, solange die Trauerzeit noch zwei Monate lang läuft – dein Auftritt muss ziemlich schockierend gewesen sein!"

„Wenn du mein blaues Kleid für schockierend hältst, George, hättest du meinen Auftritt vor einer Stunde sehen sollen", warf Julia süß ein.

„Und jetzt – *jetzt* – höre ich, dass du tatsächlich unter

einem Dach mit dem Kerl wohnst …"

Julia holte tief Luft und beherrschte sich mühsam.

George mochte über sie alles sagen, was ihm gefiel – in der Tat war sie inzwischen ziemlich daran gewöhnt – aber er würde *kein* Wort gegen einen Mann sagen dürfen, der noch jetzt bewusstlos darniederlag, größtenteils wegen seiner tapferen Bemühungen zu ihrer Rettung.

„Das dürfte jetzt genug sein, George. Es mag vielleicht sogar Smithers' Aufmerksamkeit entgangen sein, dass Mr. Pickett letzte Nacht bei der Flucht vor dem Feuer verletzt wurde. Während wir hier sprechen, liegt er noch bewusstlos da, daher denke ich, dass meine Tugend ziemlich sicher sein dürfte."

„Was machst du dann da?", wollte George wissen.

„Ich pflege ihn und ich habe vor, dies zu tun, solange er mich braucht."

„Das ist sicher bewundernswert von dir, Cousine, aber ich glaube kaum, dass es dein Platz ist …"

Julia zitterte förmlich vor ohnmächtiger Wut. „*Nicht mein Platz?* Ich schätze, ich bin wohl eine zu feine Dame", platzte sie heraus und wiederholte unbewusst Lucys Worte, „um meine Hände mit der Fürsorge für einen Mann zu besudeln, der verletzt wurde, als er mich aus einem brennenden Theater rettete. Ist es das, was du meinst, George? Ich vermute, deine Quellen haben es versäumt zu erwähnen, dass Mr. Pickett ein Seil aus den Vorhängen geflochten und mich selbst aus einer Loge im dritten Rang auf seinem Rücken heruntergetragen hat. Ich kann mir keinen einzigen *Gentleman* meiner Bekanntschaft vorstellen, Anwesende eingeschlossen, der die Intelligenz und den Einfallsreichtum verfügen würde, um sich einen solchen Plan einfallen zu lassen, viel weniger noch den körperlichen Mut, ihn auszuführen. Wenn du von einem weißt, George, stelle mich ihm unbedingt vor, und ich werde nur zu gern Mr. Pickett seinetwegen den Abschied geben!"

Sie war erfreut zu sehen, dass Lord Fieldhurst den Anstand besaß, sich zu schämen. „Ich kann sehen, warum du das Gefühl hast, dem Mann etwas zu schulden, Cousine Julia, und ich will der Versuchung widerstehen, darauf hinzuweisen, dass du dich ihm nicht derart verpflichtet fühlen müsstest, wenn du ihn nicht gegen jeden Anstand ins Theater begleitet hättest. Aber natürlich muss eine Fieldhurst, auch wenn sie nur angeheiratet ist, ihre Schulden begleichen. Trotzdem gibt es keinen Grund, dass du dich selbst um den Kerl kümmern müsstest. Ich werde eine fähige Pflegerin anstellen, die so lange bei Mr. Pickett bleibt, wie es notwendig ist."

Julia musterte den Erben ihres verstorbenen Mannes prüfend. „Danke, George, aber nein. Abgesehen von der Tatsache, dass ich zumindest dem Gesetz nach Mr. Picketts Frau bin, fürchte ich, dass ich keinem Krankenpfleger, der auf deine Veranlassung handelt, sehr großes Vertrauen schenken kann. Ich will so gerecht sein zu sagen, dass ich nicht glaube, du würdest jemanden anweisen, Mr. Pickett direkt Schaden zuzufügen, aber ich vermute, dass du keine Träne vergießen würdest, sollte er seinen Verletzungen erliegen."

Julia weigerte sich standhaft, sich von dieser Meinung abbringen zu lassen und Lord Fieldhurst musste schließlich, immer noch Einwände stotternd, seine Niederlage eingestehen.

„Und jetzt, George", schloss sie mit einem Nicken auf das in Papier eingewickelte Paket, das sie immer noch in der Hand hielt, „wenn du mich entschuldigen würdest, muss ich mich noch um alles Nötige für einen Aufenthalt kümmern, der sich als ziemlich langwierig herausstellen könnte."

„Aber Mylady", blökte Smithers, „ich habe dieses Päckchen selbst zusammengestellt. Habe ich vergessen, etwas einzupacken, worum Ihr gebeten hattet?"

„Wie konnte ich das vergessen? Danke, dass Ihr mich erinnert, Smithers. Ich sehe, dass Ihr es Euch zur Aufgabe gemacht habt, mich wieder in pechschwarze Trauerkleider zu hüllen, ob ich das möchte oder nicht. Ihr scheint in einer gewissen Verwirrung darüber zu handeln, wer von uns die Herrin und wer die Dienerin ist."

„Ich bin sicher, ich wollte nie …"

„Oh, ich denke Ihr habt *genau* das getan, was Ihr wolltet. Nachdem ich Zeit hatte, über die Angelegenheit nachzudenken, bin ich zu der Überzeugung gelangt, dass Ihr im Dienste einer Dame, deren Vorstellung von Anstand viel besser zu Eurer eigenen passt, viel glücklicher wäret."

„Was – was sagt Ihr da, Mylady?"

„Ich kündige Euch, Smithers. Ihr könnt noch zwei Wochenlöhne bekommen, aber ein Empfehlungsschreiben, fürchte ich, kann ich nicht ausstellen. Vielleicht wäre ja George dazu bereit. Nun, wenn Ihr beide mich entschuldigen wollt, ich habe noch viel zu erledigen, bevor ich in die Drury Lane zurückkehre."

Rogers, unfreiwilliger Zeuge dieser Szene, verlor keine Zeit und überreichte Lord Fieldhurst Hut und Handschuhe und öffnete die Tür, damit er mit aller ihm noch zur Verfügung stehenden Würde fliehen konnte. Julia schickte Smithers ebenso kurz und bündig in die Dienstbotenquartiere, um ihre Sachen zu packen. Allein mit dem Butler, der ihr seit ihrer Heirat diente, schaute sie ihn zerknirscht an. An Rogers' Loyalität musste sie jedenfalls keinen Zweifel haben. Er war sehr geduldig und verständnisvoll mit ihr umgegangen, als sie eine junge Braut war, die ohne jede Vorbereitung die Aufsicht über einen adeligen Haushalt bekommen hatte, und sie glaubte, seine Güte zurückgezahlt zu haben, als er aus Angst davor, in den Verdacht des Mordes an ihrem Ehemann zu geraten, nach dessen Tod einfach verschwunden war.

„Nun, Rogers, ich fürchte, Ihr wurdet unfreiwillig Zuschauer bei diesem ganzen Drama", bemerkte sie mit einem entschuldigenden Lächeln.

140

Er machte eine kleine Verbeugung, aber seine Augen funkelten auf eine Art und Weise, die so gar nicht zu einem Butler passte. „Und es wurde sehr gut gespielt, Mylady, wenn ich das sagen darf."

„Danke Rogers, Ihr dürft", sagte sie und lachte im Hochgefühl, sich diesmal gegen die Fieldhursts behauptet – und gewonnen – zu haben, zum ersten Mal in ihrem Leben. Etwas ernsthafter fügte sie hinzu: „Ihr solltet auch der Waschfrau mitteilen, dass ich Mr. Picketts verschmutzte Kleidung zusammen mit meiner eigenen zum Waschen schicken werde. Mrs. Hughes wird zweifellos einen Unterschied in der Qualität von Mr. Picketts Wäsche im Vergleich zu der seiner verstorbenen Lordschaft bemerken, aber ich erwarte, dass sie mit der gleichen Sorgfalt behandelt wird, und das könnt Ihr ihr ausrichten."

„Ja, Mylady." Rogers gab ein diskretes Hüsteln von sich. „Ich bitte um Verzeihung, aber wenn Mylady wünschen sollten, Euren jungen Mann nach Hause zu bringen, kann ich Euch versichern, dass das Personal ihn mit allem dem Ehemann Myladys zustehenden Respekt behandeln wird oder sich vor mir verantworten müsste."

Sie zog die Augenbrauen hoch. „Ihr könnt doch sicher nicht glauben, dass Mr. Pickett und ich wirklich verheiratet sind! Gott im Himmel, George würde der Schlag treffen! In der Tat war es nichts anderes als ein schreckliches Missverständnis und das Annullierungsverfahren ist bereits eingeleitet. Wie könnt Ihr nur etwas anderes denken?"

Rogers senkte ehrerbietig den Blick. „Es tut mir leid, wenn ich etwas Falsches gesagt habe, Mylady, aber es war ein ehrlicher Fehler, unter den Umständen."

„Tatsächlich?", fragte Julia verblüfft. „Und was für ‚Umstände' sind das, bitte?"

„Ihr werdet Euch erinnern, dass ich gestern Abend den jungen Mr. Pickett gemeldet habe", erinnerte er sie entschuldigend.

„Ja, was ist damit?"

Er lächelte sie verständnisvoll an. „Von meinem Standort an der Tür her, Mylady, konnte ich Euer Gesicht sehen, als er den Raum betrat."

9

Der seltsame Fall der verschwindenden Diamanten

Allein mit Pickett stemmte Lucy die Hände in die Taille und seufzte schwer. „Nun, John Pickett, ich wusste immer, dass ich dich eines Tages nackt im Bett haben würde, aber das ist *nicht* das, was ich im Sinn hatte."

Sie erhielt keine Antwort von ihm – nichts Neues, überlegte sie – und ging lustlos in der Wohnung umher auf der Suche nach etwas, um sich die Zeit zu vertreiben, bis Lady Fieldhurst wiederkäme. Als sie die unberührte Teetasse der Lady auf dem kleinen Tisch am Bett sah, hob sie sie auf und nahm einen kleinen Schluck zum Probieren. Er war kalt, was nicht überraschend war, aber von besserer Qualität als Lucy es gewohnt war, da die Teeblätter, die normalerweise in dem Haus zu finden waren, in dem sie mit mehreren anderen Frauen desselben Berufs lebte, im Allgemeinen mehr als einmal verwendet worden waren, bevor sie in den Besitz der Frauen gelangten. Daher war Lady Fieldhursts Tee stärker als der, an den Lucy gewöhnt war, und das intensivere Gebräu brachte sie zum Niesen.

Da sie kein Taschentuch hatte, öffnete sie die oberste Schublade von Picketts Kommode und suchte zwischen Strümpfen und Krawatten. Sie fand eins, doch sie fand auch noch etwas – etwas, das sie so unbedeutende Dinge wie Taschentücher vergessen ließ.

„Verdammt will ich sein!", hauchte sie, als sie eine Halskette mit weißen Steinen herauszog, die so groß waren wie die Eier eines Zaunkönigs.

Zugegeben, Lucy war keine Expertin für Edelsteine (ihre Kundschaft bestand nicht aus Männern, die ihre Geliebten mit solchen Reichtümern überschütten könnten), aber selbst für ihr ungeübtes Auge war klar, dass diese Steine unmöglich echt sein konnten. Tatsächlich war sie sich nicht sicher, ob es Diamanten dieser Größe überhaupt gab. Aber selbst wenn sie es taten, war sie sich ziemlich sicher, dass John Pickett sie sich nicht leisten könnte. Daher mussten die Edelsteine falsch sein. Und da Lady Fieldhurst keine Frau war, der ein Mann falsche Juwelen verehren könnte, waren sie offenbar niemals dazu gedacht gewesen, diese Dame zu schmücken.

Aber wenn nicht Lady Fieldhurst, für wen war die Halskette dann bestimmt? Es konnte nur eine Antwort geben, schloss Lucy und grinste entzückt. Er muss beabsichtigt haben, sie ihr zu schenken. Immerhin bat er sie gelegentlich um Unterstützung bei seinen Ermittlungen (obwohl diese Ersuchen in den letzten Monaten nicht mehr so häufig eingegangen waren wie früher) und er versäumte es nie, sie für ihre Bemühungen in seinem Auftrag zu belohnen, selbst wenn diese Belohnungen nicht die Form hatten, die sie vielleicht bevorzugt hätte. Während es der Wahrheit entsprach, dass sie in letzter Zeit nichts getan hatte, was eine so üppige Belohnung verdient hatte, war ihre Hoffnung doch noch nicht verwelkt. Mit Sicherheit hatte er vorgehabt, sie um ihre Hilfe zu bitten und war verletzt worden, bevor er die Bitte aussprechen konnte. Sie hatte eine plötzliche und schreckliche Vision von seinem Tod, bevor er ihr die Edelsteine präsentieren konnte, und die Kette von einem dieser Geier beansprucht wurde, die nach dem Tod eines jeden, dem es an offensichtlichen Erben mangelte, immer aus dem Nichts zu kommen schienen.

„Du kannst meine Hilfe haben, wann immer du sie brauchst", versprach sie Picketts regloser Gestalt, „aber ich werde dieses Ding nicht hier lassen, damit jemand anderes es findet."

Sie öffnete die Schließe und legte die Halskette um ihren eigenen Hals. Dann bewunderte sie den Effekt im fleckigen Spiegel über dem Waschtisch. Ihr Lächeln verschwand, als ihr eine neue und schreckliche Möglichkeit in den Sinn kam. Sie hatte keinen Ort, an dem sie ein so auffälliges Stück tragen konnte, abgesehen vom gelegentlichen Besuch des Theaters mit Pickett, und so würde es zwangsläufig viel Zeit tief in der Schublade ihrer eigenen Kommode verbringen. Sie hatte kein großes Vertrauen in die Ehrlichkeit der Frauen, mit denen sie zusammen wohnte. Geld war in ihrem gemeinsamen Beruf schwer zu beschaffen, und Geld, für das man keine Zeit auf dem Rücken liegend verbringen musste, war besonders selten. Es war also sehr wahrscheinlich, dass ihr die Kette gestohlen und ins nächste Pfandhaus gebracht würde. Oh, sie könnte dort eine Guinee oder noch mehr einbringen! Nein, entschied Lucy, wenn jemand vom Verkauf des Schmucks profitieren würde, musste es sie selbst sein.

„Ich bin sicher, es wird dir nichts ausmachen, Herzchen", sagte sie zu Pickett. „Aber ich habe keinen Ort, an dem ich sie tragen könnte, nicht wirklich. Vielleicht nehme ich das Geld und kaufe ein neues Kleid – etwas, das die Harpyien, mit denen ich lebe, weniger in Versuchung führt – und trage es, wenn du mich das nächste Mal ins Theater mitnimmst. Das würde dir gefallen, nicht wahr?"

Sie fasste Picketts Schweigen als Zustimmung auf, nahm die Halskette ab und stopfte sie in ihr Mieder.

* * *

Mr. Colquhoun, der kurz nach dem Verlassen von Picketts Quartier in der Bow Street ankam, wurde mit der nicht überraschenden Information konfrontiert, dass man noch kein Wort von Mr. Pickett gehört hätte.

„Nein, ich nehme nicht an, dass dies der Fall wäre", informierte er Mr. Dixon, den Überbringer dieser schlechten Nachricht. „Tatsächlich komme ich gerade aus Mr. Picketts

Wohnung."

„Er lebt also?"', fragte ein anderer Läufer, der dies gehört hatte.

„Gerade so, aber ja. Er ist bewusstlos – es sieht so aus, als wäre er auf der Flucht aus dem Theater am Kopf getroffen worden –, aber er lebt, zumindest einstweilen."

William Foote nickte. „Das ist gut zu hören, Sir."

Leider war es der einzige Lichtblick an Mr. Colquhouns Tag. Innerhalb einer Stunde nach seiner Rückkehr in die Bow Street hatte er einen höchst unerwünschten Besucher in Form eines Mitglieds der russischen Gästegruppe, einen großen, kräftigen Mann mit einem dicken schwarzen Bart und einem noch dickeren Akzent.

„Ihr mir sagen, dies nicht geschehen werden, *nyet*?"', beschuldigte dieser ehrenwerte Mann in drohendem Ton. „Ihr sagen, Prinzessin Olgas Schmuck sicher, *da*?"

„Exzellenz, niemand bedauert den Diebstahl von Prinzessin Olgas Diamanten so sehr wie ich", sagte Mr. Colquhoun mit einer Stimme, von der er hoffte, dass sie beruhigend wirken würde. „Aber ich bin sicher, ich muss Euch nicht daran erinnern, dass das Theater letzte Nacht in Brand geraten ist, und nun, Ihr wisst, was der Dichter über die besten Pläne von Mäusen und Männern gesagt hat."

„*Ba*! Ich spucke mich auf Eure englischen Dichter aus!"

Unter anderen Umständen hätte Mr. Colquhoun vielleicht darauf hingewiesen, dass Robert Burns, wie er selbst, Schotte und nicht Engländer war. Aber er erinnerte sich an seine eigenen Worte zu John Pickett bezüglich der Provokation eines internationalen Zwischenfalls und beherrschte seine sich rasch verschlechternde Laune energisch. „Wie dem auch sei, Exzellenz, ich bin sicher, Ihr werdet erfreut sein zu wissen, dass in jedem Fall die gestohlenen Edelsteine irgendwann gefunden wurden."

„'Irgendwann'? Euer ,irgendwann' interessiert mich nicht – *niteschewo*, hört ihr? Ich spucke mich auf ,irgendwann'!" Als Beweis für diese Aussage spuckte er auf den Boden. „Es ist mir klar, *Sörr*, dass Ihr, wie man sagen, eine Truppe von Dummköpfen haben!"

Mr. Colquhoun war bereit, aus diplomatischen Gründen bis zu einem gewissen Grad unterwürfig zu sein, aber diese offensichtlich unfaire Kritik an seinen Männern würde er nicht zulassen. „Nun seht, Exzellenz", sagte er und sein Gesicht verfinsterte sich bedrohlich, „es gibt keinen Grund, beleidigend zu werden! Wenn Ihr Euch umschaut, werdet Ihr bemerken, dass meine Männer bereits um Ihrer Königlichen Hoheit willen erhebliche Opfer gebracht haben. Einige von ihnen wurden bei dem Feuer letzte Nacht verletzt und ein junger Mann von nicht einmal fünfundzwanzig steht sogar an der Schwelle des Todes. Die Tatsache, dass der Schmuck trotzdem gestohlen wurde, entwertet in keiner Weise ihre Anstrengungen. Aber ganz ehrlich, ich muss Euch sagen, wenn ich eine Wahl zwischen den Diamanten Ihrer

Königlichen Hoheit und dem Leben meiner Männer treffen müsste, würden die Diamanten jedes Mal verlieren."

Während seine Exzellenz noch über diese Binsenwahrheit blubberte, schaute Mr. Colquhoun sich im Raum um und entdeckte William Foote in einer Gruppe von Läufern, die zweifellos alle über das Feuer sprachen.

„Nun, Exzellenz", fuhr der Richter fort, „einer meiner Männer hat beträchtliche Erfolge bei der Wiederauffindung gestohlener Juwelen erzielt. Ich werde Mr. William Foote mit diesem Fall beauftragen, in der Erwartung, dass er nicht weniger erfolgreich sein wird, wenn es sich um die Diamanten Ihrer Königlichen Hoheit handelt. Mr. Foote!"

William Foote löste sich von der Gruppe der Läufer und schloss sich dem Richter an der Bank an. „Ihr habt nach mir gerufen, Sir?"

„Dies ist Seine Exzellenz, Vladimir Gregorowich Dombrowski, der zum Gefolge von Prinzessin Olga Fjodorowna gehört. Er berichtet mir, dass die Diamanten der Prinzessin letzte Nacht trotz aller Vorsichtsmaßnahmen gestohlen wurden. Ihr scheint mir der beste Mann zu sein, wenn es sich um diese Schmuckdiebstähle handelt, daher übertrage ich Euch die Leitung der Ermittlungen. Euer Exzellenz, Ihr könnt Eure Beschwerden an Mr. Foote richten. Ich habe Euch nichts mehr zu sagen!"

Nachdem er diese Rede gehalten hatte, verließ er hastig die Bank, um nicht etwas zu dem hochgeborenen Herrn zu sagen, das er später möglicherweise bereuen müsste.

Leider waren Mr. Colquhouns Probleme noch lange nicht vorbei. Er musste ein äußerst unangenehmes Treffen mit seinem Schneider ertragen, der sich erst ein wenig beruhigte, als Mr. Colquhoun ein sehr teures Kleidungsstück bestellt, das Mr. Colquhoun weder brauchte noch unbedingt wollte. Einem plötzlichen Impuls folgend, wies er den Schneider an, einen weiteren eleganten Frack aus dem gleichen blauen superfeinen Bather Tuch herzustellen, wie der für seinen jungen Schützling ausgeliehene gewesen war, nach den gleichen Maßen, und ihn seiner Bestellung hinzuzufügen. Er sagte sich, Lady Fieldhurst würde John Pickett vielleicht noch Gelegenheit geben, ein solches Kleidungsstück zu tragen und er lehnte die ängstliche Vorstellung ab, dass Pickett, sollte er seinen Verletzungen erliegen, darin begraben werden könnte.

Mr. Colquhoun war nur zu froh, am Ende des Tages aus der Bow Street entkommen zu können, und noch froher, als er in Picketts Unterkunft in der Drury Lane vorsprach, von Lady Fieldhurst an der Tür empfangen zu werden, die nicht mehr Picketts braunen Rock über ihrer Unterwäsche trug, sondern in ein primelgelbes Morgenkleid gekleidet war und ein strahlendes Lächeln auf dem Gesicht hatte.

„Er hat gesprochen!", rief sie statt einer Begrüßung aus. „Mr. Colquhoun, er hat gesprochen!"

„Er ist also wach?", fragte der Richter eifrig und zog Hut und Handschuhe aus, als er die bescheidene Wohnung betrat.

„Nein." Ihr Lächeln verblasste. „Ich bin mir nicht sicher, ob er jemals wach war, zumindest nicht ganz, aber er sprach und auch recht zusammenhängend."

„Das sind die besten Nachrichten, die ich den ganzen Tag bekommen habe", sagte Mr. Colquhoun mit gerunzelter Stirn. „Was hat er gesagt?"

Sie ging voran in das kleine Schlafzimmer, wo Mr. Colquhoun etwas enttäuscht war, John Pickett so liegen zu sehen, wie am Morgen, als der Richter ihn verlassen hatte.

„Er beklagte sich, dass seine Füße weh täten", antwortete Lady Fieldhurst. „Jedenfalls einer seiner Füße. Er sagte nicht welcher, aber sein linker Knöchel scheint leicht geschwollen zu sein, also glaube ich, dass es dieser ist. Ich fürchte, ich bin darauf gelandet, obwohl er es in dem Moment verneinte."

„Ihr seid darauf gelandet? Mylady, ich wünschte, Ihr würdet mir genau erklären, wie Ihr beide es geschafft habt, dem Feuer zu entrinnen. Nachdem ich das Theater oder was davon noch übrig ist, selbst gesehen habe, kann ich es kaum begreifen."

Sie bedeutete ihm, den einzigen Stuhl neben dem Bett zu nehmen, während sie sich auf der Kante der Matratze niederließ, als wäre ihr natürlicher Platz an Picketts Seite. „Ich fürchte, Ihr werdet es schwer zu glauben finden. Die Tür zur Loge war von außen verschlossen, oder verklemmt oder etwas in der Art, und bis Jo – Mr. Pickett es schaffte, sie zu öffnen, hatte das Feuer den Gang erreicht, sodass es nicht infrage kam, die Treppe nach unten zu benutzen."

„Ja?", fragte der Richter weiter und ignorierte taktvoll, dass sie beinahe John Picketts Vornamen benutzt hätte. „Also was hat er gemacht?"

„Er hat den Vorhang heruntergerissen, ihn in Streifen zerfetzt und diese dann aneinander geknotet, um ein Seil für uns zu machen, an dem wir nach unten klettern könnten."

Mr. Colquhouns buschige Augenbrauen zogen sich über seine Nase zusammen. „Ihr seid im Abendkleid an einem zusammengeknoteten Seil nach unten geklettert?"

„Bitte, schreibt mir keinen Mut zu, den ich nicht habe", widersprach sie und hob protestierend eine Hand. „In der Tat war es Mr. Pickett, der hinabkletterte und mich dabei auf seinem Rücken trug."

„Gütiger Gott!", entfuhr es dem Richter mit ersterbender Stimme.

„Aber das Seil fing Feuer und brannte durch, bevor wir den Boden erreichten, also fielen wir die letzten paar Meter. Und ich fürchte, ich könnte auf Mr. Picketts Knöchel gelandet sein, denn er hinkte ziemlich schlimm, als er aufgestanden war."

„Und dieser Schlag auf den Kopf?"

„Das geschah draußen, als wir gerade entkommen waren." Sie zögerte und fragte sich, wie viel sie ihm über die Theorie des Arztes erzählen sollte.

„Und das alles umsonst", murmelte der Richter.

„Wie bitte?"

„Die Diamanten von Prinzessin Olga wurden trotz aller Bemühungen gestohlen." Er sah auf die ruhende Gestalt im Bett hinunter. „Ich habe ihn wegen nichts und wieder nichts in Gefahr gebracht. Mr. Picketts Opfer war vergebens."

Lady Fieldhurst sah den Schmerz in seinen Augen und traf eine Entscheidung. „Vielleicht nicht, Mr. Colquhoun. Ich muss Euch noch etwas sagen."

Sie ging durch den Raum zu der Kommode und öffnete die oberste Schublade, um dort unter den Stapel Strümpfe zu greifen. Ihre Hand traf nur auf gewirkte Strümpfe. Aber sie hatte die Halskette doch genau hierher gelegt? Vielleicht war sie verrutscht, als die Schublade geschlossen und wieder geöffnet worden war. Sie schob Strümpfe, Krawatten und Taschentücher beiseite und tastete in die entferntesten Ecken der Schublade. Die Diamanten waren verschwunden. Doch wer konnte sie haben – ihre Augen wurden schmal, als ihr klar wurde, wer die einzige Person war, die mit Pickett allein im Zimmer gewesen war. *Lucy Higgins,* dachte sie, *wenn ich dich in die Finger bekomme, werde ich ...*

„Ja?", drängte Mr. Colquhoun, der immer noch auf dem Stuhl neben Picketts Bett saß. „Was ist es?"

Sie konnte ihm kaum etwas über die Diamanten erzählen, nicht, wenn sie keinen Beweis dafür hatte, dass sie jemals hier gewesen waren. Sie stellte zu ihrer Überraschung fest, dass sie erleichtert war; sie hatte sich davor gefürchtet, den Ausdruck in seinem Gesicht zu sehen, wenn er mit der Möglichkeit konfrontiert würde, dass sein geretteter Taschendieb vielleicht doch nicht so völlig gebessert war. Nicht, ermahnte sie sich hastig, dass sie für einen Moment gedacht hätte, dass John Pickett zu so etwas fähig wäre; dennoch, anders als sie selbst, kannte Mr. Colquhoun ihn aus seinen früheren Tagen als Gesetzesbrecher und könnte es nur zu leicht zu glauben finden. Aber jetzt erwartete der Richter eindeutig eine Offenbarung und nachdem sie sich so weit vorgewagt hatte, musste sie ihm etwas sagen.

„Der Arzt", begann sie und hielt inne, um tief und ruhig zu atmen. „Euer eigener Arzt, meine ich, nicht dieser grässliche Bader! Als der Arzt hier war, äußerte er die Meinung, dass Mr. Pickett absichtlich niedergeschlagen worden wäre."

Mr. Colquhoun blickte ziemlich finster drein. „Ich verstehe. Und welche Beweise, wenn überhaupt, hat er für diese Behauptung erbracht?"

„Er konnte sich nicht vorstellen, dass der Einsturz des Theaterdaches brennende Balken derart nach außen schleudern würde und ich muss zugeben, dass ich mich nicht erinnern kann, etwas herumliegen gesehen zu haben, das Mr. Pickett einen solchen Schlag versetzt haben könnte. Außerdem hat Mr. Gilroy ein paar winzige schwarze Holzsplitter aus der Wunde in Mr. Picketts Kopfhaut entfernt. Die schwarze Farbe stamme nicht vom Verbrennen, sondern von Lack."

Mr. Colquhoun zog ein kleines Notizbuch aus der Innentasche seines Mantels und begann, sich Notizen zu machen, genauso wie sie es zuvor ein Dutzend Mal bei Mr. Pickett gesehen hatte. „Es sieht so aus, als ob ich mit meinem guten Freund Mr. Gilroy ein paar Worte wechseln sollte."

„In der Zwischenzeit, Mr. Colquhoun, möchtet Ihr vielleicht einen Tee?", fragte sie.

Der Richter nickte. „Danke, Mylady, ja, gern."

Ihr Magen sank in die Knie. Erst als sie den Tee schon angeboten hatte, war ihr eingefallen, dass sie nicht einfach nach einem Diener klingeln konnte; wenn Tee gekocht werden sollte, würde sie das selbst tun müssen. Zum Glück brannte das Feuer bereits, daher musste sie nur einen Kessel Wasser zum Kochen darüber hängen. Sicher würde sie das schaffen! Sie füllte den Kessel und hängte den Griff über den horizontalen Arm des Hakens, der an einer Seite des Kamins befestigt war. Dann, sehr vorsichtig, um sich nicht die Finger zu verbrennen, schob sie den Arm des Hakens in den Kamin und über das Feuer. Zumindest war das ihre Absicht. Leider war sie ein bisschen zu vorsichtig und der Arm bewegte sich nur ein paar Zentimeter, bevor er abrupt anhielt und das Wasser darin herum schwappen und ein paar Tropfen über die Außenseite des Kessels zischend in die Flammen rinnen ließ. Noch ein Schubs und noch einer, dann war der Kessel schließlich weit genug über dem Feuer, um das Wasser zu erhitzen, aber nachdem dies erledigt war, hatte sie keine Vorstellung, wie sie ihn wieder herausholen sollte; sie konnte kaum die Hand in die Flammen strecken, um danach zu greifen.

Als das Wasser einige Minuten später zu kochen begann, hatte sie noch immer keine Lösung für dieses Problem gefunden. Sie wusste kaum, ob sie beschämt oder dankbar sein sollte, als Mr. Colquhoun, der ihr ängstliches Zögern sah, zu ihrer Rettung kam.

„Hier, lasst mich das machen."

Er griff nach einem Haken an einer Stange, die neben dem Schürhaken am Kamin gelehnt hatte, packte damit den Henkel des Kessels und hob ihn heraus. Julia fühlte sich völlig nutzlos, als sie zuschaute, wie er den Haken gegen ein Tuch austauschte und dies benutzte, um seine Hände zu schützen, als er das heiße Wasser in die Teekanne goss.

„Nicht so schwer, wenn man erst einmal weiß, wie", sagte er tröstend, als er die Teeblätter abmaß und sie dem Wasser hinzufügte.

„Danke", sagte sie und schenkte ihm ein zerknirschtes Lächeln. „Wie Ihr sehen könnt, bin ich völlig ungeeignet, um Mrs. John Pickett zu sein."

„Was das angeht", sagte er mit nachdenklichem Stirnrunzeln, „wenn ich so anmaßend sein darf, danach zu fragen, was habt Ihr vor, wegen der Annullierung zu unternehmen?"

Sie sprang auf und tat sehr geschäftig beim Holen und Aufstellen der Teetassen. „Im Moment, Mr. Colquhoun", sagte sie etwas bissiger, als sie beabsichtigt hatte, „tue ich mein Bestes, um nicht wieder verwitwet zu werden."

Er gab keine Antwort, abgesehen von einem kleinen Grunzen, das sie für ein Zeichen der Zustimmung hielt, und sie war dankbar, dass er sie nicht weiter drängte. Er verweilte eine halbe Stunde und hoffte offensichtlich auf ein weiteres Lebenszeichen von Pickett. Leider waren diese Hoffnungen vergeblich und Lady Fieldhurst war hin- und hergerissen zwischen Mitgefühl für den Richter und ungeduldiger Erwartung auf sein Gehen, damit sie die bescheidene Wohnung auf den Kopf stellen und nach den verschwundenen Diamanten suchen konnte. Endlich verabschiedete er sich und kaum hatte sich die Tür hinter ihm geschlossen, drehte sie den Schlüssel im Schloss und begann mit ihrer Suche.

Sie begann mit der Kommode und zog nicht nur die oberste Schublade, sondern auch den Rest der Schubladen heraus. Sie machte zwei interessante Entdeckungen, von denen keine etwas mit den fehlenden Juwelen zu tun hatte. In der zweiten Schublade fand sie drei Briefe, die mit einem Band zusammengebunden und auf Papier von so hoher Qualität geschrieben waren, dass ihre Neugier sofort geweckt wurde. Sie warf Pickett einen Blick zu und stellte fest, dass er immer noch bewusstlos war. Sie beschimpfte sich selbst für ihre unpassende Neugier, löste aber trotzdem das Band und entfaltete den obersten Brief. Sie erkannte ihn sofort. *Mr. Pickett,* hieß es, *es wäre mir eine Ehre. Ihr dürft mich um acht Uhr abholen. Julia Fieldhurst Pickett.* Obwohl die beiden anderen ein etwas früheres Datum hatte, waren auch diese in ihrer Handschrift verfasst und legten Zeitpunkt und Datum für ein Treffen mit ihrem Anwalt fest, um eine Annullierung zu besprechen. Er hatte ihre Briefe aufbewahrt, der liebe Mann, auch nachdem er erfahren hatte, was genau die Annullierung von ihm verlangen würde. Ihre Augen füllten sich mit Tränen und sie wischte sie mit dem Handrücken ab.

„Du wirst zu einer richtigen Heulsuse", schalt sie sich aus.

Sie steckte die Briefe zurück in ihr Versteck und setzte ihre Suche fort. Sie fand keine Spur der Diamanten, doch in der untersten Schublade, ganz nach hinten geschoben und mit etwas bedeckt, was anscheinend ein zweiter Satz Bettwäsche war, sah sie eine Pistole. Sie wusste nicht recht, was sie von dieser Entdeckung halten sollte; sie hatte nie an ihren sanften Mr. Pickett mit einer Waffe gedacht. Sie überlegte, ob er einen Mann kaltblütig erschießen könnte, falls die Umstände es jemals von ihm verlangten; sie fragte sich, ob er es wohl schon getan hätte. Bei dem Gedanken schauderte sie und legte die Pistole dorthin zurück, wo sie sie gefunden hatte.

Da Picketts Wohnung klein war, dauerte selbst die gründlichste Suche nicht lange. Trotzdem war die Arbeit anstrengend und als sie die fruchtlose Aufgabe erledigt hatte, wurde sie sich der Tatsache sehr bewusst, dass sie seit fast achtundvierzig Stunden nicht mehr geschlafen hatte. Sie nahm an, dass sie Lucy würde zur Rede stellen müssen, aber selbst, wenn sie bereit gewesen wäre, Pickett allein zu lassen, hätte sie nicht allein in dieser wenig angenehmen Gegend Londons nach dem Mädchen suchen wollen. Sie schob das Problem mit den Diamanten beiseite, bis sie ausgeruht genug sein würde, um sich logisch damit zu befassen, durchsuchte Smithers' Paket, wo sie ein weißes Leinennachthemd und ihre silberne Haarbürste fand, die Teil eines Toilettensets war, das ihre Eltern ihr zur Hochzeit geschenkt hatten. Sie zog ihr gelbes Kleid aus und hängte es an einen Haken neben Picketts Röcke, dann zog sie ihre Unterwäsche aus und zog das Nachthemd über ihren Kopf. Zuletzt ließ sie ihre Haare herunter und bürstete sie aus.

Sie holte eine dünne Decke aus der untersten Schublade der Kommode (und versuchte, nicht an die dahinter versteckte Pistole zu denken), setzte sich dann auf den hochlehnigen Holzstuhl neben dem Bett, blies die Kerze auf dem Nachttisch aus und zog die Decke bis zum Kinn. Leider genügten fünf Minuten des sich von Seite zu Seite Windens, um ihr klarzumachen, dass sie hier wahrscheinlich nicht würde schlafen können, und die gleiche Suche, die die Diamanten nicht hervorgebracht hatte, hatte ausgereicht, sie erkennen zu lassen, dass in der Wohnung nicht genügend Bettzeug vorhanden war, um sich ein Lager auf dem Boden zu bereiten.

Wenn sie überhaupt schlafen wollte, würde sie sich auf das Bett legen müssen.

Sie warf die Decke beiseite, ging dann auf Zehenspitzen zu Picketts Bett, hob den Rand seiner Decke und rutschte darunter, so nah an den Rand der Matratze, wie es möglich war, ohne herunterzufallen. Es fiel ihr ein, dass sie, obwohl sie sechs Jahre verheiratet gewesen war, nie neben dem verstorbenen Lord Fieldhurst geschlafen hatte; wie die meisten adligen Paare hatten sie getrennte Schlafzimmer mit einer Verbindungstür benutzt. Am Ende der ehelichen Besuche ihres Mannes hatte er ihr immer eine gute Nacht gewünscht und war dann in sein eigenes Zimmer zurückgekehrt. Da die Jahre ohne Hoffnung auf einen Erben vergingen, wurden diese Besuche immer seltener, bis die Verbindungstür ebenso gut hätte verschwunden sein können und keiner von ihnen bemerkt hätte, dass sie nicht mehr da war.

Jetzt, als sie steif neben John Pickett lag, überlegte sie, dass er eines Tages, nachdem die Annullierung gewährt worden war, eine echte Frau haben würde – eine echte Mrs. Pickett, die wissen würde, wie man ein Feuer machte und in der Lage wäre, Wasser für den Tee darüber zu kochen, und das Recht hätte, sich, wenn sie wollte, in die Mitte der Matratze zu rollen und sich an die Seite ihres schlafenden Mannes zu kuscheln …

Der Schlaf, dem sie vor nur wenigen Augenblicken so

nahe gewesen war, verflog. Sie warf die Bettdecke ab, verließ das Bett und sah sich in dem abgedunkelten Raum nach etwas um, womit sie leeren Stunden überstehen könnte. Sie erinnerte sich an die Strümpfe in der obersten Schublade der Kommode und holte einen Stapel davon zusammen mit ihrem Arbeitskorb, nahm dann den Feuerstein und zündete die Kerze auf dem Nachttisch wieder an. Sie rümpfte die Nase über das Loch im Zeh. Wenn sie wirklich seine Frau wäre, würde sie sie alle wegwerfen und ihm neue kaufen. Nein, dachte sie und lächelte ein wenig. Wenn sie wirklich seine Frau wäre, würde sie ihn von Kopf bis Fuß so ausstatten, wie er im Theater gewesen war. Natürlich nicht in Abendkleidung, jedenfalls nicht die ganze Zeit, aber er hatte ihr in Blau besser gefallen. Sie zog den Stuhl näher an das schwache Licht, fädelte ihre Nadel ein und machte sich an die Arbeit, während sie leise das Duett von Händels *Esther* vor sich hin sang.

„„Wer ruft meine scheidende Seele zurück vom Tod? Erwache, meine Seele, mein Leben, mein Atem …"

* * *

Pickett hörte durch die Schmerzen in seinem Kopf schwach eine weibliche Stimme singen und öffnete vorsichtig die Augen. Ein Engel in Weiß saß an seinem Bett, goldenes Haar floss über seine Schultern, als sie im Licht einer einzigen Kerze ihre Nadel bewegte.

„Bin ich …" Seine Stimme klang krächzend. „Bin ich tot?"

Der Engel warf das Nähzeug beiseite und kam, um sich auf die Bettkante zu setzen. „Wie, nein, du bist nicht tot!" Sie strich ihm mit sanfter Hand die verfilzten braunen Locken aus dem Gesicht. „Du bist verletzt worden, Liebster, aber ich gedenke, mich sehr gut um dich zu kümmern."

So hatte sie ihn nicht anreden wollen. Es war ihr einfach so herausgerutscht, aber sein Gehirn war zu umnebelt, um davon Notiz zu nehmen.

„Mylady? Was … was tut Ihr hier?"

„Im Moment stopfe ich deine Strümpfe", sagte sie und deutete auf ihren Arbeitskorb. „Sie sind wirklich in einem entsetzlichen Zustand, weißt du? Kann ich dir etwas Wasser oder vielleicht Laudanum gegen die Schmerzen holen?"

Er runzelte die Stirn. „Ihr solltet nicht … solltet nicht hier sein."

„Und wo sollte ich sonst sein, außer neben meinem Mann in der Stunde seiner Not?"

Sie war sich nicht sicher, ob er einen Scherz verstehen konnte. Sein Blick wurde von Sekunde zu Sekunde trüber und er schien vor ihren Augen zu entgleiten. Er lächelte zwar, aber schwach, und sie wusste, dass es gehört und verstanden hatte.

„Ich wünschte … ich … wünschte …"

Und dann war er gegangen und in die Welt des Zwielichts zurückgekehrt, die ihn gefangen hielt. „Ich weiß", flüsterte sie und blinzelte die Tränen zurück. „Ich auch."

10

In dem Lady Fieldhurst eine Entscheidung trifft

Ein kräftiges Klopfen an der Tür weckte Julia am nächsten Morgen und sie war überrascht zu entdecken, dass sie es doch geschafft hatte, auf ihrem Stuhl einzuschlafen. Sie stand steif auf und tastete nach ihrem Schlafrock unter den von Smithers gepackten Kleidungsstücken. Tatsächlich war sie mehr als nur ein wenig überrascht gewesen, als sie festgestellt hatte, dass ihr rosa Satinüberwurf ordentlich gefaltet zwischen die schwarzen Trauerkleider gelegt gewesen war. Sie konnte nur vermuten, dass die Zofe die Vorstellung, ihre Herrin könnte ein so elegantes Gewand tragen, weniger zu beanstanden fand als den Gedanken, dass sie vor einem Mann – selbst einem bewusstlosen – in nichts als ihrem Nachthemd erscheinen könnte. Sie schob die Arme in die Ärmel ihres Morgenmantels, band den Gürtel um ihre Taille und öffnete die Tür, wo sie erwartete, Mrs. Catchpole mit frischem

Wasser und einem Eimer voller Kohle zu sehen. Aber es war nicht die Wirtin, die dort auf der anderen Seite der Tür stand.

„Nanu, Mr. Colquhoun!", rief sie aus, erstaunt, den Richter zu so früher Stunde zu sehen. „Ich hätte gedacht, Ihr wäret in Eurer Amtsstube in der Bow Street."

„Es ist Sonntag", erklärte er. „Sogar Richter haben gelegentlich einen freien Tag, wisst Ihr."

„Ist es schon Sonntag?" Sie legte eine Hand auf ihre Stirn und blinzelte verwirrt. „Die Zeit scheint für mich stehen geblieben zu sein, fürchte ich."

„Daran habe ich keinen Zweifel", sagte er und ging an ihr vorbei in das Zimmer. „Und deshalb werde ich hierbleiben, während Ihr in Euer eigenes Haus zurückkehrt und etwas Schlaf bekommt."

„Oh, aber ich könnte unmöglich …"

„Natürlich könnt Ihr." Er wischte ihre Einwände so leicht weg, wie er es bei einer leichtfertigen Klage vor seinem Gericht hätte machen mögen. „Mein Kutscher wartet unten mit der Anweisung, Euch nach Hause zu bringen. Ich bedaure, dass ich ihm Straße und Hausnummer nicht nennen konnte, daher müsst Ihr das selbst tun."

Sie schüttelte den Kopf. „Das ist sehr rücksichtsvoll von Euch, Mr. Colquhoun, aber völlig unnötig. Wenn es in der Tat Sonntag ist – und ich nehme an, es muss so sein –, dann werdet Ihr in der Kirche sein wollen."

„Zufällig denke ich, dass meine Christenpflicht heute

Morgen an einem anderen Ort liegt. Ich flehe Euch an, Mylady", fügte er scherzend hinzu, „wenn Ihr es nicht um Eurer selbst willen tun wollt, dann bitte um meinetwillen. Mr. Pickett wird mir niemals verzeihen, wenn er aufwacht und entdeckt, dass ich zugelassen habe, dass Ihr Euch bis zur Erschöpfung bei seiner Pflege abgearbeitet habt."

Sie vermutete, dass er wahrscheinlich recht hatte und fühlte, wie sie schwach wurde. Trotzdem gefiel ihr die Vorstellung nicht, Mr. Pickett zu verlassen, auch nicht in so fähigen Händen wie denen des Richters. „Er ist letzte Nacht aufgewacht, ganz kurz", gestand sie und schaute zum Schlafzimmer. „Sollte er wieder erwachen und mich nicht mehr sehen …"

„Ich werde ihm versprechen, dass Ihr später wiederkommt." Als er sie schwanken sah, fügte er hinzu: „Kommt, Mylady, Ihr könnt ihm nicht helfen, wenn Ihr im Stehen schlaft."

„Na gut", sagte sie mit offensichtlichem Widerwillen. „Gebt mir nur Gelegenheit, mich anzukleiden."

Sie erlaubte Mr. Colquhoun, zu Pickett zu gehen, während sie im äußeren Zimmer ihre Kleider wechselte, obwohl dieses Zögern, sich in Gegenwart des bewusstlosen Picketts zu entkleiden, weniger mit Anstand als mit einem Zögern zu tun hatte, dem Richter einen Grad von Intimität zwischen ihr und dem jüngsten seiner Läufer anzudeuten, den sie sich gerade erst selbst gegenüber einzugestehen begann.

Als sie das Mieder ihres pfirsichfarbenen Tageskleids aus Kerseymere-Stoff befestigte, erinnerte sie sich an einige Anweisungen für Mr. Colquhoun. Sie konnte Pickett nicht guten Gewissens der Obhut seines Richters überlassen, ohne ihm zuvor einiges zu sagen.

„Sollte er wieder aufwachen, Mr. Colquhoun, macht ihm bitte keine Sorgen mit Fragen wegen des Juwelendiebstahls, denn es geht ihm noch lange nicht gut", warnte sie ihn, als sie sich verabschiedete.

„Ich verspreche es", sagte er und begleitete sie zur Tür.

„Und versucht, ihn zu überreden, etwas zu trinken", fuhr sie fort. „Das hätte ich letzte Nacht tun sollen, aber ich war so überrascht, ihn wach zu sehen, dass ich nicht daran dachte, bis er wieder das Bewusstsein verlor und es zu spät war."

„Ich werde mein Bestes geben", versprach Mr. Colquhoun und schob sie sanft, aber fest aus der Tür.

„Und wenn er Schmerzen hat, könnt Ihr ihm eine Portion Laudanum geben. Ihr findet die Flasche auf dem Tisch neben dem Bett."

„Sehr gut", sagte Mr. Colquhoun und bereitete sich darauf vor, ihr die Tür vor der Nase zuzumachen.

„Oh, und Mr. Colquhoun ..."

Er seufzte vielsagend. „Ja, Mylady?"

„Wenn – wenn es irgendeine – Veränderung gibt – würdet Ihr bitte nach mir schicken?"

Er gab nicht vor, sie nicht zu verstehen. „Wenn sein

Zustand sich plötzlich verschlechtern sollte, werde ich Euch sofort rufen lassen", sagte er, diesmal sanfter.

„Danke", flüsterte sie und erlaubte ihm endlich, die Tür zu schließen.

Er drehte den Schlüssel im Schloss, damit sie sich nicht an weitere Anweisungen erinnerte, und atmete tief durch. „Wenn es je zwei junge Leute gab, denen man die Köpfe aneinanderschlagen müsste!" Der Richter schüttelte den Kopf über die Torheit der Jugend und ging in das Schlafzimmer, wo sein junger Protegé schlief.

Seine Wache war lang und langweilig und wurde nur einmal von Mrs. Catchpole mit dem Wasser und der Kohle unterbrochen, die sie versprochen hatte. Er beantwortete ihre prüfenden Fragen mit einer knappen Antwort und sie kehrte bald in ihren Laden zurück, hin- und hergerissen zwischen der Verärgerung darüber, so kurz abgefertigt worden zu sein, und der eigentlichen Freude über die Anwesenheit eines so energischen und angesehenen Gentlemans unter ihrem Dach.

Und dann, nachdem Mr. Colquhoun etwa vier Stunden gewacht hatte, bewegte Pickett sich und öffnete die Augen.

„Mylady?", murmelte er.

„Nein, ich fürchte, Ihr müsst Euch mit Eurem Richter zufriedengeben", sagte Mr. Colquhoun und schob seinen Stuhl so, dass Pickett ihn sehen konnte, ohne gezwungen zu sein, den Kopf zu drehen.

„Es – es gab ein Feuer", sagte Pickett mit etwas

kräftigerer Stimme. „Lady Fieldhurst ..."

„Lady Fieldhurst geht es recht gut – das ist mehr als ich über Euch sagen kann", fügte er mit einer Strenge hinzu, die seine Besorgnis nicht ganz verschleierte.

Pickett lächelte wehmütig. „Ich dachte, sie wäre hier. Hab' wohl geträumt, schätze ich."

„Das war kein Traum. Die Lady hat Euch seit Euren Heldentaten im Theater gepflegt."

„Dies hier ist kein Ort für sie", protestierte Pickett und runzelte die Stirn. „Sie hätte so etwas nicht tun sollen."

„Ich möchte sehen, wie Ihr versucht, sie davon abzuhalten! Ich habe jedoch darauf bestanden, dass sie nach Hause geht und schläft."

„Vielen Dank, Sir. Das war sehr gütig von Euch."

„Unsinn! Das mindeste, was ich tun konnte, denn man könnte durchaus sagen, dass ich für das Ganze verantwortlich bin."

„Nein, Sir, wie könntet Ihr das?" Erschrocken wandte Pickett den Kopf dem Richter zu und bereute es sofort. „Gott, mein Kopf tut weh!"

„Daran zweifle ich nicht. Der Arzt ließ eine Flasche Laudanum hier, um die Schmerzen zu lindern. Ich kann Euch davon geben, wenn Ihr wollt."

„Ja, Sir, gern, vielen Dank."

Mr. Colquhoun maß die Dosis ab und Pickett stützte sich auf einen Ellbogen, um sie zu schlucken.

„Soweit ich mich erinnere, schmeckt es widerlich", bemerkte der Richter. „Vielleicht etwas Wasser, um es zu herunterzuspülen?"

Pickett nickte und nahm einen tiefen Zug aus dem Glas, das der Richter an seine Lippen hielt. Dann ließ er sich erschöpft von diesen kleinen Anstrengungen auf die Kissen zurückfallen. „Was ist mit den Diamanten der Prinzessin?", fragte er. „Wurden sie gestohlen?"

„Das ist jetzt nicht wichtig", sagte Mr. Colquhoun und legte die Decken wieder zurecht, die heruntergefallen waren.

„Sie wurden gestohlen, nicht wahr?", beharrte Pickett.

Mr. Colquhoun zögerte. Er erinnerte sich an Lady Fieldhursts Warnung, den jungen Läufer nicht mit Fragen zu belästigen. Tatsächlich stimmte er der Lady in dieser Angelegenheit durchaus zu. Aber er vermutete, dass Pickett sich mehr über das aufregen würde, was er nicht wusste, als über eine verkürzte Darstellung der Wahrheit. „Ja, sie wurden gestohlen", gab er zu.

Pickett nickte und verzog das Gesicht über den Schmerz in seinem Kopf. „Ich dachte mir das schon." Seine Stimme war schwächer, obwohl Mr. Colquhoun nicht wusste, ob dies nun die Folge seiner Anstrengungen oder des Laudanums war, das er eingenommen hatte. „Das Feuer …"

„Ihr sollt Euch nicht den Kopf darüber zerbrechen, verstanden?", fügte der Richtig hastig hinzu. „Ich habe einen Mann darauf angesetzt und ich habe keinen Zweifel, dass die

Diamanten in Kürze wiedergefunden werden."

„Aber – keine Verhaftung?"

Mr. Colquhoun seufzte. „Nein, keine Verhaftung, fürchte ich."

Pickett rutschte plötzlich im Bett herum und ergriff den Arm des Richters. „Etwas Merkwürdiges …", sagte er und seine Augen begannen, glasig zu werden. „Im Theater … wollte es Euch sagen …"

Noch, während er sprach, ließ sein Griff um Mr. Colquhouns Ärmel nach und seine Hand fiel herab.

„Ihr könnt es mir später erzählen, John. Versucht jetzt, Euch auszuruhen …" Der Magistrat tätschelte seine Schulter. „… mein Sohn."

* * *

Lady Fieldhurst merkte erst, wie müde sie war, als sie sich auf ihr eigenes Bett legte. Sie schlief fast in dem Moment ein, in dem ihr Kopf das Kissen berührte, und schlief die nächsten sechs Stunden tief und fest. Sie erwachte mit schwerem und leerem Kopf und konnte sich nicht gleich daran erinnern, warum sie zu einer Zeit schlief, die nach dem durch die Schlafzimmerfenster dringenden Licht mitten am Tag sein musste. Dann kam alles wieder zurück: das Feuer, der Diebstahl der Diamanten und das Schlimmste, Mr. Pickett, wie er leblos in einer kleinen Wohnung an der Drury Lane lag.

Es war dieses letzte Bild, das sie zum Handeln anspornte. Sie warf die Decke zurück, besprizte ihr Gesicht mit Wasser, um die letzten Spinnweben zu vertreiben, und zog sich schnell an, in dem Bestreben, so schnell wie möglich zu ihm zurückzukehren. Sie hatte fast ihre eilige Toilette beendet, als sie ein leichtes Kratzen an der Tür hörte.

„Herein", rief sie.

Die Tür öffnete sich und Thomas, der Diener, steckte den Kopf herein. „Verzeihung, Ma'am, aber Lady Dunnington ist unten."

Julia seufzte. Zu jeder anderen Zeit hätte sie sich gefreut, ihre Freundin zu sehen, von der sie geglaubt hatte, dass sie mit ihrem Ehemann auf dem Landsitz der Dunningtons überwintern würde. Aber jetzt waren alle ihre Gedanken bei John Pickett, der jeden Moment aufwachen und sich über ihre Abwesenheit wundern könnte.

„Sehr gut, Thomas, ich werde sie empfangen. Du kannst sie in den Salon führen und ihr sagen, dass ich gleich nach unten kommen werde."

Thomas beeilte sich, diese Anweisungen auszuführen, und ein paar Minuten später gesellte sich Julia zu ihrer Freundin im Salon.

„Julia, meine Liebe, wo in aller Welt hast du dich versteckt?", fragte Emily Dunnington und begrüßte sie mit Küssen in die Luft auf beiden Seiten ihres Gesichts. „Ich habe seit gestern versucht, dich zu sehen, aber deine Diener haben mich unter den seltsamsten Vorwänden beharrlich abgewiesen!"

„Ich bitte um Verzeihung, Emily, aber es waren ein paar ziemlich schwierige Tage", sagte Julia und staunte über ihr eigenes zuvor ungeahntes Talent zur Untertreibung. „Ich nehme an, du hast von dem Feuer am Freitagabend im Drury Lane Theater gehört?"

„Oh, ja", sagte Emily mit einer Bewegung ihrer weißen Hand. „Ganz London ist in Aufruhr deshalb. Nach allem, was ich höre, brachte es Händels *Esther* kreischend zum Stehen. Es muss wirklich schrecklich gewesen sein."

Lady Fieldhurst schauderte bei der Erinnerung. „Ja. Ich war dort."

„Julia! Ich gehe davon aus, dass es dir gut geht. Aber was ist mit dem Rest deiner Gesellschaft? So wenig ich den neuen Lord Fieldhurst mag, würde ich ihn doch nicht gern zu Asche verbrannt sehen!"

„Ich auch nicht, aber ich war nicht in der Loge der Fieldhursts." Sie holte tief Luft und machte sich auf die Vorwürfe gefasst, die mit Sicherheit folgen würden. „Tatsächlich begleitete ich Mr. Pickett."

„*Was?* Meine liebe Julia, sag nicht, dass du in im Parkett gesessen hast!"

„Natürlich nicht! Mr. Pickett hatte einen Auftrag und sollte sich in einer der Logen aufhalten. Er brauchte eine weibliche Begleitung, um ihn weniger auffällig zu machen, und so lud er mich ein, mit ihm zu kommen. Und ich nahm an."

„*Weniger auffällig*? Eine Frau, deren Ehemann seit weniger als einem Jahr tot ist und die unter Verdacht gestanden hat, ihn ermordet zu haben? Ich kann verstehen, dass Mr. Pickett, der mit den Sitten der *feinen Gesellschaft* nicht vertraut genug ist, sich einreden konnte, dass ein solcher Plan funktionieren könnte, aber doch du nicht. Du hättest es doch besser wissen müssen!"

„Vielleicht, aber das ist jetzt alles Schnee von gestern. Auf jeden Fall dürfte das Feuer alles andere aus dem kollektiven Gedächtnis der *feinen Gesellschaft* vertrieben haben."

„Ja, das Feuer", sagte Lady Dunnington und ihre Augen wurden vor Besorgnis schmal. „Wie hast du es geschafft, herauszukommen?"

„Oh, Emily, ich wünschte, du wärest dort gewesen!", rief Lady Fieldhurst aus und hob leuchtende Augen zu ihnen.

„In einem brennenden Theater? Ich bin sehr froh, dass ich nicht dort war!"

Julia fuhr fort, als hätte sie nicht gesprochen. „Er war einfach großartig. Das Feuer hatte bereits den Gang direkt vor der Loge erreicht und damit gab es für uns keine Hoffnung auf Flucht auf diesem Weg. Daher riss Mr. Pickett die Vorhänge ab, machte daraus ein Seil und kletterte nach unten, mit mir auf dem Rücken."

Lady Dunnington hörte sich diesen Bericht mit großen Augen an, aber als ihre Antwort kam, war sie nicht das, was

Julia sich gewünscht hätte.

„Armer, *armer* Lord Rupert!", rief sie aus und nannte den Namen des Mannes, der fast Julias Liebhaber geworden wäre. „Er hatte gegen einen so romantischen Helden nie eine Chance!"

Julia runzelte über die Frivolität ihrer Freundin die Stirn. „Das ist nicht witzig, Emily. Mr. Pickett erlitt kurz nach unserer Flucht aus dem Theater eine Verletzung und liegt noch jetzt noch bewusstlos in seiner Wohnung in der Drury Lane. Ich bin seit der Nacht des Feuers dort gewesen, um ihn zu pflegen. Aber genug von mir", fügte sie hastig hinzu, damit Lady Dunnington nicht anfing, unangenehme Fragen zu stellen. „Du sagtest, du hättest versucht, mich zu sprechen. Was gibt es denn?"

Die Strategie funktionierte prächtig. Lady Dunnington griff nach ihrer Hand und drückte sie. „Meine liebe Julia, du wirst es niemals glauben! Dunnington hat mich nach London gebracht, um den Rat eines *accoucheurs* einzuholen. Es scheint, dass wir im Spätsommer ein freudiges Ereignis zu erwarten haben."

„Emily, wie wunderbar!", rief Julia aus und erinnerte sich, dass es Mr. Pickett war, der indirekt für die Versöhnung Emilys mit ihrem lang entfremdeten Ehemann verantwortlich war.

„Ich hoffe, es ist diesmal ein Mädchen, da wir bereits die beiden Jungen haben. Wie ich es genießen würde, eine

Tochter in die Gesellschaft einzuführen! Denk nur, Julia, wenn Fieldhurst und du einen Sohn gehabt hättest, würden sie ein Paar werden können!" Ihr Lächeln erlosch plötzlich. „Wie dumm, so etwas zu sagen! Verzeih mir, Julia, ich wollte nicht…"

„Nein, nein, ist schon gut. Es tut nicht mehr so weh wie früher", versicherte Julia und stellte überrascht fest, dass es stimmte. Während ein Teil von ihr ihren kinderlosen Zustand immer bedauern würde, hatte sie kürzlich herausgefunden, dass es andere Dinge gab, auf die sie sich konzentrieren konnte, andere Ziele, denen sie sich widmen konnte. Und dafür, das wusste sie, hatte sie John Pickett zu danken.

„Ich bin froh darüber, denn ich muss dich etwas Bestimmtes fragen, aber *nicht*, wenn es dir wehtun würde! Ich fände es wundervoll, wenn du einverstanden wärest, die Patin des Kindes zu werden."

„Aber ja, Emily, ich wäre entzückt! Nur", fügte sie mit verblassendem Lächeln hinzu, „bist du dir ganz sicher? Es scheint mir, dass eine Patin jemand sein sollte, der in der Lage ist, etwas zu tun, um das Kind auf irgendeine Weise zu fördern, und – na ja, ich bin mir nicht ganz sicher, ob du … ich meine … ob ich …"

„Julia, du kannst doch nicht immer noch an Fieldhursts Tod denken, oder? Es ist doch nicht so, als hättest du dich je vor Gericht verantworten müssen. Bis meine Tochter ihren Knicks bei Hofe macht, wird das alles längst vergessen sein."

„Nicht das, jedenfalls nicht nur." Ihr Blick schweifte ab und ihre Hände zupfte an den Falten ihres Rocks. „Es ist nur … Emily, wenn ich … wenn ich bei Mr. Pickett bliebe, würdest du weiterhin meine Freundin sein wollen?"

Lady Dunnington sah völlig verwirrt aus. „Ich bin immer noch hier, nicht wahr?"

„Nein, ich meine, wenn ich bei ihm *bleiben* würde. Für immer. Als seine Ehefrau."

„*Seine Ehefrau?*", wiederholte Lady Dunnington ungläubig. „Julia, meine Liebe, du kannst nicht an so etwas denken!"

Lady Fieldhurst schüttelte den Kopf. „Im Gegenteil, ich habe Stunde um Stunde damit verbracht, *nichts* anderes zu tun, als nachzudenken."

„Du würdest aus der Gesellschaft ausgeschlossen werden", betonte Lady Dunnington. „Die meisten deiner Freunde würden dich nicht mehr empfangen."

Dieses Argument verfehlte seine Wirkung. „Wären das die gleichen ‚Freunde', die mich einst des Mordes an Frederick verdächtigt haben? Erinnere mich daran, wenn du möchtest, warum ihre Meinung für mich von Bedeutung sein sollte."

„Du wirst nirgendwohin mehr eingeladen werden", beharrte Lady Dunnington, entschlossen, ihre Freundin sich einen so drastischen Schritt noch einmal überlegen zu lassen.

„Nein, aber ich wurde dieses Jahr auch nirgends

eingeladen, da ich in Trauer war, und ich war überrascht, wie wenig ich es vermisst habe. Außerdem gibt es viele Vergnügungen, die keine Einladung erfordern, außer der Fähigkeit, Eintritt zu zahlen – das Theater zum einen oder die Gärten in Vauxhall oder jede Menge von Konzerten oder Vorträgen. Obwohl ich nicht verstehen kann, warum ich überhaupt in der Stadt herumlaufen wollen würde, wenn vielleicht Mr. Pickett zu Hause auf mich wartet; In der Tat waren meine größten Freuden in den letzten zehn Monaten die Momente, die ich in seinen Arm ... in seiner Gesellschaft verbracht habe", endete sie schwach.

Lady Dunningtons Augenbrauen hoben sich bei diesem Versprecher, aber sie ließ sich nicht weiter anmerken, dass er ihr aufgefallen war. „Du wärest arm, oder doch so nahe daran, dass es keinen Unterschied macht", erinnerte sie Julia.

Aber auch dieses Argument hatte kein Gewicht. „Gemäß den Bestimmungen des Ehevertrags werde ich meine Leibrente auch dann weiter erhalten, wenn ich mich entschließe, wieder zu heiraten. Ich kann mir nicht vorstellen, wie Papa Frederick überredet hat, so etwas zuzustimmen – zweifellos dachte Frederick, er würde für immer leben –, aber ich bin Papa dafür auf ewig dankbar." Sie lächelte reumütig. „So sehr ich Mr. Pickett liebe, fürchte ich, es dürfte mir schwerfallen, von seinem Lohn zu leben."

Lady Dunnington schwieg längere Zeit. „Es sieht so aus, als hättest du das ziemlich gründlich durchdacht."

„Wie gesagt, ich hatte in den letzten Tagen viel Zeit. Ich bin mir völlig darüber im Klaren, was das bedeuten würde. Und doch, wenn ich den Gedanken, ihn aufzugeben, gegen die erdrückendsten Vergeltungsmaßnahmen abwäge, die die Gesellschaft ausüben könnte – oh Emily, es gibt keinen Vergleich!"

Trotz ihrer Bedenken war Lady Dunnington gerührt. „Meine arme Julia!" Sie legte ihre Hand auf Lady Fieldhursts und drückte sie leicht. „Du liebst diesen Mann wirklich, nicht wahr?"

Julia nickte. „Mehr als alles andere."

„Das kann mir nicht gefallen – du weißt es! Aber wenn das wirklich das ist, was du willst, dann werde ich deine Freundin bleiben, und ich werde immer noch wollen, dass du die Patin meiner Tochter wirst. Obwohl ..." fügte sie mit gespielter Strenge hinzu, „... wenn sie mit ihrem Tanzmeister oder jemand dieser Art durchbrennt, werde ich wissen, wer schuld daran ist!"

„Ich werde mein Bestes tun, um sie zu entmutigen, meinem Beispiel zu folgen und eine *mésaillance* einzugehen", versprach Julia lächelnd.

„Ich werde sogar höflich zu deinem Mr. Pickett sein, wenn wir uns begegnen, obwohl ich nicht versprechen kann, ihn nicht ein wenig zu necken. Lieber Himmel! Ist dir klar, dass dein Ehemann halb so alt ist wie meiner? Worüber werden sie reden können, frage ich mich?"

„Über uns, vermute ich", prophezeite Lady Fieldhurst.

„Sehr wahrscheinlich. Aber erzähle mir von dem Feuer! Wie wurde Mr. Pickett verletzt?"

Julias Stirn runzelte sich. „Das kann ich nicht wirklich sagen. Er hatte seinen Arm um mich gelegt – was von seiner Seite keine verliebte Absicht war, Emily, nur das Bestreben, mich sicher aus dem Gebäude zu bringen, also brauchst du mich nicht so wissend anzuschauen! – daher ging ich ein wenig vor ihm und sah nicht, was passierte. Er fiel nach vorn, als das Dach zusammenbrach – er landete tatsächlich auf mir. Ich nahm an, er müsste durch die Explosion von den Füßen gerissen worden sein, aber als der Arzt ihn untersuchte, fand er Spuren eines Schlages auf den Kopf. Er meinte sogar ..." Sie zögerte plötzlich, es auszusprechen, als ob das die Worte irgendwie wahr machen würde. „Er meinte sogar, er könnte absichtlich niedergeschlagen worden sein."

„Willst du sagen, jemand könnte ihn gezielt angegriffen haben? Was hätte dein Mr. Pickett getan haben können, um sich einen solchen Feind zu machen?"

Julia zuckte die Achseln. „Ich wünschte, ich wüsste das. Er war an diesem Abend im Theater, um wegen einer Reihe von Juwelendiebstählen zu ermitteln. Vielleicht hat er etwas herausgefunden, von dem jemand nicht wollte, dass es bekannt würde." Sie erinnerte sich an seine Reaktion, als er die königliche Gesellschaft durch ihr Opernglas beobachtet hatte. „Oder er sah etwas – oder jemand – den er nicht hätte sehen sollen."

Emily rollte mit den Augen zur Decke und stellte im Geiste Berechnungen an. „Und bei über dreitausendfünfhundert Leuten, die gerade aus dem Theater geflohen waren, dazu jede Menge Schaulustiger, die sich in den Straßen tummelten – Julia, mir scheint, dass jeder Angreifer dabei ein großes Risiko eingegangen sein muss, gesehen zu werden."

„Vielleicht hast du recht", sagte Julia langsam. „Zugegeben, draußen war es dunkel und das flackernde Licht der Flammen hätte es schwierig gemacht, Einzelheiten zu identifizieren – zum Beispiel Gesichtszüge –, aber bei so vielen Menschen muss jemand etwas bemerkt haben." Sie fasste einen Entschluss und stand abrupt auf. „Auf jeden Fall ist es einen Versuch wert."

„Was ist einen Versuch wert?", fragte Lady Dunnington, der nicht bewusst war, dass ein Plan vorgeschlagen worden wäre.

Um Julias Kinn bildete sich ein energischer Zug. „Ich habe vor herauszufinden, wer Mr. Pickett das angetan hat, und werde ihn vor Gericht bringen."

11

In dem Lady Fieldhurst
die Sache selbst in die Hand nimmt

Nachdem Lady Dunnington gegangen war (immer noch nicht ganz überzeugt, dass ihre Freundin keine vorschnelle Entscheidung traf, die sie schließlich bereuen würde), setzte sich Julia an ihren Schreibtisch und widmete sich der Aufgabe, eine geeignete Anzeige zu verfassen. Nach mehreren fehlgeschlagenen Versuchen produzierte sie schließlich etwas, von dem sie glaubte, dass es die gewünschte Reaktion hervorrufen könnte. *Belohnung für Informationen zum Angriff auf einen Unbewaffneten in der Russell Street in der Nacht des Feuers im Drury Lane Theater. Bitte persönlich vorsprechen, Drury Lane Nr. 84. Bitte nach Mrs. P. fragen.* Sie faltete das Papier zusammen, versiegelte es und adressierte es an die *Times* am Printing House Square, Blackfriars. Sie rief nach Thomas, dem Lakaien, und während sie darauf wartete, dass er ihren Ruf beantwortete, verfasste sie ein weiteres Schreiben, das an Mr. Walter Crumpton, Esquire, von Crumpton und Crumpton, Anwälte, Lincolns Inn Fields, gerichtet war.

„Ihr habt geläutet, Mylady?", fragte Thomas von der Tür her.

„Ja, ich habe ein paar Besorgungen für dich", sagte sie und streute Sand über den letzten ihrer Briefe. „Ein paar Briefe sind zu besorgen, und dann musst du versuchen, das Mädchen zu finden, Lucy, das gestern zu Mr. Picketts Unterkunft gekommen ist."

„Ja, Ma'am!", sagte Thomas und sein Gesicht hellte sich auf.

„Sag ihr, ich muss sie so schnell wie möglich sehen. Mir ist klar, dass sie heute Abend vielleicht – beschäftigt – ist, aber morgen ist noch früh genug. Sie soll mich in Mr. Picketts Räumen aufsuchen." Als Thomas diesen Befehl mit allen Anzeichen großer Vorfreude entgegennahm, fügte sie fest hinzu: „Mir ist klar, dass es eine ziemliche Herausforderung für dich sein wird, sie wiederzufinden, und ich werde dafür sorgen, dass du für deine Bemühungen gut belohnt wirst, aber was auch immer ich an zusätzlichem Lohn zahle, ist *nicht* dazu bestimmt, in Lucys Börse zu landen, wenn du verstehst, was ich meine."

„Ja, Ma'am", sagte Thomas wieder niedergeschlagen.

Kurz nachdem sie Thomas seiner Wege geschickt hatte, erschien Rogers im Salon, um, wie er sagte, nach dem

Gesundheitszustand ihres jungen Mannes zu fragen. Als der Butler feststellte, dass sie sich darauf vorbereitete, wieder an Mr. Picketts Seite zu eilen, drängte er sie auf, ihm zu erlauben, eine kalte Mahlzeit für sie zum Essen zu holen, bevor sie in diesen ungesunden Teil der Stadt zurückkehrte. Sie brauchte nicht lange, um festzustellen, dass es sie viel mehr Zeit kosten würde, über diesen Punkt mit ihm zu streiten, als einfach zuzustimmen. Nach all diesen Ablenkungen kehrte sie viel später in die Drury Lane zurück, als sie erwartet hatte. Tatsächlich ging die Sonne bereits unter, als die Kutsche sie vor dem Kerzenzieherladen unter Picketts Wohnung absetzte. Sie stieg die Treppe zur Wohnung hinauf und klopfte an die Tür. Einen Moment später öffnete der Richter.

„Es tut mir so leid, Mr. Colquhoun", sagte sie atemlos und fegte an ihm vorbei in den Raum. „Ich hatte schon viel früher zurück sein wollen."

„Das macht nichts, Mylady, Ihr hattet die Ruhe nötig."

„Wie geht es ihm?", fragte sie eindringlich. „Ist er …?"

„Er ist einmal aufgewacht, früher am Nachmittag. Er hat nach Euch gefragt …"

„Oh, und ich war nicht hier!", rief sie bestürzt aus.

„Ich sagte ihm, ich hätte Euch nach Hause geschickt, um etwas zu schlafen, und ihm versichert, dass Ihr später zurückkehren würdet", sagte Mr. Colquhoun.

„Das habt Ihr gut gemacht." Ohne sich Zeit zu nehmen, Pelisse und Haube abzulegen, eilte sie in das kleine

Schlafzimmer, wo Pickett lag, der das anscheinend nicht wahrnahm. Sie setzte sich leise auf die Bettkante und nahm seine Hand in ihre beiden.

„John?", rief sie leise. „John, ich bin wieder da."

„Ich bezweifle, dass er so bald erwachen wird", meinte der Richter. „Er klagte über Kopfschmerzen, daher habe ich ihm Laudanum gegeben."

„Sein Kopf? Nicht seine Füße?"

„Nein." Und das war etwas, das ihn verwirrt hatte. „Ich muss sagen, Mylady, es scheint mir ziemlich eigenartig, dass er sich nach einem Schlag auf den Kopf über eine relativ geringfügige Verletzung seiner Füße beklagen würde. Ist es möglich, dass Ihr ihn falsch verstanden habt?"

„Nein, denn er sprach ganz deutlich", sagte sie und wandte ihre Aufmerksamkeit wieder ihrem Patienten zu. „John! Es tut mir leid, dass ich dich verlassen musste. Ich hatte nicht vorgehabt, so lange fort zu bleiben."

Trotz Mr. Colquhouns anderslautender Vorhersage öffneten sich Picketts Augen flatternd. „Mylady?"

„Ja, Liebster, wie fühlst du dich?"

„Betrunken", sagte er benommen.

„Das ist das Laudanum", sagte der Richter und ignorierte taktvoll die liebevolle Anrede, die ihr herausgerutscht war. „Ich wage zu behaupten, John, dass das bald nachlassen wird – und dann werdet Ihr wünschen, dass es nicht so wäre", prophezeite er grimmig.

Er bekam keine Antwort. Mr. Colquhoun hatte sich nie für besonders unsichtbar gehalten – tatsächlich hatte er in den letzten Jahren Gewicht angesetzt – doch als er zuschaute, wie die beiden sich mit gedämpften Stimmen unterhielten, kam ihm der Gedanke, dass er ebenso gut hätte verschwunden sein können, so viel Beachtung schenkten sie ihm; was die beiden jungen Leute anging, hätten sie allein im Raum sein können. Und vielleicht war das so, wie es sein sollte.

„Ich komme morgen zurück", sagte er laut an niemand besonders gerichtet, trat dann von Picketts Bett zurück und verließ leise die Wohnung.

Man hätte nicht behaupten können, dass sie vom Abschied des Richters mehr Notiz nahmen als von seiner Anwesenheit. Lady Fieldhurst stand gerade lange genug auf, um sich von Pelisse und Haube zu befreien, und hängte sie beide an den Haken neben der Tür, bevor sie zu ihrem Platz am Rand der Matratze zurückkehrte.

„Möchtest du etwas trinken, John?", fragte sie. „Wasser vielleicht oder Tee?" Sie war sich nicht ganz sicher, ob sie Wasser kochen könnte, ohne sich die Finger zu verbrennen – oder noch schlimmer –, aber wenn er Tee wollte, war kein Opfer zu groß.

„Nur Wasser bitte."

Er schob sich in eine sitzende Position, um zu trinken, und obwohl sie fast einen Fuß kleiner war als er, stützte sie ihn mit einem Arm um seine Schultern, während sie die Tasse festhielt, die er an seine Lippen führte. Er nahm ein paar Schlucke und erlaubte ihr dann, die Tasse auf den Tisch neben dem Bett zu stellen.

„Ihr solltet nicht hier sein, Mylady, aber ich bin froh, dass Ihr es seid." So viel hatte er seit seiner Verletzung nicht mehr gesprochen und sie konnte sehen, wie viel Anstrengung ihn das kostete. „Ich kann Euch – kann Euch nie genug danken …"

„Pst", schalt sie leise und legte ihren Finger auf seine Lippen. „Der einzige Dank, den ich brauche, ist deine völlige Genesung." In der Tat gab es eigentlich noch etwas anderes, doch obwohl sie sich schmeichelte, dass er es nicht als große Last empfinden würde, kannte sie ihn gut genug, um zu wissen, dass er Bedenken haben könnte; und da keine innere Belastung seine Genesung stören durfte, würde sie bis zu einem späteren Zeitpunkt warten, um dieses spezielle Thema anzusprechen.

Natürlich wusste Pickett nichts davon, aber für ihn war ihre Anwesenheit genug. Er ergriff ihre Hand und küsste sie, dann ließ er sich seufzend auf das Kissen sinken.

„John", begann sie und ignorierte ihren eigenen Rat an Mr. Colquhoun, ihn nicht mit Fragen zu beunruhigen. „Erinnerst du dich an irgendetwas, bevor du – bevor du bewusstlos wurdest? Hast du vielleicht jemanden gesehen oder etwas gehört?"

„Ich weiß nicht – ich kann nicht –" Er verzog das Gesicht

vor Konzentration. „Das Denken tut weh."

„Dann nicht", sagte sie schnell und bedauerte, dass sie es angesprochen hatte. „Denk nicht nach, ruhe dich einfach aus. Soll ich in das andere Zimmer gehen, damit du schlafen kannst?"

„Nein!" Als sie Anstalten machte, sich zu entfernen, ergriff er ihr Handgelenk. „Ich möchte Euch sehen."

Sie gab ein selbstironisches kleines Lachen von sich. „Ich fürchte, ich sehe im Moment nicht nach sehr viel aus."

„Ihr seid wunderschön", sagte sie und schaute mit Augen zu ihr auf, in denen sein ganzes Herz lag.

In der Tat sah er selbst auch nicht nach viel aus. Seine Augen schienen eingefallen zu sein, seine braunen Locken waren verheddert und verfilzt, und sein Kinn war von drei Tage alten Barthaaren bedeckt. Und sie wünschte sich nichts mehr, als ihn für den Rest ihres Lebens jeden Tag ansehen zu können.

„Wenn du noch nicht wieder einschlafen kannst, könnte ich dir vielleicht vorlesen", schlug sie vor. „Ich habe den *Vikar von Wakefield* im Regal gesehen. Das ist ein Lieblingsbuch meiner Mutter, daher kenne ich es gut. Soll ich es holen?"

Er nickte und verzog über dem Schmerz in seinem Kopf das Gesicht. Sie verließ das Zimmer und kam einen Moment später mit dem Buch zurück in der Erwartung, ihn schlafend zu finden. Doch nein, er lag da und schaute zur Tür, als ob er ungeduldig auf ihre Rückkehr warte. Sie zog den Stuhl so nah wie möglich ans Bett, setzte sich, schlug das Buch auf und begann zu lesen.

„„Kapitel eins"", sagte sie. „„Schilderung der Familie von Wakefield, in der eine Familienähnlichkeit in Betreff der Gemüter und Personen herrscht. Ich war stets der Ansicht, dass der rechtschaffene Mann, wenn er sich verheiratet und eine zahlreiche Familie auferzieht, mehr Nutzen stiftet, als wenn er unverheiratet bleibt und nur von Bevölkerung redet. Kaum war ich ein Jahr im Amte, als ich auch schon, von diesem Beweggrunde bestimmt, ernstlich an meine Verheiratung zu denken begann …""*

Er war eingeschlafen, bevor sie das erste Kapitel beendet hatte. Sie legte das Buch beiseite, küsste ihn dann auf die Stirn und machte sich an die Aufgabe, alles herauszufinden, was sie über den Fall erfahren konnte, den er untersuchte und der so katastrophal geendet hatte. Der logische Ausgangspunkt war das kleine Notizbuch, das er immer in der Innentasche seines Mantels trug. Sie hatte es zusammen mit den Diamanten in seiner obersten Schublade verstaut und, als sie dorthin schaute, war sie erleichtert zu entdecken, dass zumindest dieses immer noch da war, wo sie es hingelegt hatte. Sie nahm es aus dem Versteck und kehrte zu dem Stuhl neben dem Bett zurück, entschlossen, alles zu erfahren, was sie konnte.

Das war leider nicht viel. Sie kannte Picketts Handschrift gut genug; tatsächlich befanden sich in der obersten

Schublade ihres Schreibtisches ein paar von derselben Hand geschriebene Briefe, die sie aus Gründen, die sie zu der Zeit nicht vollständig verstanden oder vielleicht nicht zur Kenntnis hatte nehmen wollen, aufbewahrte. Das Problem hier lag nicht in seiner Handschrift, sondern in der Tatsache, dass er ein System von Abkürzungen verwendete, das sie nicht einmal annähernd entziffern konnte. Sie untersuchte eine Seite nach der anderen ohne Erfolg, bis sie ein Blatt umschlug und eine grobe Darstellung des Innenraums des Theaters fand. Pickett hatte nie, so wie sie, einen Zeichenlehrer gehabt, doch die hufeisenförmige Anordnung der Sitzplätze war sofort erkennbar, und wenn sie noch Zweifel gehabt hätte, was die Skizze darstellte, würden sie von dem „X", das den Ort markierte, an dem ihre Loge gewesen war, ausgeräumt worden sein. Ein schiefer Stern bezeichnete die königliche Loge, während eine anscheinend zufällige Ansammlung von Buchstaben – ein „D" hier, ein „M" dort und ein „G" an anderer Stelle – anscheinend die Standorte anderer Mitglieder der Bow Street Truppe bezeichnete. Es war ein interessanter Einblick in seine Arbeit (von den methodischen Abläufen seines Geistes ganz zu schweigen), aber nicht sehr informativ.

„Mylady?"

Beim Klang seiner Stimme ließ sie das kleine Notizbuch auf den Boden neben ihrem Stuhl fallen, außerhalb seiner Sichtweite. Sie schnüffelte nicht eigentlich – oder wenn doch, dann im Dienste einer guten Sache – doch es würde ihm nicht gefallen haben zu wissen, dass sie selbst ein wenig ermittelte und in seinem derzeitigen fragilen Zustand durfte nichts ihn verärgern.

„Ja, Liebling, was gibt es?"

„Ist es k–k–kalt hier für E–e–euch?"

„Nun, es *ist* Februar", erinnerte sie ihn und stand dennoch auf, um die kleine Wohnung nach einer weiteren Decke zu durchsuchen.

Aber der Februar würde nicht mehr lange dauern, denn der März war nur noch wenige Tage entfernt. Bald würde der Frühling zurückkehren und mit ihm eine weitere gesellschaftliche Saison, ein weiterer Strauß junger Damen, die dem Schulzimmer entfloh und in der Hoffnung auf eine brillante Partie in die Gesellschaft eingeführt wurde. Leider wusste sie nur zu gut, dass brillante Partien nicht immer das waren, was man sich erwünschte, und direkt auf dem Fuße dieser Überlegung kam die Erkenntnis, dass der Frühling auch den ersten Todestag ihres Ehemannes mit sich bringen würde. Es war seltsam, wenn sie sich überlegte, dass sie vor einem Jahr keine Ahnung hatte, dass John Pickett überhaupt existierte. Jetzt war er, zumindest in den Augen des Gesetzes, ihr Ehemann. Aber auch das sollte sich mit dem Frühling ändern. Weit davon entfernt, ungeduldig zu sein, die Episode hinter sich zu lassen, wie Mr. Crumpton anscheinend glaubte, dachte sie nicht gern darüber nach, wie ihre Zukunft ohne John Pickett aussehen könnte.

Sie schob ein Bild weg, das zu schrecklich war, um es in Betracht zu ziehen, zog die Decke an sein Kinn und strich eine in seine Stirn fallende Locke beiseite – und stellte schockiert fest, dass seine Haut weit wärmer war, als es die Temperatur im Raum erlaubte.

„S–s–so k–k–kalt", sagte Pickett mit klappernden Zähnen.

Sie drückte ihre Handfläche an seine Stirn und ihre schlimmsten Befürchtungen wurden bestätigt. Dies war das Fieber, von dem der Arzt gesprochen hatte. Was hatte er gesagt? Etwas darüber, dass das Infektionsrisiko die größte Gefahr bei Verletzungen dieser Art darstellte. Jetzt schien es, dass die „größte Gefahr" eingetreten war und sie nicht die geringste Ahnung hatte, was zu tun war. Sie muss nach Mr. Gilroy schicken, aber wie? Ein Blick aus dem Fenster ließ erkennen, dass niemand in der dunklen Straße zu sehen war – jedenfalls niemand, dem sie vertrauen würde, um eine Nachricht zu überbringen – und sie hatte nicht die Absicht, selbst den Arzt holen zu gehen. Abgesehen von der Tatsache, dass sie sich zu einer solchen Stunde beim Herumlaufen ohne Begleitung in London nicht sicher fühlen würde, hatte sie nicht die Absicht, Pickett allein zu lassen.

Nein, der Arzt würde wohl bis zum Morgen warten müssen. In der Zwischenzeit konnte sie nur versuchen, es Pickett so warm und angenehm wie möglich zu machen. Sie griff nach dem Schürhaken neben dem Kamin und erweckte die Kohlen wieder zum Leben, dann beraubte sie die Kommode jedes weiteren Lakens und jeder Decke, die sie finden konnte, um sie über das Bett zu breiten, und zum Schluss legte sie noch ihren eigenen wollenen Umhang darüber. Und als sie schließlich alles getan hatte, was sie konnte, zog sie ihr weißes Batistnachthemd an, glitt unter den Deckenberg, legte sich dicht neben Pickett und legte ihre Arme um seine zitternde Gestalt im Versuch, ihn mit ihrem Körper und ihrer Liebe zu wärmen.

* * *

Als sie am nächsten Morgen erwachte, war sie etwas verlegen, sich dicht an ihn gekuschelt wiederzufinden. Sie rutschte etwas zur Seite, legte ihren Handrücken auf sein unrasiertes Kinn und fand es noch immer unnatürlich warm; offensichtlich war sein Fieber in der Nacht nicht gesunken.

„John?", rief sie leise. „John, Liebling, wach auf."

Keine Reaktion. Unter glücklicheren Umständen, dachte sie, wäre es vielleicht wunderschön, jeden Tag damit zu beginnen, neben ihm aufzuwachen; in Anbetracht des gegenwärtigen Stands der Lage hatte sie nicht den Luxus, diese neue Erfahrung zu genießen. Mrs. Catchpole würde bald mit frischem Wasser und Kohle heraufkommen, und Thomas (vorausgesetzt, er ließ seine Suche nach Lucy nicht alle anderen Pflichten beiseiteschieben) würde kurz danach mit einem Körbchen Essen und sauberer Kleidung vorbeikommen. Auch war dies der Tag, an dem ihre Anzeige in der *Times* erscheinen sollte, und da sie nicht wusste, zu welcher Stunde, wenn überhaupt, sie anfangen könnte, Früchte zu tragen, war es wichtig, darauf vorbereitet zu sein. Mit einem Seufzer bei dem Gedanken an das, was hätte sein können, rollte sie sich von Pickett weg und tauschte den warmen Kokon des Bettes gegen das kalte Zimmer dahinter.

Sie machte ein wenig Toilette und zog ein frisches Kleid an; sie war gerade damit fertig, ihre Haare zu einem einfachen Knoten zu winden, als sie ein Poltern an der Tür hörte. Sie öffnete es und fand Mrs. Catchpole mit einem Eimer voller Kohle in der einen und einem Krug Wasser in der anderen Hand.

„Guten Morgen, Mylady", sagte Picketts Wirtin fröhlich, als sie in den Raum watschelte. Sie stellte den Krug auf den Tisch, beugte sich dann über den Kamin und begann, Kohlen auf dem Rost aufzustapeln.

„Nein, nicht hier", sagte Julia schnell. „Hebt die Kohle für das Feuer in seinem Schlafzimmer auf. Ich kann die Tür geschlossen halten, um die Wärme drinnen zu halten."

Etwas im Ton ihrer Stimme alarmierte Mrs. Catchpole. Sie stand auf und betrachtete Julia eindringlich. „Ja, Ma'am, aber Sie werden hier ein Feuer brauchen, um Wasser zu kochen, denn hier ist der Haken, an den man den Kessel hängen kann." Sie warf einen Blick auf die geschlossene Tür zum Schlafzimmer. „S'geht ihm schlechter, wie?"

„Ich fürchte, ja", gestand Julia. „Ich habe Angst, die

Wunde könnte sich entzündet haben, denn er bekam letzte Nacht Fieber. Ich hätte gern, dass der Arzt wieder nach ihm sieht, aber ich wage nicht, ihn allein zu lassen. Kennt Ihr jemanden, dem man zutrauen kann, eine Nachricht zu übermitteln?"

„Na klar, Mylady. Verlasst Euch darauf, wir werden den Arzt hier haben, bevor eine Stunde vergangen ist. Was das Feuer angeht, macht Euch keine Sorge; da, wo die herkommt, gibt es noch mehr Kohle."

Mrs. Catchpole hielt Wort, denn nicht nur brachte die Wirtin einen weiteren Kohleeimer, sondern der Arzt kam auch weit früher, als Julia je hätte erwarten können.

„Danke, dass Ihr so schnell gekommen seid, Mr. Gilroy", sagte Julia, als sie die Tür auf sein Klopfen hin öffnete.

„Aber nicht doch, Mrs. Pickett", versicherte er ihr. „Tatsächlich habe ich mich gefragt, wie es Mr. Pickett wohl erginge, und auf jeden Fall daran gedacht, heute bei ihm vorbeizuschauen."

„Ich fürchte, die Nachrichten sind nicht gut", gestand sie. „Er ist mehrmals aufgewacht und hat sogar gesprochen, aber letzte Nacht hat er angefangen, Fieber zu bekommen."

Mr. Gilroy äußerte sich nicht zu diesen Beobachtungen, sondern schritt durch den Raum und durch die Tür in das Schlafzimmer, in dem Pickett lag.

„Mr. Pickett?", rief der Arzt ihn mit sonorer Stimme an. „Mr. Pickett, ich bin Mr. Thomas Gilroy, Euer behandelnder

Arzt. Lasst uns Euch einmal anschauen, ja?"

Als er keine Antwort erhielt, begann er geschickt die Verbände um Picketts Kopf abzuwickeln. „Hmm", sagte er mit gerunzelter Stirn.

„Was ist los?", fragte Julia drängend.

„Die Wunde scheint nicht schlimmer zu sein, aber die unnatürliche Wärme seiner Haut deutet darauf hin, dass eine Infektion eingesetzt hat."

Es war das, was sie befürchtet hatte, aber es so kühl ausgesprochen zu hören, machte es unendlich schlimmer. Sie atmete tief und beruhigend ein. „Was sollen wir also jetzt tun?"

Der Doktor zuckte mit den Achseln. „Ich fürchte, es gibt nur sehr wenig, was wir tun *können*. Es gibt keine Medikamente, die gegen Infektionen wirksam sind. Ich könnte allenfalls versuchen, die Infektion durch einen Aderlass herauszuziehen …"

„Oh, muss das sein?", protestierte Julia und erinnerte sich an seinen blutgetränkten Rock. „Er hat schon so viel Blut verloren."

Mr. Gilroy sah seinen Patienten prüfend an. „Es ist wahr, dass in einigen Fällen der Körper die Infektion von sich aus erfolgreich abwehrt, während in anderen …" Er schüttelte den Kopf, und Julia hatte keine Schwierigkeiten, zu erraten, was in diesen anderen Fällen passierte. „Immerhin, er ist jung und, wie ich annehme, ansonsten gesund. Wir könnten ein paar

Tage warten und sehen, was geschieht, wenn Ihr das vorzieht."

Julia nickte unsicher. „Ja, danke, Mr. Gilroy."

Er griff in seine Tasche und zog einen kleinen Beutel heraus. „Weidenrinde", erklärte er und öffnete den Beutel, um ihr den Inhalt von zersplittertem und getrocknetem Pflanzenmaterial zu zeigen. „Einige Ärzte haben über Erfolge bei der Fiebersenkung berichtet, indem sie den Patienten einen Tee trinken ließen, der daraus gebrüht wurde. Leider muss der Patient wach sein, um ihn zu sich zu nehmen", fügte er hinzu und warf einen Blick auf den bewusstlosen Pickett. „Da er jedoch schon früher erwacht ist, könnte er das durchaus wieder tun. Wenn das der Fall sein sollte, schlage ich vor, dass Ihr etwas Tee braut und ihn dann überredet, ihn zu trinken. Abgesehen davon scheint Ihr genau das getan zu haben, was Ihr solltet, und es ihm so warm und angenehm wie möglich gemacht."

„Danke, Doktor, aber kann ich sonst nichts tun?", fragte Julia mit einem Anflug von Verzweiflung in ihrer Stimme.

Der Doktor seufzte. „Beten, Mrs. Pickett", sagte er. „Nur beten."

12

In dem eine Anzeige unerwartete Ergebnisse liefert

Der Rauchgeruch hing immer noch schwer in der Luft, als Mr. Colquhoun am Montagmorgen die Bow Street erreichte. Er hatte keine Nachricht von Lady Fieldhurst erhalten, seit er John Pickett am Abend zuvor ihrer Obhut überlassen hatte. Er sagte sich, dass dies ein gutes Zeichen sein müsste; mit Sicherheit hätte sie ihm eine Nachricht geschickt, wenn – na ja, wenn etwas Unangenehmes passiert wäre, nachdem er gegangen war.

Er hatte sich kaum auf die Richterbank gesetzt, bevor er von Mr. Dixon angesprochen wurde, der mit fünfzig Jahren der älteste der Läufer war.

„Mr. Colquhoun", sagte dieser würdige Mann und nickte mit dem ergrauten Kopf. „Habt Ihr Neuigkeiten von Mr. Pickett?"

„Allerdings", sagte der Richter. „Er ist mehrmals aufgewacht, aber nur kurz. Er scheint keine Erinnerung an die

Ereignisse dieser Nacht zu haben und wäre nicht in der Verfassung, etwas darüber zu sagen, selbst wenn er sie hätte. Trotzdem bin ich vorsichtig optimistisch."

„Das sind gute Nachrichten, Sir", sagte Mr. Dixon. „Aber soweit ich mich erinnere, hat Mr. Pickett keine Familie. Er ist doch hoffentlich nicht allein?"

„Nein, er hat – jemand – der bei ihm bleibt."

Etwas in der Miene des Richters muss ihn verraten haben. „Jemand? Aber wer? Wenn ich das fragen darf", fügte Mr. Dixon hastig hinzu.

Mr. Colquhoun zögerte, das junge Paar zu verraten, dessen Ehe, wie er vermutete, *nicht* so bald annulliert werden würde. Und doch, überlegte er, würde jeder, der dort einen Besuch machte, um sich nach Mr. Pickett zu erkundigen, die Wahrheit schnell genug herausfinden.

„Tatsächlich hat es Mylady, die Viscountess Fieldhurst, übernommen, ihn zu pflegen – nicht die Frau des jetzigen Inhabers des Titels, sondern die Witwe des vorherigen."

„Na, da brat mir doch einer einen Storch", rief Mr. Dixon lachend aus. „Man kann sich darauf verlassen, dass Mr. Pickett auf die Füße fällt. Ich frage mich, ob ich, wenn ich einen Schlag auf den Kopf bekäme, auch eine Lady fände, die sich um mich kümmert?"

„Tut mir leid, Euch enttäuschen zu müssen, Mr. Dixon", sagte Mr. Foote, als er sich den beiden an der Bank anschloss, „aber Jugend hat seine Vorteile. Ihr seid weder so jung wie

Mr. Pickett, noch seht Ihr ebenso gut aus." Ein unangenehmes Gelächter begleitete diesen schwachen Scherz, als ob alle anwesenden Männer erkannten, dass die Stichelei sich mehr gegen den abwesenden Pickett richtete als gegen sein offenkundiges Ziel.

„Zu wahr, leider", bemerkte Dixon mit einem übertriebenen Seufzer. „Aber Mr. Colquhoun hatte gerade gute Nachrichten über den jungen Mr. Pickett zu vermelden. Es scheint, dass er endlich aufwacht."

Mr. Foote sah den Richter um Bestätigung heischend an.

„Ja, wohl, aber er ist noch ein bisschen wirr im Kopf. Scheint wenig oder gar keine Erinnerung daran zu haben, was ihm in der Nacht des Feuers zugestoßen ist."

„Gute Nachrichten, in der Tat", stimmte Mr. Foote zu. „Und ich hoffe, dass ich bald weitere gute Neuigkeiten zu berichten habe. In der Zwischenzeit habe ich hier etwas, von dem ich denke, dass es Euch gefallen wird."

Er griff in seinen Rock und zog eine Kette mit Smaragden heraus. Die grünen Steine blinkten im Morgensonnenlicht, das durch die Fenster fiel. Mr. Colquhouns buschige weiße Augenbrauen hoben sich.

„Lady Oversleys, nehme ich an? Das gefällt mir wohl! Gut gemacht, Mr. Foote. Wo habt Ihr sie gefunden?"

„In einem Pfandhaus in Feathers Court", sagte er.

Mr. Colquhoun runzelte die Stirn. „Feathers Court? Das scheint mir eine wenig passende Adresse, um mit Schmuck dieser Qualität zu handeln."

„Ich wage zu behaupten, dass sie genau aus diesem Grund gewählt wurde", sagte Mr. Foote. „Ich vermute, unser Dieb hatte bereits einen Käufer warten, und das Geschäft von Mr. Baumgarten wurde ausgewählt, weil es der letzte Ort sein würde, an dem wir suchen würden."

„Klingt nach einer vernünftigen Vermutung. Sagt mir, Mr. Foote, was hat Euch dorthin gebracht?"

Mr. Foote schüttelte den Kopf. „Nichts Bestimmtes, aber da die Diebstähle alle um das Drury Lane Theater herum stattfanden, schien es ratsam, die Leihhäuser in dieser Gegend zu überprüfen."

„Aber immer noch keine Hinweise auf die Identität unseres Diebes?"

Foote schüttelte den Kopf. „Ich fürchte nicht, Sir Zwischen seinen Unschuldsbeteuerungen weigerte Mr. Baumgarten sich, den Namen seines Lieferanten zu nennen. Ich weiß es nicht, vielleicht kennt er den Namen des Mannes wirklich nicht."

„,Mann'?", wiederholte Mr. Colquhoun scharf und zog seine buschigen weißen Brauen über der Nase zusammen. „Ihr seid sicher, dass der Verkäufer ein Mann ist?"

Mr. Foote wirkte ziemlich verblüfft. „Das sagte er nicht, aber ich nahm an, dass es so sein müsste."

„Vermutungen sind in unserer Branche gefährlich, Mr. Foote", sagte der Richter. „Ich hätte gedacht, Ihr wäret lange genug dabei, um das zu wissen."

„Ja, Sir", murmelte Foote und wurde rot.

„Verzeihung, Sir." Mr. Marshall, ein Mann von fast vierzig Jahren, der kürzlich der Bow Street Truppe beigetreten war, nachdem eine französische Kugel seiner militärischen Laufbahn ein Ende bereitet hatte, kam, mit einer Zeitung wedelnd, eilig zur Richterbank. „Ich frage mich, was Ihr von dieser Meldung in der *Times* haltet."

„Der Teil über einen anonymen Helden, der die königliche Gesellschaft kurz vor dem Ausbruch des Feuers rasch aus ihrer Loge geholt hat?", fragte der Richter finster.

„Ja, das habe ich gesehen. Ich würde viel dafür geben, um zu wissen, wer der Kerl war."

„Die Russen auch, Sir. Sie bieten eine beachtliche Belohnung für Informationen."

Mr. Colquhoun deutete mit dem Daumen auf seinen ältesten Läufer. „Wenn sie eine Belohnung auszahlen wollen, sollten sie vielleicht mit Mr. Foote sprechen", schlug er verschmitzt vor. „Es sieht so aus, als würde er demnächst eine ordentliche Summe für die Wiederbeschaffung der Oversley-Smaragde einstecken."

„Herzlichen Glückwunsch, Mr. Foote", sagte Dixon und fügte dann fröhlich hinzu: „Könntet Ihr den Reichtum nicht mit denen von uns teilen, die schon kurz vor dem Ruhestand stehen?"

Mr. Marshalls Gedanken waren jedoch auf andere Dinge

gerichtet. „Glückwunsch, Mr. Foote", sagte er geistesabwesend und wandte sich dann wieder an den Richter. „Aber das habe ich nicht gemeint. Habt Ihr das hier gesehen, Sir? Oder seid Ihr vielleicht der dafür Verantwortliche?"

Er reichte die Zeitung über die Bank und zeigte auf eine Anzeige, die etwa in der Mitte der Seite stand. *Belohnung für Informationen zum Angriff auf einen Unbewaffneten in der Russell Street in der Nacht des Feuers im Drury Lane Theater. Bitte persönlich vorsprechen, Drury Lane Nr. 84. Bitte nach Mrs. P. fragen.*

Der Richter setzte sich abrupt auf. „Was zum Teufel ...?"

„Also habt Ihr diese Anzeige nicht aufgegeben, Sir?", fragte Mr. Marshall. „Aber wer dann?"

„Ich erkenne die feine italienische Handschrift einer wohlmeinenden, aber vorwitzigen Lady", grummelte Mr. Colquhoun.

„Wer ist Mrs. P.?", fragte Dixon, der die Zeitung vom Richter entgegennahm und die geheimnisvollen Zeilen überflog. „Mr. Pickett ist nicht verheiratet und ich dachte, seine Mutter wäre seit Jahren tot."

„Ja, tot oder abgehauen", bestätigte Mr. Colquhoun. „Ich bezweifle, dass der Junge selbst es weiß. Nein, ich glaube, unsere mysteriöse Mrs. P. ist niemand anders als Lady Fieldhurst selbst."

Mr. Marshall riss bei dem bloßen Gedanken die Augen auf. „Eine Viscountess gibt vor, Mr. Picketts Frau zu sein?"

Tatsächlich gab es da nichts vorzugeben, aber das ging niemanden etwas an. Abgesehen davon, das Geheimnis des jungen Paares für sich behalten zu wollen, hatte Mr. Colquhoun nicht vor, Mr. Foote mehr Munition zu geben, mit der er Mr. Pickett bei seiner Rückkehr in die Bow Street quälen konnte, und auch nicht noch mehr, was den Groll des älteren Läufers nähren konnte, den dieser gegen den mehr als zehn Jahre jüngeren Läufer hegte.

„Ich schätze, ich werde ‚Mrs. P.' selbst einen Besuch abstatten und nachsehen müssen, was das zu bedeuten hat", seufzte der Richter. „Mr. Foote, ich werde dafür sorgen, dass Ihr diesen Finderlohn bekommt, sowie ich wieder zurück bin."

Die Gruppe um die Richterbank zerstreute sich, bis auf Marshall, der zurückblieb.

„Ja, Mr. Marshall? Was gibt es noch?"

„Es geht mich zwar nichts an, Sir, aber was genau ist da zwischen Mr. Foote und Mr. Pickett?"

Mr. Colquhoun machte eine abweisende Geste. „Berufliche Eifersucht, nicht mehr und nicht weniger. Vielleicht ist Euch bekannt, dass Mr. Pickett uns als jugendlicher Taschendieb zum ersten Mal aufgefallen ist."

Marshall nickte. „Ich hatte etwas dieser Art gehört, ja. Aber seine Arbeit hier hat mit Sicherheit alle jugendlichen Verbrechen, die er begangen haben könnte, mehr als wettgemacht."

„Ja, und dazu hatte ihn auch sein Vater angestiftet, denn ein gemeinerer ... aber das tut hier nichts zur Sache. Tatsächlich stammt Mr. Footes Abneigung von einem Vorfall vor zehn Jahren, als er noch zur Fußpatrouille gehörte. Er verhaftete den jungen John Pickett, der zu diesem Zeitpunkt kaum vierzehn Jahre alt war, wegen eines kleinen Diebstahls. Ich wies die Anschuldigungen zurück und schickte den Jungen weg, nachdem ich ihm eine ordentliche Standpauke gehalten hatte. Mr. Foote fasste meine Nachsicht in dieser Angelegenheit als persönliche Beleidigung auf und bestand darauf, dass ich einen Fehler gemacht hätte. Tatsächlich prophezeite er, dass der Junge innerhalb von vierzehn Tagen zu seinen Diebstählen zurückkehren würde. Und er hatte vollkommen recht. Was sind schließlich die schlimmsten Drohungen eines Richters im Vergleich zu den Forderungen eines angeblich liebevollen Vaters?"

„Es muss ein ziemlicher Schlag für Mr. Foote gewesen sein, sich gezwungen zu sehen, Seite an Seite mit demselben Mann zu arbeiten, den er einmal verhaftet hatte", bemerkte Mr. Marshall und blickte über seine Schulter auf die andere Seite des Raumes, wo Foote die Fußpatrouille mit einem Bericht über sein Auffinden der Oversley-Smaragde erfreute.

„Ja, besonders als der junge Mr. Pickett einen Fall löste, an dem Mr. Foote wochenlang verzweifelt war. Damals gehörte er noch nicht einmal zur Bow Street", fügte der Richter mit einem leichten Glanz in den Augen hinzu.

EINE HEISSE ANGELEGENHEIT

„Nachdem ich seinen Vater zur Deportation nach Botany Bay verurteilt hatte, wurde mir klar, dass der Junge, den Mr. Foote mitgebracht hatte, der Sohn des Mannes war. Ich dachte, ich könnte ihn daran hindern, in die Fußstapfen seines Vaters zu treten, indem ich ihm die Möglichkeit bot, seinen Lebensunterhalt ehrlich zu verdienen, und so veranlasste ich ihn, bei einem Kohlenhändler in die Lehre zu gehen. Bah! Kohlenhändler!", wiederholte er verächtlich und tadelte sich nicht zum ersten Mal wegen seines Mangels an Voraussicht. „Ich hätte mich stattdessen um die Bildung des Jungen kümmern sollen. Ich bezweifle, dass Eton oder Harrow einen Jungen seines Hintergrunds aufgenommen hätten, aber Westminster hätte es vielleicht getan, besonders wenn ich ein paar Gefallen eingefordert hätte. Aber ich hatte damals keine Ahnung von der Intelligenz des Jungen, und so lieferte John Pickett während der nächsten fünf Jahre Kohle hier ans Gericht. Bei einer solchen Gelegenheit musste er auf die Zahlung warten, bis ich mit der Anhörung eines Falls fertig war. Bis ich ihm einen Bankscheck brachte, hatte er eine Kopie des *Hue and Cry*, die herumlag, in die Hand genommen und einfach beim Lesen des Falls den einen Hinweis aufgegriffen, den Mr. Foote übersehen hatte. Um es kurz zu machen, ich zahlte die verbleibenden Lehrjahre aus meiner eigenen Tasche und brachte ihn als Mitglied der Fußpatrouille in die Bow Street. Er war gerade neunzehn zu der Zeit, Mr. Foote bereits dreißig."

Mr. Marshall lachte in sich hinein, denn trotz seiner Fähigkeiten war Mr. Foote nicht sonderlich beliebt. „Ich könnte wetten, dass das Mr. Foote nicht geschmeckt hat."

„Allerdings nicht! Und obwohl ich seine Gefühle bei dieser Gelegenheit verstehen, vielleicht sogar bis zu einem gewissen Grad Mitgefühl empfinden kann, hätte ich nicht erwartet, dass er noch nach Jahrzehnten diesen Groll pflegen würde. Ah, na ja", fügte er achselzuckend hinzu, „Mr. Foote kassiert in diesen Tagen einen ordentlichen Betrag an Finderlöhnen. Vielleicht wird Mr. Pickett bald an der Reihe sein, ihn zu beneiden."

Aber schon während er diese Worte aussprach, wusste Mr. Colquhoun, dass er das selbst nicht glaubte. Er vermutete, dass Pickett nicht einmal in der Lage wäre, einen solchen Groll zu empfinden, wie Mr. Foote ihn seit zehn langen Jahren gegen ihn hegte, vor allem wohl, weil Pickett nicht glaubte, sein Glück überhaupt zu verdienen, während Foote meinte, Besseres beanspruchen zu können. Mr. Colquhoun wünschte, er könnte Pickett ein wenig von Footes Arroganz beibringen, während Foote einen größeren Teil von Picketts Demut brauchen könnte.

Mr. Marshall, der erkannte, dass die vertrauliche Unterhaltung zu Ende war, dankte dem Richter für die Aufklärung seiner Unwissenheit und kehrte zu seiner Arbeit zurück. Was Mr. Colquhoun anging, hatte er im Moment wichtigere Dinge zu tun, als die verwundete Eitelkeit eines erwachsenen Mannes zu hätscheln – und das dringendste davon war ein Besuch in der Drury Lane und bei „Mrs. P."

* * *

Nachdem Lady Fieldhurst den Arzt verabschiedet und die täglichen Vorräte an Kohle und Wasser von Mrs. Catchpole erhalten hatte, verbrachte sie den Rest des Vormittags damit, sich um Picketts Wohnung zu kümmern, seine Wäsche zu falten und seine Kommodenschubladen etwas aufzuräumen, seine magere Sammlung an Tellern und Bechern zu spülen und abzutrocknen und sogar seine kleine Bibliothek in alphabetischer Reihenfolge zu ordnen – ein Rausch hausfraulicher Tätigkeit, der sie davon abhalten sollte, ständig zu Picketts Bett zu wandern, um immer wieder in der verzweifelten Hoffnung, sein Fieber könnte nachgelassen haben, seine Stirn zu fühlen.

Als sie schließlich nichts mehr aufzuräumen fand, holte sie den *Vikar von Wakefield* von seinem Platz auf dem Kaminsims (unter „G" für Goldsmith, zwischen Fieldings berüchtigtem *Tom Jones* und Matthew Lewis' populärem Horrorroman *Der Mönch*) und ließ sich neben Picketts Bett nieder, um laut vorzulesen in der Hoffnung, dass er es hören könnte und ihre Stimme als beruhigend empfinden würde.

„„Zweites Kapitel: Das Unglück der Familie – Der Verlust des Reichtums dient nur dazu, den Stolz der Rechtschaffenen zu vermehren. Die irdische Sorge für unsere Familie war vorzugsweise der Leitung meiner Frau

übertragen; die geistigen Angelegenheiten hatte ich gänzlich unter meiner eigenen Aufsicht ...'"

Sie hatte den ersten Absatz noch nicht beendet, als es an der Tür klopfte; zweifellos kam Thomas mit ihren täglichen Vorräten und, wie sie hoffte, mit Neuigkeiten von der unverschämten Lucy. Sie warf das Buch beiseite, der unglückliche Pfarrer und die Sorgen seiner Familie waren vergessen.

Aber es war nicht Thomas, geschweige denn Lucy, wer da an den Türrahmen gelehnt stand. Stattdessen sah sich Julia einem Mann gegenüber, den sie noch nie in ihrem Leben gesehen hatte, einem großen, schlanken Mann in einem schäbigen Rock und einer ausgefransten Strickmütze, die er tief in die Stirn gezogen hatte. Seine Augen waren trübe und sein Gesicht voller Pockennarben.

„Mrs. P.?", fragte er und enthüllte einen Mund voller schwarzer Zähne.

„Ja", sagte sie unsicher.

„Ich bin hier wegen dem Ding da in der Zeitung."

„Oh! Oh ja, meine Anzeige. Wollt Ihr nicht hereinkommen, Mr. ...?"

Er zupfte an der Strähne fettiger dunkler Haare, die unter seiner Mütze hervorkam. „Bartlesby, Ma'am. Jem Bartlesby, zu Euren Diensten", sagte er, und obwohl er sich tief verbeugte, konnte sie sein Grinsen nicht anders als unverschämt empfinden.

Er betrat den Raum und zum ersten Mal begann Julia sich zu fragen, ob es klug gewesen war, eine solche Annonce aufzugeben. Irgendwie hatte sie erwartet, dass alle, die darauf reagieren würden, dem Adel oder wenigstens der besseren Gesellschaft angehören würden, andere Theaterbesucher, die dem Brand vor ihr und Mr. Pickett entkommen waren. Sie hatte nicht mit der Möglichkeit gerechnet, dass sie solche Personen wie Mr. Bartlesby würde empfangen müssen, und das Wissen, dass sie sich nicht darauf verlassen konnte, dass Mr. Pickett zu ihrer Rettung eilen würde, sollte sie ihn brauchen, ließ sie sich beängstigend verletzlich fühlen. Sie wünschte, Mr. Colquhoun wäre da. Selbst Lucys Gesellschaft wäre ihr willkommen gewesen; wenn man den Beruf der jungen Frau bedachte, nahm Julia an, dass Lucy wissen würde, wie man mit Mr. Bartlesby und seinesgleichen umzugehen hatte, wenn die Situation es erforderte. Sie warf einen Blick zurück zu Picketts Zimmer und war dankbar, dass sie die Tür zu seinem Schlafzimmer geschlossen hatte, um die Wärme drinnen zu halten; zumindest musste Mr. Bartlesby nicht merken, wie völlig schutzlos sie war. Natürlich befanden sich auch zwei der drei Stühle im anderen Zimmer, aber dies stellte kein besonderes Problem dar, da sie nicht geneigt war, Mr. Bartlesby zum Verweilen zu ermutigen.

„Das soll heißen, Mr. Bartlesby, dass Ihr Informationen für mich habt?"

„Könnte sein", sagte er. „Was isses Euch wert?"

Das war etwas anderes, worauf sie sich nicht vorbereitet hatte. Welche Belohnung setzte man für solche Informationen aus? Kein Preis war zu hoch, um Mr. Picketts Angreifer für sein Verbrechen zahlen zu lassen, doch sicher wäre es unklug, ihre Möglichkeiten zu früh durchblicken zu lassen.

„Ich werde Euch einen Shilling geben, um zu hören, was Ihr zu sagen habt", antwortete sie und hoffte, sie wäre damit weder zu großzügig noch zu geizig. „Mehr danach, wenn ich die Informationen dessen für wert erachte."

Mr. Bartlesby schwieg so lange, dass Julia fürchtete, dass er sich zu antworten weigerte. Noch, als sie überlegte, ob es klug wäre, ihr Angebot zu erhöhen, sprach er endlich.

„Es war auf der Straße vor dem Theater, ja. Ich habe einen strammen Kerl mit einem Knüppel gesehen. War schwarz wie ein verbrannter Stumpf, ja, von all dem Rauch, aber er hat den Kopf voll schwarzer Haare gehabt und dazu auch so einen dicken Bart."

Julias Augen weiteten sich bei diesem Bericht. In den hinteren Reihen der königlichen Loge, neben der inkognito auftretenden Prinzessin, hatte ein Mann gesessen, auf den Mr. Bartlesbys Beschreibung genau passte. Ihr Herz wurde schwer, denn es würde eine sehr heikle Angelegenheit werden, Vorwürfe gegen ein Mitglied des russischen Königshofes vorzubringen.

„Und Ihr habt gesehen, wie er Mr. – Ihr habt gesehen, wie er einen Mann mit diesem Knüppel geschlagen hat?"

„Oh, ja, er hat dem unbewaffneten Kerl eins übergezogen, dann ist er abgehauen."

„Wohin ging er?", fragte Julia eindringlich.

„Na, das kann ich Euch nicht sagen. Ich wusste nicht, dass es wichtig sein würde", fügte er entschuldigend hinzu.

Julia konnte sich nur über eine Denkweise wundern, die den Angriff auf einen unbewaffneten Mann für unwichtig hielt, und war entschlossen, Mr. Pickett in ihr eigenes Haus in einem weniger unappetitlichen Teil der Stadt zu bringen, sobald er problemlos transportiert werden konnte. „Vielen Dank, Mr. Bartlesby, Ihr wart sehr hilfreich. Ich denke, Ihr habt Euren Shilling und noch einen dazu verdient." Sie hob ihr Réticule vom Tisch auf und holte die beiden Münzen heraus. „Würdet Ihr mir Eure Adresse nennen, falls ich noch einmal mit Euch Kontakt aufnehmen muss?"

Er schüttelte den Kopf. „Nee, Ma'am, das werde ich nicht tun, denn zwischen mir und der Bow Street steht es nicht zum Besten, wenn Ihr versteht, was ich meine. Aber eine Nachricht ins *Cock and Magpie* wird mich erreichen."

„Danke, Mr. Bartlesby", sagte Julia noch einmal und ging zur Tür, um ihm zu bedeuten, dass die Unterhaltung zu Ende war. Sie war dankbar, dass sie nicht so indiskret gewesen war, Mr. Picketts Beruf zu erwähnen, da diese Offenbarung Mr. Bartlesbys Lippen vielleicht versiegelt hätte. „Wenn Euch noch etwas einfällt, hoffe ich, dass Ihr mich informieren werdet."

„Ja, wenn sich's lohnt", versicherte er ihr und biss nacheinander in jede der beiden Münzen, bevor er sie in seine Rocktasche gleiten ließ.

Er tippte an seine Mütze und verabschiedete sich. Kaum hatte sie die Tür geschlossen, als Mr. Colquhoun mit einer zusammengefalteten Zeitung unter dem Arm und vor Zorn dunklem Gesicht eintraf.

„Würdet Ihr so gut sein, mir zu sagen, was das hier soll?" Er öffnete die Zeitung mit einem Zucken seines Handgelenks und stieß mit dem Finger auf die ihm missliebige Anzeige.

„Ich suche Informationen von jedem, der in der Lage sein könnte, Jo – Mr. Picketts Angreifer zu identifizieren", sagte sie abwehrend. „Und ich bekomme sie auch. Ein Mann ist gerade gegangen – Ihr habt ihn vielleicht auf der Treppe getroffen –, der überaus zuvorkommend war."

„Ja, wette, dass er das war – wenn es sich lohnte", knurrte Mr. Colquhoun.

„Nun ja", gestand Lady Fieldhurst. „Zwei Shilling, in der Tat, aber es war gut angelegtes Geld."

„Und woher wisst Ihr, dass er Euch nicht das Märchen vom Pferd erzählt hat, nur, um die angebotene Belohnung zu kassieren?"

„Ich verstehe Ihr Argument, Mr. Colquhoun, und vielleicht hätte ich meine Annonce anders formulieren sollen – Belohnung nur anbieten, wenn sie zu einer Verhaftung führt, vielleicht. Aber ich bin überzeugt, dass Mr. Bartlesbys Beitrag jeden Penny wert war. Seht Ihr, ich glaube, ich kenne den Mann, den er beschrieb.“

Der Richter hob in skeptischer Überraschung die Brauen.

„Tatsächlich?“

„Nun, ich *kenne* ihn nicht wirklich – das heißt, wir wurden einander nicht förmlich vorgestellt. Aber ich bin ziemlich sicher, dass ich weiß, wer er ist.“

„Wer, bitte, ist er dann?“

„Ich kenne seinen Namen nicht, aber er saß in der königlichen Loge, in der hinteren Reihe direkt neben Prinzessin Olga. Ein großer Mann mit schwarzen Haaren und einem dicken, schwarzen Bart.“

„Lieber Gott!“, rief Mr. Colquhoun mit ersterbender Stimme aus. „Ihr habt gerade Seine Exzellenz, Vladimir Grigorjewitsch, beschrieben. Und dieser Bartlesby sah ihn Mr. Pickett angreifen? Kein Wunder, dass Seine Exzellenz so ungeduldig war, zu erfahren, wie die Ermittlung vorangeht!“

„Ihr habt ihn also getroffen?“

„Ja, leider. Er kam am Tag nach dem Feuer zur Bow Street, der Schuft verlangte zu erfahren, was ich wegen des Diebstahls von Prinzessin Olgas Diamanten unternehmen würde. Ich wette, ich kann erraten, wer sie jetzt hat!“

Und ich *wette, dass Ihr das nicht könnt,* dachte Lady Fieldhurst. Laut sagte sie jedoch nur: „Aber ich verstehe nicht, warum er Mr. Pickett angreifen sollte.“

„Vielleicht dachte er, Mr. Pickett hätte ihn die Tat von

seinem Platz mit Blick über das Theater aus begehen sehen können", schlug der Richter vor. „Wenn ja, muss er eine sehr hohe Meinung von Mr. Picketts Sehvermögen haben."

„Oh, aber ich hatte mein Opernglas mitgebracht und Mr. Pickett es benutzen lassen!", rief Julia aus. „Es ist also durchaus möglich, dass er etwas gesehen hat, was Seine Exzellenz bedrohlich fand. In der Tat, jetzt, wo ich darüber nachdenke, bin ich mir fast sicher, dass es so war. In der Tat bemerkte er etwas, das ihm seltsam vorkam – ich kann mich nicht an seine genauen Worte erinnern – aber dann wurde ihm klar, dass das Theater in Flammen stand und ich fürchte, was auch immer es war, geriet in Anbetracht des dringenderen Problems in Vergessenheit."

„Zu schade", warf Mr. Colquhoun ein. „Wir können nur hoffen, dass er sich daran erinnert, wenn er nächstes Mal erwacht."

Julia seufzte. „Was das angeht, fürchte ich, habe ich schlechte Neuigkeiten zu berichten. Letzte Nacht hat er Fieber bekommen. Der Arzt hat ihn heute Morgen besucht und gesagt, die Wunde hätte sich offenbar infiziert."

„Verstehe." Mr. Colquhoun schaute finster, er brauchte keine weitere Erklärung, um zu wissen, dass diese Diagnose nicht ermutigend war. „Darf ich mich zu ihm setzen?"

„Natürlich. Ich halte die Tür nur geschlossen, um die Wärme drinnen zu halten." Sie öffnete die Tür zum Schlafzimmer und ging dem Richter voraus hinein.

„Eigentlich wäre ich Euch dankbar, wenn Ihr heute Nachmittag bei ihm bleiben könntet, während ich ihrer Königlichen Hoheit, der Prinzessin Olga Fjodorowna, einen Besuch abstatte."

Der Blick des Richters wurde noch finsterer. „Was für einen Plan heckt Ihr aus, Mylady?"

„Ich beabsichtige, so viel wie möglich über Seine Exzellenz, Wladimir Grigorjewitsch, herauszufinden."

Damit konnte Mr. Colquhoun sich nicht einverstanden erklären. „Glaubt nicht, dass ich Euch nicht dankbar bin, dass Ihr der Bow Street eine so vielversprechende Spur verschafft habt, Mylady, aber ich glaube, Ihr habt schon genug getan. Es ist an der Zeit, dass Ihr die Untersuchung in den Händen derer belasst, die dafür speziell ausgebildet sind."

„Das klingt ja gut und schön, Mr. Colquhoun, aber könnt Ihr mir eine Person in Eurer Truppe nennen, die ebenso leicht Zutritt zum russischen Hof erhalten könnte wie ich?"

„Sobald mein Läufer sein Anliegen vorträgt, wird er nicht abgewiesen werden", prophezeite der Richter.

„Ich schätze, Ihr habt recht. Aber ich schmeichle mir, dass Prinzessin Olga bei einer Lady des britischen Adels, die kommt, um ihr ihr Mitgefühl wegen des Verlusts der Diamanten auszudrücken, weitaus mitteilsamer sein würde – zumal bei einer Lady, die intim bekannt ist mit …" Sie fühlte sich wegen ihrer Wortwahl erröten. „… mit einem Mitglied der Bow Street Truppe, und sie wegen deren Fähigkeiten beruhigen kann. Und wenn ich sie von einer Frau zur anderen bitten würde, von ihren Erlebnissen in der Nacht des Feuers zu erzählen, wer weiß, was sie mir anvertrauen könnte?"

„Ich verstehe Euer Argument, Mylady, aber habt Ihr nicht bedacht, dass Seine Exzellenz von Eurem Besuch erfahren und Euch mit Mr. Pickett in Verbindung bringen könnte? Schließlich habt Ihr zusammen in der Loge gesessen. Nein, darum kann ich Euch nicht bitten."

„Ihr habt mich nicht darum gebeten", bemerkte sie. „Ich habe es angeboten."

„Dann, fürchte ich, muss ich Euer sehr großzügiges Angebot ablehnen."

„Aber Mr. Colquhoun …"

„Um offen zu sein, Mylady, ich denke dabei nicht an Euer Wohlergehen, sondern an Mr. Picketts. Wenn Euch etwas zustoßen sollte und er erführe davon …"

„Ich verstehe Euren Standpunkt, Mr. Colquhoun, und ich muss sagen, Eure Bedenken sind bewundernswert. Aber ich kann nicht …" Sie blickte auf die reglose Gestalt im Bett. „Ich kann nicht Tag für Tag hier sitzen und ihn so sehen und nichts tun!"

„Im Gegenteil", sagte der Richter, in überraschend sanftem Ton, „ich glaube, Ihr habt schon viel getan, wahrscheinlich mehr, als Ihr wisst. Doch – wenn Ihr mir die Frage verzeihen wollt – wenn in zwei Wochen der Antrag auf Annullierung vor das Kirchengericht kommt?"

Sie atmete tief und beruhigend ein. „Wenn es nach mir geht, wird es keine Annullierung geben", sagte sie. „Wenn er sie wünscht, werde ich mich natürlich seinen Wünschen in dieser Angelegenheit fügen, doch ich habe bereits meinem Anwalt geschrieben und ihn angewiesen, seine Bemühungen in dieser Angelegenheit in meinem Auftrag einzustellen und mir alle wesentlichen Dokumente auszuhändigen – einschließlich des Briefes eines gewissen Arztes, den Mr. Pickett zweifellos ins Feuer befördern möchte, wohin er meiner Meinung nach gehört."

Der Richter schwieg für einen langen Moment, als er über diese Offenbarung nachdachte, die ihn, um die Wahrheit zu sagen, nicht annähernd so sehr schockierte, wie Julia es dachte. „Verstehe", sagte er schließlich. „Ich schätze, das ändert es. Nun gut, Myla ... äh ... Mrs. Pickett, wenn Ihr Prinzessin Olga in ihrem Hotel aufsuchen wollt, werde ich Euch nicht im Wege stehen. Aber Ihr habt Eure Erkenntnisse direkt mir mitzuteilen, versteht Ihr, und dürft unter keinen Umständen auch nur andeuten, dass Seine Exzellenz unter Verdacht steht! Habe ich mich deutlich ausgedrückt?"

„Sehr deutlich", sagte sie und lächelte ihn strahlend an, nachdem sie jetzt gewonnen hatte.

„Jedoch, was meine Wache bei ihm angeht, wünschte ich, dass es mir möglich wäre zu bleiben, doch ich bin schon viel zu lange von der Bow Street abwesend gewesen. Gibt es niemand anderen, der aushelfen könnte?"

Sie dachte einen Moment über die Frage nach. Ihr eigenes Personal wurde bereits erheblich beansprucht, aber noch wichtiger war, dass sie nicht wollte, dass Mr. Pickett in Gesellschaft eines Fremden erwachen würde und ihre Diener waren ihm alle unbekannt, außer Rogers, dem Butler, der seine eigenen Aufgaben wahrzunehmen hatte, und Thomas, dem Diener, der in diesem Moment die Straßen von Covent Garden nach Lucy absuchte.

Lucy ... So wenig ihr die Idee gefiel, musste sie zugeben, dass Lucy nichts tun würde, um ihm zu schaden, zumindest nicht absichtlich.

„Es gibt ein Mädchen", sagte sie ohne Begeisterung, „eigentlich eine Prostituierte, der ich wohl vertrauen kann, sich um ihn zu kümmern."

„Lucy Higgins", sagte der Richter und nickte verstehend.

„Ihr kennt sie?", fragte sie überrascht.

„Wie Ihr Euch in Anbetracht ihres Berufs vielleicht denken könnt, erscheint sie recht häufig vor meiner Bank. Aber wenn sie unsere einzige Alternative ist, denke ich, dass ich am besten bei ihm bleiben sollte, denn meine Meinung von Miss Higgins ist nicht hoch." Er zögerte einen Moment und fügte dann hinzu: „Er hat einmal die Idee gehabt, sie zu heiraten, wisst Ihr."

„Er – er wollte – *Lucy* heiraten?" Sie setzt sich auf die Bettkante, die Hand auf den Bauch gedrückt, als hätte sie einen Schlag erhalten.

„Er liebte sie nicht, das hat er ziemlich deutlich gesagt", versicherte Mr. Colquhoun ihr. „Eigentlich war er davon überzeugt, dass er, da er die Frau, die er wollte, nicht haben konnte – ich vertraue darauf, dass ich das nicht näher erklären muss – seinem nutzlosen Dasein einen Sinn geben könnte, indem er Miss Higgins aus der Gosse rettete. Ihr werdet bemerkt haben, dass unser Mr. Pickett zu großen, romantischen Gesten neigt", fügte er mit einem Zwinkern im Auge hinzu.

„Allerdings", sagte sie, lächelte wehmütig auf Pickett hinab und ließ ihre Finger durch seine zerzausten Locken gleiten. Sie war selbst Gegenstand einer dieser großen Gesten gewesen, denn er war bereit gewesen, einem Arzt zu erlauben, ihn fälschlicherweise für impotent zu erklären, um sie aus einer versehentlich zustande gekommenen Ehe zu befreien, von der er sicher war, dass sie sie nicht wollte. Sosehr sie bedauerte, was ihm im Theater zugestoßen war, schauderte sie doch bei dem Gedanken, dass die Annullierung hätte gewährt werden und sie ihrer getrennten Wege gehen können, wenn das Feuer und seine Folgen sie nicht gezwungen hätten, ihr eigenes Herz zu erkennen.

„Eigentlich ging es mir darum, ihn von Lucy zu trennen und zu versuchen, ihm Vernunft beizubringen, dass ich ihn mit nach Schottland geschleppt habe", fuhr der Richter fort.

„So?", fragte Julia leicht überrascht. „Ich gestehe, ich dachte, Ihr hättet ihn nach Schottland mitgenommen, um ihn von mir fernzuhalten."

„Es stimmt, dass ich mich nicht sehr gefreut habe, Euch dort vorzufinden", gab Mr. Colquhoun zu. „Trotzdem hat Eure Anwesenheit mehr dazu beigetragen, ihn von einer Heirat mit Lucy abzuhalten, als alles, was ich hätte sagen können. Und angesichts der Art und Weise, wie sich die Dinge entwickelt haben, kann ich es nicht bedauern. Ich frage mich jedoch, ob Ihr wisst, worauf Ihr Euch einlasst. Seine Zukunftsaussichten hängen völlig von ihm ab. Wohlgemerkt, wenn er ein Jahrzehnt älter wäre, würde ich nicht zögern, seinen Namen für eine Magistratur vorzuschlagen, aber für einen Jungen, der noch nicht fünfundzwanzig ist? Jeder solche Vorschlag würde verächtlich belacht werden, und das mit Recht."

„Mir ist sehr wohl bewusst, wie die Gesellschaft eine solche Beziehung betrachten muss, und ich versichere Euch, dass es mir egal ist. Wahre Freunde werden zu mir stehen, und was die anderen betrifft, sollen sie denken, was sie wollen. Wenn es das Geld ist, was Euch Sorgen macht, muss ich Euch sagen, dass meine Leibrente als Witwe so formuliert wurde, dass sie nicht mit meiner Wiederverheiratung endet. Tatsächlich, Mr. Colquhoun", schloss sie, hob das Kinn und schenkte dem Richter ein eher selbstgefälliges Lächeln, „hat Euer Protegé ein Vermögen geheiratet, wenn auch nach Maßstäben der Gesellschaft ein eher bescheidenes."

„Hmmm", war Mr. Colquhouns einziger Kommentar. Er

vermutete, dass Lady Fieldhursts Vermögen in John Picketts Augen alles andere als bescheiden sein würde. Er vermutete weiter, dass sein jüngster Läufer nicht der Typ Mann war, der sich damit zufriedengeben würde, von der Großzügigkeit seiner Frau zu leben.

Aber momentan war es sicherlich am dringendsten, den Jungen gesund werden zu lassen. Alles Weitere würde auf einen anderen Tag warten können.

13

Die weiteren Missgeschicke
der Diamanten von Prinzessin Olga

Die Nachteile der Idee, eine solche Anzeige wie die ihre aufzugeben, wurden Lady Fieldhurst nur zu schnell klar. Mr. Colquhoun war kaum eine Viertelstunde gegangen, als es schon wieder an der Tür klopfte. Als Julia es öffnete, fand sie eine ärmlich aussehende junge Frau, die einen sich krümmenden Säugling an sich drückte.

„Mrs. P.?", fragte die Besucherin schüchtern.

„Ja. Was kann ich für Euch tun?", fragte Julia, ziemlich sicher, dass sie es bereits wusste.

„Ich komme wegen der Anzeige in der Zeitung."

„Ausgezeichnet! Kommt doch herein", drängte Julia, die diesmal keine der Bedenken empfand, die sie geplagt hatten, als sie Mr. Bartlesby in die Wohnung einlud.

„Dankeschön, Ma'am", murmelte die Frau und schlurfte in das Zimmer.

„Soll ich verstehen, dass Ihr einige Informationen bezüglich des – des in der Anzeige beschriebenen Vorfalls habt?"

„Ja, Ma'am, so isses."

Sie schob das Kind auf ihrer Hüfte weiter nach oben und Julia fühlte sich veranlasst, ihr mehr Gastfreundschaft anzubieten, die sie Mr. Bartlesby versagt hatte.

„Wollt Ihr Euch nicht hinsetzen?" Julia ging auf den einzigen Stuhl zu, der am Tisch verblieben war, nachdem die anderen beiden ins Schlafzimmer gebracht worden waren.

„Dankeschön, Ma'am", sagte die junge Mutter erneut, setzte sich dann hin, zog das Kind auf den Schoß und begann ihren Bericht. „Mein Mann ist Bühnenarbeiter im Theater, und als ich hörte, dass es brannte, kam ich gerannt, um nachzusehen, ob es ihm gut ging. Ich war gerade dort angekommen und hatte in der Menge nach meinem Davy gesucht, als ich diesen großen Lärm hörte – es war das Dach, das einstürzte, aber das wusste ich damals nicht, oder? – und ich drehte mich danach um, wo ich dann diesen Kerl mit einer Art Knüppel einen anderen Kerl auf den Kopf schlagen sah, und der stürzte wie eine Haufen Lumpen zu Boden landete und direkt auf einer Lady – ich nehme an, das müsst Ihr gewesen sein, nicht wahr, Ma'am?"

„Ja. Aber dieser erste Mann, der den anderen schlug – ich würde gern mehr über ihn erfahren, bitte."

„Nun, dazu kann ich Euch nicht viel sagen, so schade das

ist, denn es war dunkel, vom Feuer abgesehen, und das machte es schwer, etwas zu sehen."

„Aber irgendetwas muss Euch doch aufgefallen sein", drängte Julia.

„Nach allem, was ich sagen kann, war er niemand, der einem unbedingt auffallen würde", beharrte die Frau. „Weder klein noch groß, weder jung noch alt, weder mager noch fett."

„Was ist mit seiner Haarfarbe?", fragte Julia, die an den Russen dachte. Mit Sicherheit konnte man einen buschigen, schwarzen Bart nicht übersehen, auch nicht unter den von der Frau beschriebenen Bedingungen.

Die Frau verzog ihr Gesicht im Versuch, sich besser zu erinnern. „Wie ich schon sagte, mit dem Feuer hinter ihm war es schwer zu sagen, aber ich hatte den Eindruck von hellem Haar, das er lang trug."

„Verstehe", sagte Julia tonlos. Das war es, wovor Mr. Colquhoun sie zu warnen versucht hatte: Leute, die kamen und ihr für ein paar Münzen ein Märchen auftischten. Zum Glück gab es eine Möglichkeit, festzustellen, ob die Frau absichtlich log oder ob ihre Erinnerung – oder ihr Sehvermögen – ihr nur einen Streich spielte. „Was war mit einem Bart? Hatte er einen?"

Ihre Möchtegern-Informantin schüttelte den Kopf. „Nein, Ma'am, da bin ich mir sicher. Zumindest, wenn er einen Bart hatte, war er nicht groß." Ihr Gesicht hellte sich plötzlich auf. „Wartet eine Minute, Ma'am, mir fällt gerade noch etwas ein! Ich habe ihn von der Seite sehen können und er hatte so eine Art spitzer Nase. Die fiel mir besonders auf, weil sie sich so groß und schwarz vor dem orangen Licht des Feuers abzeichnete."

„Ja, danke für Eure Hilfe", sagte Julia mit deutlich weniger Wärme. „Eure Geschichte war sehr … aufschlussreich."

„Ich dachte – es stand in der Anzeige, dass Ihr zahlen würdet", sagte die Frau hoffnungsvoll.

Julia seufzte. Ja, sie hatte Zahlung versprochen, egal wie nutzlos die Informationen waren. Sie erinnerte sich daran, dass der Ehemann der Frau – nein, sie hatte nie behauptet, mit ihrem Davy verheiratet zu sein –, dass ihr *Mann* für einige Zeit arbeitslos sein würde, und in der Zwischenzeit gab es ein Kind, das mit allen, wenn auch begrenzten Mitteln, die ihr zur Verfügung standen, unterstützt werden musste. Julia dachte an Lucy und ihre Schwesternschaft und vermutete, dass diese junge Mutter dachte, eine Frau für Geld *anzulügen*, wäre weniger verwerflich, als aus demselben Grund mit einem Mann zu *schlafen*. Julia sagte sich, dass sie es für das Kind täte, nahm ihr Réticule von dem Platz, an dem es auf dem Tisch lag, und bot der Frau einen Shilling an.

„Danke, Ma'am." Die Frau beugte sich vor und huschte aus dem Raum, als ob sie fürchtete, Julia könnte ihre Meinung ändern und die Rückgabe ihrer Münze fordern.

Leider war dies nur der erste Besuch von vielen. Ein

stetiger Strom hoffnungsvoller Informanten stieg die Treppe zur Drury Lane Nummer 84 hinauf, von denen jede eine andere Geschichte zu erzählen hatte. Einige bestanden darauf, dass Picketts Angreifer groß wäre, andere schworen, er wäre klein. Einige erinnerten sich an sein helles Haar, andere behaupteten, es wäre dunkel. Einige beschrieben ihn als solide und muskulös, während andere behaupteten, seine Figur sei schmächtig. Interessanterweise hatte niemand den dicken schwarzen Bart bemerkt, den Mr. Bartlesby so anschaulich beschrieb. Julia musste Münzen austeilen, da sie in ihrer Anzeige versprochen hatte, dass sie dies tun würde, aber sie musste zugeben, dass ihr zuvor nie so klar gewesen war, dass London ein solcher Zufluchtsort für Lügner war.

Während einer Pause in der ständigen Parade falscher Informanten entschied Julia, dass eine Tasse Tee nicht verkehrt sein würde. Sie ließ Wasser über dem Feuer kochen und war stolz auf diese neu erworbene Fähigkeit und kaum aufgestanden, als es erneut an der Tür klopfte. Sie seufzte über ihre eigene Dummheit, eine so ungewollt großzügige Anzeige aufzugeben, ging zur Tür und riss sie auf – und stand der diebischen Lucy Higgins gegenüber, die von Thomas, Julias eigenem Diener, begleitet wurde.

„Lucy!", rief sie in liebenswürdigstem Tonfall aus, der von dem brennenden Ausdruck ihrer Augen Lügen gestraft wurde. „Kommt doch herein. Danke, Thomas, das hast du sehr gut gemacht. Das wäre dann alles", fügte sie zu dem jungen Mann, der in Lucys Kielwasser das Zimmer betrat, hinzu.

„Ich dachte, ich könnte Miss Higgins vielleicht nach Hause begleiten", sagte Thomas hoffnungsvoll und betrachtete seinen schönen Schützling mit schlecht verborgener Bewunderung.

„Miss Higgins kennt sich in der Drury Lane und der Umgebung besser aus als du", versicherte ihm seine Herrin. „Ich bin sicher, sie schafft es ohne Schwierigkeiten, nach Hause zu finden."

„Ja, Mylady", räumte Thomas niedergeschlagen ein. Er verbeugte sich knapp vor ihr, dann vor Lucy und verabschiedete sich widerstrebend.

„Wie geht es ihm?", fragte Lucy und ihr Blick zur geschlossenen Schlafzimmertür ließ Julia verstehen, dass Thomas nicht Gegenstand ihrer Frage war.

„Das ist jetzt unwichtig." Julia sträubte sich unverständlicherweise, der jungen Frau gegenüber, die ohne das Eingreifen des Richters seine Frau geworden sein könnte, irgendetwas über John Pickett preiszugeben, selbst einen Bericht über seine Gesundheit. „Ich habe etwas Dringenderes mit Euch zu besprechen. Als Ihr das letzte Mal hier wart, habt Ihr etwas aus dieser Wohnung mitgenommen. Ich möchte, dass Ihr es zurückgebt."

Lucy gab nicht vor, sie falsch zu verstehen. „Und warum sollte ich, Mylady Hochnäsig?", erwiderte sie und hob ihr spitzes Kinn.

„Weil es Euch nicht gehört!"

„Nein, aber er wollte es mir geben."

„Unsinn!", rief Julia aus, obwohl sie sich bei dieser Vorstellung ein wenig unwohl fühlte. „Warum sollte er das?"

„Er hat mir früher schon manchmal Sachen geschenkt, wenn ich ihm bei seinen Ermittlungen geholfen habe, ja? Zum Beispiel, als Ihr beschuldigt wurdet, Euren Ehemann getötet zu haben. Er hat mir auch die Haube hier geschenkt." Sie tätschelte die herabhängenden Federn ihres abscheulichen Kopfputzes mit Besitzerstolz.

„Er – er hat sie ausgesucht?", fragte Lady Fieldhurst und nahm sich vor, nie zuzulassen, dass ihr Ehemann ihr Kleidung auswählte.

„Nein, aber er hat mir das Geld gegeben, um sie für mich selbst zu kaufen, was dasselbe ist, nicht wahr?"

„Ich verstehe", sagte Julia mit unverhohlener Erleichterung. Eigentlich hielt sie es für überhaupt nicht dasselbe, aber sie war zu besorgt über die dringlichere Angelegenheit, um darüber zu streiten.

„Ihr würdet doch nicht glauben, dass er sie für Euch gekauft hat!", rief Lucy mit einem spöttischen Lächeln aus. „Er hat nicht so viel Geld, um die Art von Sachen zu kaufen, die Ihr von einem Freund erwarten würdet, also liegt es doch nahe, dass er sie für mich gekauft hat."

„Er hat sie nicht gekauft."

Lucy riss die Augen auf. „Er hat sie *gestohlen*?"

„Natürlich nicht!", antwortete Julia etwas zu energisch.

„Wem gehören sie dann?"

Julia seufzte. „In der Tat gehören sie der russischen Prinzessin Olga Fjodorowna."

„Ha!", spottete Lucy. „Als ob eine Prinzessin sich mit falschen Diamanten abgeben würde!"

„Aber Lucy, es sind keine Fälschungen! Sie sind völlig echt und mehr wert, als ich jemals in meinem Leben sehen werde! Die Truppe der Bow Street hatte die Aufgabe, für ihre Sicherheit zu sorgen, und es wird für Mr. Pickett – in der Tat für die gesamte Truppe der Bow Street – sehr schlecht aussehen, wenn sie verloren gehen. Deshalb seht Ihr, warum Ihr sie zurückgeben müsst", endete sie in beschwichtigerendem Tonfall. Immerhin, erinnerte sie sich, war es sie und nicht Lucy, die Mrs. John Pickett war. Zumindest konnte sie es sich leisten, freundlich zu sein.

Leider waren ihre guten Absichten von kurzer Dauer.

„Aber sie zurückzugeben ist genau das, was ich nicht tun kann", beharrte Lucy. „Ich – ich habe sie nicht mehr."

„Ihr habt sie nicht? Warum nicht, bitte?"

„Ich habe sie versetzt", gestand Lucy kläglich.

„Versetzt?", wiederholte Julia etwas verwirrt, da ihr der Begriff nicht vertraut war.

„Ich habe sie an ein Pfandhaus verkauft."

„*Ihr habt sie an ein Pfandhaus verkauft?*", schrie Julia

auf, schaute dann schuldbewusst zu Picketts Schlafzimmertür und senkte ihre Stimme. „Ihr habt sie an ein Pfandhaus verkauft? Lucy, wie konntet Ihr?"

„Ich hätte keine Gelegenheit, sie zu tragen und die anderen Mädels hätten sie eh' gestohlen", sagte Lucy abweisend. „Wie auch immer, ich brauchte das Geld dringender als ich Kinkerlitzchen brauchte, also habe ich sie versetzt. Woher sollte ich wissen, dass sie echt sind?"

„Ihr habt sie an ein Pfandhaus verkauft", sagte Julia benommen und versuchte, das ungeheure Ausmaß dieser neuen Katastrophe zu erfassen.

Lucy kramte in der Tasche ihres zerlumpten Kleides und zog eine Handvoll Münzen heraus. „Ich habe zwei Shilling und sechs Pence für sie bekommen", sagte sie stolz.

„Zwei Shilling und sechs Pence." Julia sackte auf dem einzelnen Stuhl zusammen und ließ den Kopf in die Hände sinken, ein Bild der Verzweiflung. „Lucy, Ihr müsst sie sofort zurückkaufen!"

„Aber ich habe schon einen Teil des Geldes ausgegeben, oder? Ein Mädchen muss seine Miete bezahlen, wie Ihr wissen dürftet."

„Na gut, dann ersetze ich den Rest", erklärte Julia. Sie griff noch einmal nach ihrem Réticule, dankbar, dass sie die Voraussicht besessen hatte, es mit Münzen zu füllen, um das Erscheinen ihrer Anzeige in der Zeitung vorzubereiten. „Der Pfandleiher wird zweifellos mehr verlangen als die zwei und sechs, die er Euch gegeben hat, also werde ich den Betrag verdoppeln; das sollte es Euch erlauben, die Diamanten zurückzukaufen, und ihm, auch ordentlich Gewinn zu machen. Ihr dürft jedoch auf keinen Fall auch nur *andeuten*, dass sie mehr als das wert sein könnten!"

„Schon gut, schon gut!", murrte Lucy. „Glaubt Ihr, ich habe noch nie gefeilscht? Mehr als Ihr, möchte ich wetten!"

Das konnte Lady Fieldhurst nicht bestreiten. Nachdem Lucy zum Pfandhaus aufgebrochen war, wandte sich Julia wieder dem Feuer zu, wo das Wasser inzwischen zu kochen begonnen hatte. Sie machte sich eine Tasse Tee und nahm sie mit in Picketts Schlafzimmer, wo sie sich auf den Stuhl neben dem Bett setzte und das Buch aufnahm, wo sie zu lesen aufgehört hatte.

„*Kapitel 3: Eine Migration. Die glücklichen Umstände unseres Lebens hängen in der Regel letztendlich von uns selbst ab. Die einzige Hoffnung unserer Familie war jetzt, dass die Berichte über unser Unglück böswillig oder verfrüht sein könnten ...*'"

Wenn es nur so wäre, dachte Julia. Wenn es nur so wäre.

* * *

Pickett hörte die beruhigende weibliche Stimme, lange bevor er sie identifizieren konnte. Als er bemerkte, dass niemand anders als Mylady war, die da sprach, unternahm er die kolossale Anstrengung, seine Augen zu öffnen. Tatsächlich, da saß sie neben seinem Bett mit einem Buch in der Hand. Sie trug ein pfirsichfarbenes Kleid, das er noch nie zuvor gesehen hatte, und er war erneut beeindruckt von ihrer Schönheit, die sich selbst im Schwarz der Trauer zeigte, aber umso mehr in den eleganten und teuren Gewändern, die zu tragen sie geboren war. Sie stand so weit über ihm wie die Sterne am Himmel; er hatte es die ganze Zeit gewusst, obwohl er sich immer mehr in sie verliebt hatte.

Sie blätterte um, und die Seite löste sich aus ihrer abgenutzten Bindung und flatterte zu Boden. Sie machte eine Pause beim Lesen und bückte sich, um es aufzuheben, und obwohl Pickett den Boden von seinem Lager auf dem Bett aus nicht sehen konnte, konnte er sich den ausgefransten Flickenteppich und die blanken Holzbretter darunter vorstellen, deren Lack nur mehr eine ferne Erinnerung war. Er hatte sich immer glücklich geschätzt, zwei ganze Räume für sich zu haben, während nur einen Steinwurf weit entfernt ganze Familien sich in einem einzigen Raum drängten. Jetzt jedoch, als er Lady Fieldhurst hier sah, diente ihm das nur als Mahnung daran, wie schäbig seine Wohnung – nein, sein *Leben* – in ihren Augen erscheinen musste. Nie war er sich der Kluft bewusster gewesen, die sie trennte.

Sie gehörte nicht hierher, dachte er und sah zu, wie sie einen Schluck aus einer angeschlagenen Teetasse nahm, bevor sie weiter las. Ihre Lippen waren leicht gespitzt und er ertappte sich dabei, wie er auf ihren Mund starrte. Hatte er diese Lippen wirklich geküsst oder es nur geträumt? Nein, es war kein Traum gewesen, er war sich sicher. Sie hatte seinen Kuss sogar erwidert. Es war so viel, viel mehr, als er je ein Recht gehabt hatte zu erwarten. Er könnte zufrieden sterben und sie könnte nach Mayfair zurückkehren, zu ihren eigenen Leuten. Bei ihm wäre schon alles in Ordnung, wenn seine Wirtin – wie hieß sie doch gleich? – von Zeit zu Zeit nach ihm schaute. Er öffnete den Mund, um ihr das zu sagen, aber etwas ganz anderes kam heraus.

„Geht nicht fort."

Beim Klang seiner Stimme schaute sie auf, der Vikar und die Probleme seiner Familie waren vergessen.

„Guten Morgen, John", sagte sie, obwohl es schon weit nach Mittag war. „Also hast du dich entschieden, endlich aufzuwachen, oder?"

Sie legte das Buch beiseite und setzte sich auf die Bettkante, dann legte sie den Handrücken auf seine gerötete Wange. Sie war noch immer viel zu warm.

„Der Arzt hat etwas zur Senkung deines Fiebers dagelassen", sagte sie und erinnerte sich an das Wasser, das sie gerade für den Tee erhitzt hatte. Es sollte immer noch heiß genug sein, um die Weidenrinde aufzubrühen, wenn sie ihn dazu überreden könnte, den Sud zu trinken. „Wenn ich es zubereite, meinst du, du könntest etwas davon trinken?"

Er nickte und zuckte bei dem Schmerz in seinem Kopf zusammen. „Ich werde es versuchen."

Sie stand auf, um eine weitere Teetasse aus dem anderen

Raum zu holen.

„Geht nicht", sagte Pickett wieder und klammerte sich an den Rock ihres Kleides wie ein Kind, das Angst hat, allein gelassen zu werden.

Sie setzte sich auf die Bettkante und löste seine Hand von ihrem Rock, damit sie sie in ihre beiden nehmen konnte. „Ich bin nicht weit weg, nur im nächsten Zimmer. Ich bin gleich wieder da, versprochen."

Sie vergaß für den Moment ihre Entschlossenheit, das Schlafzimmer warm zu halten und ließ die Tür offen, damit er zuschauen konnte, wie sie eine Tasse vom Haken nahm und sie mit heißem Wasser aus dem Kessel füllte. Sie kehrte ins Schlafzimmer zurück, schloss die Tür hinter sich und fügte dem Wasser in der Tasse die getrocknete Weidenrindenmischung des Arztes hinzu. Sie ließ sie einige Minuten lang ziehen, während derer sie ein einseitiges Gespräch über allgemeine unwichtige, aber fröhliche Kleinigkeiten führte, um Pickett wach zu halten.

„Jetzt sind wir so weit", erklärte sie schließlich, als sie fand, der Tee müsste fertig sein.

Er hob sich auf einen Ellbogen und sie hielt die Tasse an seine Lippen.

„Ja, ich fürchte, er schmeckt ziemlich scheußlich", sagte sie, als er das Gesicht verzog, „aber der Arzt meint, er könnte das Fieber senken."

Er schaffte es nicht, mehr als ein paar Schlucke zu

trinken, bevor er wieder auf sein Kissen fiel, von der Anstrengung erschöpft. Sie war sich nicht sicher, ob er genug von dem Gebräu zu sich genommen hatte, um etwas zu bewirken, aber sie wagte es nicht, ihn weiter zu drängen. Sie hatte die Tasse beiseite gestellt und wollte vorschlagen, weiter vorzulesen, als er wieder sprach.

„Welcher Tag ist heute?"

Welcher Tag? Sie konnte es nicht sagen. Seit der Nacht des Feuers hatte die Zeit zu existieren aufgehört. Mr. Colquhoun war am Sonntag hier gewesen und hatte sie nach Hause geschickt, um sich auszuruhen. War das gestern gewesen oder vorgestern?

„Dienstag, der achtundzwanzigste Februar", sagte sie mit nicht ganz perfekter Genauigkeit, denn eigentlich war es noch Montag, der siebenundzwanzigste. „Der Frühling wird hier sein, bevor wir es bemerken", fügte sie fröhlich hinzu.

„Die Annullierung", sagte Pickett. „Ist sie …?"

„Bitte, mache dir keine Gedanken über die Annullierung", flehte sie ihn an und fuhr ihm liebevoll mit den Fingern durch seine zerzausten Locken.

„Seid Ihr immer noch meine Frau?"

„Ja, Liebling, ich bin immer noch deine Frau", versicherte sie ihm und blinzelte Tränen zurück.

„Gut", sagte er mit einem Seufzer und schlief wieder ein.

* * *

Julia war dankbar, dass er noch schlief, als Lucy einige

Zeit später zurückkehrte, denn sie wollte nicht, dass er sich wegen des Verlusts der Diamanten quälen sollte. Noch weniger wollte sie die Aufgabe haben, ihre Anwesenheit in seinem Besitz zu erklären. Denn schließlich, wie erklärte man das Unerklärliche?

„Lucy! Dem Himmel sei Dank, dass Ihr zurück seid!", rief sie aus, leise, damit er sie nicht hörte und wieder erwachte. „Habt Ihr sie bekommen?"

„Nein, Mylady", gestand sie kläglich. „Es ging nicht."

„Warum nicht? Wollte der Pfandleiher sie dir nicht verkaufen? Verlangt er mehr Geld?"

„Schlimmer", sagte sie und rang die Hände in ihren fingerlosen Handschuhen. „Er hat sie bereits verkauft."

„*Was?*" Selbst in ihren schlimmsten Befürchtungen hatte Julia nicht daran gedacht, dass die Diamanten bereits außerhalb ihrer Reichweite sein könnten.

„Es ist wahr, Mylady. Jemand anderes hat sie bereits gekauft. Ich habe versucht, Mr. Baumgarten dazu zu bringen, mir zu sagen, wer – ich dachte, Ihr würdet es wissen wollen – , aber er hat sein Maul zugeklappt und wollte es nicht wieder öffnen, obwohl ich ihm die fünf Shilling anbot, die Ihr mir gegeben hattet. Ich dachte nicht, dass Ihr etwas dagegen haben würdet", fügte sie entschuldigend hinzu.

„Nein, Lucy, das habt Ihr genau richtig gemacht. Aber, Himmel, wir stecken in der Tinte! Wenn diese Diamanten entdeckt werden sollten, wenn sie zu dem Pfandhaus und von dort zu Mr. Picketts Besitz zurückverfolgt werden sollten …"

„Pah!" Lucy schloss diese Möglichkeit sofort aus. „Wie sollte das gehen?" „Sie könnten sicherlich zu Euch zurückverfolgt werden und wenn Ihr keine hochgestellten Beziehungen habt, von denen ich nichts weiß, ist die einzige Verbindung zwischen Euch und der Prinzessin Olga Fjodorowna Mr. Pickett."

„Oh", sagte Lucy kleinlaut. „Was könnte denn passieren, wenn sie zu ihm zurückverfolgt würden?"

Julia schüttelte den Kopf und wünschte sich, mehr davon zu verstehen, wie das Gesetz funktionierte. „Ich weiß nicht recht. Zumindest könnte er des Diebstahls angeklagt und eingesperrt werden. Im schlimmsten Fall …" Sie erinnerte sich daran, was er in jener Nacht darüber gesagt hatte, wie der Diebstahl der Juwelen, zu diesem Zeitpunkt eine rein theoretische Spekulation, einen internationalen Zwischenfall auslösen könnte. Wie weit würde die britische Regierung gehen, um einen dringend benötigten Verbündeten wegen eines anscheinenden Affronts zu beschwichtigen? Gerechtigkeit wäre unter solchen Umständen sicherlich schnell und hart. „Im schlimmsten Fall", sagte sie, ihre Stimme brach bei den Worten, „könnte er gehängt werden."

14

In dem Lady Fieldhurst die Drury Lane verlässt,
um sich in höhere Kreise zu begeben

Was sollte man zu einem Treffen mit einer russischen Prinzessin anziehen, fragte sich Julia, als sie die Kleider betrachtete, die in ihrem Kleiderschrank hingen. Sie hatte Mr. Pickett in der Obhut seines Richters gelassen und bereitete sich auf ihren Besuch bei Prinzessin Olga vor, für den sie sich so vehement eingesetzt hatte.

Jetzt, da die Stunde gekommen war, erkannte sie jedoch, dass es Schwierigkeiten gab, mit denen sie nicht gerechnet hatte. Das erste Problem war die Frage, was sie anziehen sollte. Jedes ihrer Kleider (mit Ausnahme des blauen, das einen grausamen Tod erlitten hatte) war mindestens ein Jahr aus der Mode, da sie seit zehn Monaten in Trauer war. Trotzdem beschäftigte sie sich weniger mit Mode als mit Protokoll; es würde nicht genügen, im Grillon's Hotel in einem gewöhnlichen Reise- oder Tageskleid aufzutauchen. Nein, es musste förmlich wirken, und das förmlichste Kleid, das sie besaß, abgesehen von ihrem Hochzeitskleid, war das, das sie zu ihrer Vorstellung bei Hof kurz nach ihrer Heirat mit dem Viscount Fieldhurst getragen hatte. Es war nicht hier; für einen Moment bereute sie es fast, Smithers entlassen zu haben, die sofort gewusst hätte, wo sie danach suchen musste. Nachdem einen Raum nach dem anderen durchsucht hatte, fand sie es schließlich im drittbesten Schlafzimmer. Sie zog es aus dem Kleiderschrank und breitete es auf dem Bett aus, um es zu untersuchen. Es war fast sieben Jahre alt, viel älter als das älteste Kleid, das in ihrem eigenen Zimmer hing. Zu ihrem Glück für sie widersetzte sich der königliche Hof hartnäckig jeder Veränderung, insbesondere, wenn es um Mode ging. Bei Hof herrschte immer noch der Stil des letzten Jahrhunderts vor: Kniehosen statt Pantalons für die Herren und, schlimmer noch, weite Reifen für die Damen, die, wenn sie mit der hohen Taille kombiniert wurde, wie sie der gegenwärtige Geschmack diktierte, sie so aussehen ließen, als ob sie aus einem Vogelkäfig herausragten.

Wenn sie die Reifen wegließe, beschloss sie, war das Kleid selbst nicht so übel. Das Oberteil war aus weißem Satin gefertigt, mit kurzen Puffärmeln und einer winzigen Halskrause, die sich über die Schultern verjüngte, bis sie vollständig auf beiden Seiten des tiefen Ausschnitts verschwand. Leider waren die Röcke weiter geschnitten als es die aktuelle Mode vorschrieb (eine Notwendigkeit, wenn sie über die verachteten Reifen passen sollten), aber der hellblaue

Samtüberrock war mit einer breiten Goldlitze eingefasst und endete in einer äußerst imposanten Schleppe. Julia erinnerte sich nicht ohne Grund an diese beängstigende Eigenschaft: als frisch verheiratete Viscountess Fieldhurst hatte sie Stunden damit verbracht, vor einem Spiegel zu üben, um die Kunst zu meistern, sich rückwärts aus der königlichen Präsenz zurückzuziehen, ohne über die üppigen Samtfalten zu stolpern.

Ja, das Kleid vom Hof würde das richtige sein. Sie hob es auf ihre Arme wie ein besonders schwerfälliges Kind und trug es in ihr Schlafzimmer. Es würde unmöglich für sie sein, es ohne fremde Hilfe anzuziehen, und noch weniger, ihr Haar in einem Stil zu frisieren, der der Gelegenheit würdig wäre, daher rief sie nach einem Hausmädchen, um den Platz einzunehmen, den Smithers kürzlich verlassen hatte.

„Vielen Dank, Mylady, ich helfe Euch so gern", hauchte die neunzehnjährige Betsy begeistert, in der sich die Dankbarkeit über ihre unerwartete Beförderung mit der angeborenen Liebe einer jungen Frau zu allem, was mit äußerem Schmuck zu tun hat, mischte. „So ein wunderschönes Kleid", fügte sie hinzu und strich mit ehrfurchtsvollen Fingern über das samtene Überkleid.

„Schön, ja – und schwer und unangenehm zu tragen, aber das einzige, was ich besitze, das auch nur annähernd für diesen Anlass geeignet ist", sagte Julia trocken, knöpfte die Vorderseite ihres pfirsichfarbenen Jerseykleides auf und zog es sich über den Kopf.

Mit Betsys Hilfe zog Julia das formelle Hofkleid an und stand bald vor dem Spiegel, geduldig wartend, während ihre einstweilige Zofe es im Rücken schloss. Sie war erfreut festzustellen, dass es immer noch so gut passte wie vor sieben Jahren, und verdrängte die Erkenntnis, dass dieser Umstand größtenteils der Tatsache zu verdanken war, dass sie kein Kind hatte empfangen können.

„Welchen Schmuck möchtet Ihr dazu tragen, Mylady?"

Dies war eine weitere Schwierigkeit, mit der Lady Fieldhurst nicht gerechnet hatte. Die Diamanten und Saphire, die sie bei ihrer Vorstellung zu dem Kleid getragen hatte, gehörten nicht ihr, sondern dem Viscount Fieldhurst und waren nach seinem Tod an George übergegangen, der sie seiner Frau überreicht hatte. Tatsächlich traf dies auf den größten Teil ihres Schmucks und alle der besten Stücke zu. Sie hatte ein schönes Set mit Opalen, das einst ihrer Mutter gehörten und das diese an ihre Tochter weitergegeben hatte, als ihre eigene Gesundheit schlechter wurde, was sie zwang, sich aus der Gesellschaft zurückzuziehen. Trotzdem befürchtete Julia, die Opale würden beim russischen Hof keinen Eindruck machen, egal wie gut sie auch waren.

Julia seufzte. Was ihr an Qualität fehlte, muss sie versuchen, mit Quantität zu kompensieren.

„Hol mir meine Schmuckschatulle, Betsy", sagte sie.

Als das Dienstmädchen gehorchte, ließ Julia sich von

ihm mit fast jedem Teil, das sie besaß, schmücken. Nachdem Betsy fertig war, musterte Julia ihr Spiegelbild im Glas und dachte, dass sie nichts so sehr ähnelte wie einer wandelnden Werbung für Rundell and Bridge; trotzdem bezweifelte sie, wenn sie sich an die juwelenbehängten russischen Damen erinnerte, die in der königlichen Loge des Drury Lane gesessen hatten, dass diese ihren übertriebenen Schmuck als unpassenden empfinden würden.

Dann setzte sie sich an ihren Schminktisch, damit Betsy ihr die Haare frisieren konnte, was das Mädchen tat, indem es Julias goldene Locken auf ihren Kopf zusammenfasste und winzige Korkenzieherlocken dazu brachte, über ihre Ohren zu fallen. Tatsächlich stellte sie sich dabei so geschickt an, dass Julia vermutete, Betsys Freizeit wäre häufig damit gefüllt, ähnliche Versuche an ihrem eigenen Kopf durchzuführen.

„Was wollt Ihr in Eurem Haar tragen, Mylady?", fragte Betsy und trat zurück, um ihre Handarbeit zu bewundern. „Federn vielleicht, oder würdet Ihr Blumen bevorzugen?"

Julia war auf diese Frage vorbereitet, da sie im Kopf an erster Stelle gestanden hatte, während Betsy ihre Frisur arrangierte. Federn waren ihrer Meinung nach zu speziell für eine Vorstellung bei Hof bestimmt, da nicht weniger als sieben Straußenfedern für diesen Anlass *de rigueur* waren. Blumen hingegen waren sicherlich besser für ein Mädchen frisch aus dem Schulzimmer geeignet als für eine Witwe von siebenundzwanzig Jahren.

Es gab jedoch noch eine Alternative, auf die sie nie zurückgegriffen hatte, und wenn sie ganz ehrlich war, auf die sie geglaubt hatte, nie zurückgreifen zu wollen. Ein edelsteinbesetztes Diadem ruhte ganz unten in der Schmuckschatulle, unter einem falschen Boden. Es war in der Tat ein Teil des Fieldhurst-Schmucks, doch als Julia versucht hatte, es der Frau zu übergeben, die es jetzt rechtmäßig besitzen sollte, hatte Georges bescheidene Frau über die bloße Idee gelacht und ihrer Vorgängerin versichert, dass sie keine Gelegenheit haben würde, ein so extravagantes Stück zu tragen und sie gebeten, es bis zu dem Tag zu behalten, an dem Georges Sohn und Erbe eine Frau nehmen würde. Julia hatte auch keine Gelegenheit gehabt, es zu tragen, weshalb es vergessen im Boden ihres Schmuckkastens schmachtete. Mrs. John Pickett würde noch weniger Anlass für eine solche Zurschaustellung von Üppigkeit haben, aber sie würde sie jetzt tragen, solange sie die Gelegenheit dazu hatte und aus dem würdigsten aller Gründe.

„Schau in den Boden des Schmuckkästchens, Betsy", wies sie das junge Mädchen an. „Nein, er lässt sich hochheben, siehst du? Ja, hier."

„Ohhh!", hauchte Betsy, als sie sah, was darunter lag. „Oh, Ma'am!"

Tatsächlich war Julias Reaktion, als sie im Spiegel ihr Bild sah, das mit diesem Diadem geschmückt war, ähnlich. Sie fragte sich flüchtig, was Mr. Pickett wohl denken würde, wenn er sie so sähe, und beschloss, dass es viel besser wäre, wenn es nicht dazu käme; er würde sehr wahrscheinlich entscheiden, dass er es nicht wert wäre, auch nur den Saum ihres Gewands zu küssen, und darauf bestehen, sie aus dieser Ehe zu befreien, ungeachtet seiner eigenen Gefühle in dieser Angelegenheit. Er war, wie Mr. Colquhoun bemerkt hatte, ein Mann, der wie nur wenige zu großartigen, romantischen Gesten neigte.

Als Julia nun ihre Toilette beendet hatte, hob sie die blaue Samtschleppe über ihren Arm und stieg vorsichtig die Treppe hinunter, gefolgt von Betsy und begleitet von Rogers, der besorgt vor ihr herging, ständig bereit, seine Herrin aufzufangen, sollte sie über ihren Saum stolpern und stürzen. Sie erreichte das Erdgeschoss jedoch ohne Missgeschick und erlaubte Rogers, ihr in die Kutsche zu helfen, die bereits an der Tür wartete. Sie nahm rasch Platz und ihr schien kaum Zeit vergangen zu sein, als sie vor dem Grillon's Hotel in der Albemarle Street abgesetzt wurde. Drinnen angekommen fragte sie nach der Prinzessin Olga Fjodorowna und man versicherte ihr, dass die russische Aristokratin tatsächlich dort wohnte, ebenso wie der größte Teil ihres Gefolges.

Lady Fieldhurst schickte ihre Karte nach oben und wurde zu einem Stuhl geführt, auf dem sie sitzen konnte, während sie auf eine Antwort wartete. Sie hoffte, dass sie nicht allzu optimistisch gewesen war, als sie Mr. Colquhoun versichert hatte, Zugang zu so erhabenen Kreisen zu haben; in Wahrheit (obwohl sie vermutete, dass ihr Mr. Pickett den Unterschied kaum würdigen würde) standen die Viscounts auf der Leiter der Aristokratie ziemlich weit unten: zwar höher als Barone und Baronets, aber unter Earls, Marquessen und Herzögen. Und dann gab es die königlichen Herzöge, Gesetze für sich, die das Gegenstück von Prinzessin Olga in der britischen Aristokratie waren. So wie Julia nicht zur Tür des St. James' Palast marschiert wäre und um Zutritt gebeten hätte, hoffte sie, dass sie sich nicht zu viel herausnähme, die russische Prinzessin in ihrem Hotel einfach aufzusuchen.

Sie hätte sich keine Sorgen zu machen brauchen. Die Sitzfläche ihres Stuhles war unter ihr noch kaum warm geworden, als eine Dienerin mit gestärkter Schürze und Rüschenhäubchen sich ihr näherte. „Mylady Fieldhurst?", fragte sie auf Englisch mit einem charmanten Akzent.

„Ja", bestätigte Julia vorsichtig nickend, damit sich das Diadem nicht lockerte.

„Ihre Königliche Hoheit, die Prinzessin Olga Fjodorowna, wird Euch empfangen", fuhr die Frau fort. „Wenn Ihr mir bitte folgen wollt?"

Julia tat es und wurde bald in das luxuriöseste Hotelzimmer eingelassen, das sie je gesehen hatte. Sie fragte sich, ob die Zimmer im Grillon's immer so extravagant eingerichtet waren oder ob dieses Zimmer mit den eigenen Sachen der Prinzessin ausgestattet war. So oder so blieb ihr nicht viel Zeit, sich mit der Frage zu befassen, denn die

Prinzessin Olga Fjodorowna saß in einem Sessel vor dem Feuer und stützte ihre knotigen, ringgeschmückten Hände auf den kunstvoll geschnitzten Kopf eines Ebenholzrohrs.

„Eure Königliche Hoheit", sagte Julia und versank in dem tiefen Hofknicks, der eines Königs würdig gewesen wäre. „Danke, dass Ihr bereit wart, mich zu empfangen."

„Lady Fieldhurst." Die Prinzessin grüßte Julia mit einem Nicken und deutete dann auf den freien Sessel neben ihrem eigenen. „Bitte, setzt Euch. Ich nehme an, Ihr seid hier, um über den Diebstahl meines Schmucks zu sprechen?"

„Ich – warum, ja, das bin ich", sagte Julia, etwas überrascht von der direkten Art und Weise, in der die Prinzessin ein Thema ansprach, von dem Julia befürchtet hatte, dass es eine gewisse Übung der Diplomatie erfordern könnte, um sich ihm zu nähern. „Ich war an diesem Abend auch im Theater."

„Ich erinnere mich, Euch dort gesehen zu haben", sagte die Prinzessin in ausgezeichnetem, wenn auch leicht akzentuiertem Englisch. „Ihr saßt in der Loge gegenüber mit einem bemerkenswert gut aussehenden jungen Mann. Der Prinz von Wales sagte mir, wer Ihr seid – ich kannte Euren Ehemann ein wenig, nachdem ich ihn im Laufe der Jahre durch seine Verbindung mit dem Außenministerium getroffen hatte – aber was Euren Begleiter anging, gab der Prinz an, nichts über ihn zu wissen."

„Nein, Seine Königliche Hoheit kannte Mr. Pickett nicht.

Tatsächlich war mein Begleiter an diesem Abend einer der Bow Street Läufer, die zu Eurem Schutz eingesetzt wurden."

„Ich verstehe. Na, dann ist es ja gut, dass er gut aussieht, nicht wahr? Nein, kein Grund zum Rotwerden, Mädchen", fügte sie hinzu, als sie Julias blitzende Augen und errötende Wangen bemerkte. „Um ehrlich zu sein, hätte es wohl keine Rolle gespielt, wie viele Eurer Bow Street Läufer beauftragt wurden, die Diamanten zu bewachen. Wenn selbst das Feuer nicht ausreichte, um den Diebstahl zu verhindern, was hätte ein bloßer Diebfänger tun können?"

„Ihr mögt recht haben", räumte Julia ein, „aber ich muss dem widersprechen, dass Mr. Pickett nur ein ‚bloßer Diebfänger' wäre."

„Oh?" Die sorgfältig gezupften Augenbrauen der Prinzessin wanderten auf ihren Haaransatz zu. „Und wie ist die Meinung Eures gut aussehenden Bow Street Läufers über den Diebstahl?"

Julia seufzte. „Was auch immer er denkt, kann er es uns derzeit nicht mitteilen. Er wurde bei der Flucht vor dem Feuer schwer verletzt und obwohl er lichte Momente hat, ist er nicht in der Verfassung, über irgendetwas zu sprechen, das er gesehen haben könnte."

„Wie schade", bemerkte die Prinzessin. Sie warf einen Blick auf einen kleinen Tisch in einer Ecke des Raumes, an dem hohe weiße Kerzen eine gemalte Ikone einer melancholischen Madonna und eines seltsam proportionierten

Christuskindes flankierten. „Ich werde eine Kerze für ihn anzünden, ja?"

„Ich – ja, danke", sagte Julia, berührt von der Aufmerksamkeit der russischen Dame. „Das würde ich sehr zu schätzen wissen."

Die Prinzessin musterte sie streng. „Ich glaube, Eure Zuneigung zu diesem jungen Mann geht über das Berufliche hinaus, nicht wahr? Nehmt ihn als Liebhaber, wenn es sein muss, aber es steht einer Frau Eurer Stellung nicht an, sich in der Öffentlichkeit mit ihm zu zeigen, wie Ihr es an jenem Abend getan habt. Wir müssen hoffen, dass das Feuer die Erinnerung an Eure Indiskretion im Theater im kollektiven Gedächtnis der feinen Gesellschaft verdrängen wird."

Julia spürte, wie sie unter dem allzu klarsichtigen Blick der Frau rot wurde. Sie schämte sich nicht, sich vor aller Welt zu Mr. Pickett als ihrem Ehemann zu bekennen, aber sie hatte ihre Lektion gelernt. Das letzte Mal, als sie behauptete, Mrs. Pickett zu sein, hatte sie herausgefunden, dass sie beide durch diese Erklärung in einer legalen schottischen Ehe gefesselt waren; sie würde es nicht wieder ohne sein Wissen und noch weniger ohne seine Erlaubnis tun.

„Ich danke für Eure Besorgnis, Königliche Hoheit, aber sie ist unnötig. Ich habe keine Indiskretion begangen. Tatsächlich war die Begleitung Mr. Picketts Teil des Plans zum Schutze Eurer Diamanten. Meine Anwesenheit hatte lediglich den Zweck, ihn in einer Loge weniger auffällig erscheinen zu lassen, als wenn er allein gewesen wäre und wenn nötig, ihn davon abzuhalten, irgendwelche offensichtlichen Fehler in der Etikette zu begehen, die sein Inkognito hätten verraten können."

„Aha! Ich verstehe", sagte die Prinzessin, und dass sie diese Erklärung so bereitwillig akzeptierte, ließ Julia trotzig entschlossen werden, dafür zu sorgen, dass Mr. Pickett nicht unterschätzt wurde.

„Auf persönlicher Ebene muss ich jedoch zugeben, dass Mr. Pickett mir ein sehr lieber Freund ist, und noch dazu einer, dem ich vieles schulde. Außer, dass er mich aus dem brennenden Theater gerettet hat, bewahrte er mich schon früher davor, wegen des Mordes an meinem Ehemann gehängt zu werden." Da sie ihre Gelegenheit sah, das Gespräch von einem so vertraulichen Thema abzulenken – und wieder zu dem, weshalb sie die Prinzessin überhaupt aufgesucht hatte – fügte sie hinzu: „Deshalb habe ich auch alles Vertrauen in seine Fähigkeit, Eure Diamanten wiederzubeschaffen, wenn er erst ausreichend genesen ist."

„Dann müssen wir beten, dass seine Genesung schnell vonstattengeht", sagte Prinzessin Olga mit einem krächzenden Lachen, „denn ich fürchte, dass der arme Wladimir Grigorjewitsch kein solches Vertrauen hat, wenn es die Männer Eurer Bow Street betrifft."

„Wladimir Grigorjewitsch", wiederholte Julia, und verglich den Namen mit dem von Mr. Colquhoun erwähnten und fand sie gleich. „Wäre das der große, bärtige Herr in Eurer Loge an diesem Abend?"

„Ja, und seine Frau Natascha war auch da. Sie war diejenige, die bei dieser Gelegenheit die Diamanten trug. Ich nehme an, Wladimir befürchtet, dass es schlecht für ihn aussieht, dass die Diamanten gestohlen wurden, während sie sich im Besitz seiner Frau befanden. Eine ehrwürdige alte Familie, wisst Ihr – er ist mütterlicherseits mit der Zarin verwandt –, aber kein Geld, umso bedauerlicher."

Julia machte angemessene, bedauernde Geräusche, aber in ihrem Kopf kreisten die Gedanken. Hier gab es in der Tat ein Motiv! Sie hatte eine Vorstellung davon, wie teuer es sein konnte, ständig zum Gefolge des Königshauses zu gehören; einige der Bekannten ihres verstorbenen Mannes gehörten zum verschwenderischen Carlton House Set des Prinzen von Wales und waren infolgedessen hoch verschuldet. Wenn das bei Wladimir Grigorjewitsch und seiner Frau der Fall war, dann musste ihnen die jüngste Serie von Juwelendiebstählen, die London heimgesucht hatte, als ein Glücksfall erschienen sein. Gäbe es einen besseren Weg, um die eigenen Finanzen zu sanieren, als die Juwelen zu stehlen, auf die man aufpassen sollte, besonders wenn alle, von Prinzessin Olga bis Mr. Colquhoun und seiner Truppe in der Bow Street, einen solchen Versuch erwarteten? Das Feuer konnte diese Absicht nur erleichtert haben, da man leicht hatte behaupten können, dass sie während des Chaos um die Evakuierung der königlichen Partei aus dem brennenden Theater gestohlen worden sein mussten. Leider blieb da immer noch die Frage, wie sie in die Tasche von Mr. Picketts Rock gekommen waren.

„Es muss für seine Frau äußerst beunruhigend sein, dass der Schmuck tatsächlich gestohlen wurde, während er sich in ihrer Obhut befand", stellte Julia fest.

Prinzessin Olga neigte ihren grauen Kopf. „Ja, sie war ganz, wie sagt man, hysterisch, als sie merkte, dass sie verschwunden waren. Natürlich waren aller Nerven angespannt, wegen des Feuers. Dem Himmel sei Dank, dass der junge Mann uns rechtzeitig gewarnt hat!"

„‚Junger Mann'?", wiederholte Julia. „Welcher junge Mann war das?"

Schon, als sie die Frage stellte, erinnerte sie sich daran, dass es unmöglich Mr. Pickett gewesen sein konnte, da er ihre Loge nie verlassen hatte. In der Tat, angesichts des fortgeschrittenen Alters ihrer Königlichen Hoheit, könnte die Prinzessin Olga jeden Mann unter fünfzig Jahren als „jungen Mann" bezeichnet haben.

„Ich bedauere, dass ich den Namen des Mannes nie erwähnen hörte", antwortete die Prinzessin. „Schade, denn ich hätte mir gewünscht, dass er für seine Bemühungen in unserem Namen belohnt würde. Ich werde sicherlich mit Eurem Prinzen von Wales über dieses Thema sprechen."

„Wie sah dieser junge Mann aus, Königliche Hoheit?

Was hat er getan, was Ihr für einer Belohnung wert haltet?"

„Er betrat unsere Loge – eigentlich ziemlich ungebeten, aber angesichts dessen, was folgte, waren wir nicht geneigt, auf Zeremonie zu bestehen – und erklärte uns, dass im Theater Feuer ausgebrochen wäre und wir es mit aller gebotenen Eile verlassen müssten. Was wir dann auch taten", fügte sie mit Nachdruck hinzu. „Was sein Aussehen angeht, so war es eher, was ist das Wort, ungeschrieben?"

„Unscheinbar", sagte Julia und nickte verstehend. „Unauffällig."

„Ja, so war es. Er war irgendwo zwischen dreißig und vierzig Jahre alt und seine Haare weder dunkel noch hell."

Eine eher wenig hilfreiche Beschreibung, dachte Julia, und eine, die auf Hunderte, wenn nicht Tausende von Londons männlichen Einwohnern hätte passen können. Dennoch musste sie sich fragen, ob sich der „junge Mann" nicht auch den Diamanten der Prinzessin Olga beim Entkommen geholfen hatte, vielleicht mit der Unterstützung ihrer Trägerin. Es wäre mit Sicherheit vorsichtiger gewesen, die Hilfe eines Außenstehenden in Anspruch zu nehmen, anstatt zu riskieren, dass die gestohlenen Diamanten bei Natascha oder ihrem Ehemann Wladimir entdeckt würden. In diesem Fall könnten sie natürlich immer behaupten, sie gefunden zu haben. Sie schüttelte verwirrt den Kopf. Es gab so viele Möglichkeiten, die in Betracht gezogen werden mussten! Wenn John Pickett jeden Tag mit so etwas zu tun hatte, dann verdiente er jeden seiner fünfundzwanzig Shilling in der Woche und noch viel mehr.

„Und nachdem dieser, äh, junge Mann Euch anwies, das Theater zu verlassen, fiel Euch auf, dass die Diamanten verschwunden waren?"

„Erst als wir draußen waren und eilig zur Kutsche des Prinzen geführt wurden." Die Prinzessin packte den Knauf ihres Stocks so hart, dass ihre Knöchel weiß wurden – zweifellos durchlebte sie erneut die Angst und den Schrecken jener Nacht.

„Ist es also möglich, dass die Diamanten gestohlen wurden, während Ihr aus dem Theater floht?"

Die Prinzessin zuckte mit den mageren Schultern. „Ich nehme es an. In all dem Durcheinander hätte jede Menge Schmuck gestohlen werden können, ohne dass wir das Geringste bemerkt hätten. Ich fürchte, unsere Flucht aus dem Theater verlief kaum in einer zu unserer Stellung passenden Art und Weise, aber der Gedanke an Würde neigt dazu, in den Wind geschlagen zu werden, wenn das Leben in Gefahr ist."

Julia, die sich daran erinnerte, wie sie ihre Röcke bis über ihre Knie gerafft und ihre Beine fest um Mr. Picketts Taille geschlungen hatte, konnte dem nicht widersprechen.

Zu spät erkannte sie, dass sie zugelassen hatte, sich von Prinzessin Olgas anonymem „jungen Mann" ablenken zu lassen, und versuchte, das Gespräch wieder auf Wladimir Grigorjewitsch und seine Frau zu bringen. Leider schien die

Prinzessin zu diesem speziellen Thema nichts mehr zu sagen zu haben und Julia war nicht in der Lage, die Unterhaltung in dieser Richtung weiterzuführen, ohne Fragen zu stellen, die man nur als unverschämt hätte ansehen müssen. Sie tauschten fruchtlose Vermutungen über die Ursache des Feuers, den Schaden am Theater und die Wahrscheinlichkeit seines Wiederaufbaus aus, und sobald sie es taktvoll tun konnte, verabschiedete Julia sich. Bevor sie zu Picketts Wohnung zurückkehrte und Mr. Colquhoun über ihre Ergebnisse berichtete, gab es noch etwas, was sie tun wollte. Sie würde vielleicht keine bessere Gelegenheit bekommen und sie war sich ohnedies überhaupt nicht sicher, ob sie Mr. Colquhoun überreden könnte, dem zuzustimmen. Sie erkundigte sich am Hotelempfang und schickte ihre Karte zu Wladimir Grigorjewitschs Frau Natascha hinauf.

* * *

Lady Fieldhurst war vielleicht seit einer Stunde fort, als Pickett anfing, sich zu rühren, unzusammenhängend murmelte und unter den Decken hin und her schlug.

„John?", rief Mr. Colquhoun, legte die von ihm mitgebrachte Ausgabe der *Times* beiseite und zog seinen Stuhl näher an das Bett. „John, könnt Ihr mich hören?"

Picketts braune Augen öffneten sich unter flatternden Lidern. „Sir?" Er drehte seinen Kopf suchend von einer Seite zur anderen. „Wo ist …?"

„Lady Fieldhurst wird in Kürze zurückkehren. Bis dahin,

fürchte ich, werdet Ihr Euch mit mir begnügen müssen. Wie fühlt Ihr Euch?"

Pickett lachte zittrig. „Es ging mir schon besser."

„Ihr habt auch schon besser ausgesehen, wenn ich das sagen darf", bemerkte der Richter. „Tut Euer Kopf weh? Ich kann Euch etwas Laudanum geben, wenn Ihr das braucht, und ich wurde angewiesen, Euch einen Tee aus Weidenrinde zu brauen, gegen das Fieber, wenn Ihr denkt, dass Ihr ihn trinken könnt."

Bei der Erinnerung an den bitteren Tee verzog Pickett den Mund, nickte aber.

„Also gut, dann werde ich das Wasser zum Kochen bringen." Mr. Colquhoun verließ den Raum lange genug, um den Kessel über dem Feuer zu platzieren, kehrte dann ins Schlafzimmer zurück und verabreichte das versprochene Laudanum.

„Welcher Tag ist heute?", fragte Pickett und lehnte sich gegen die Kissen zurück, als die Medizin unten war.

„Es ist Dienstag, der letzte Tag im Februar."

„Dann – die Annullierung ..."

„Macht Euch keine Gedanken über die Annullierung, mein Junge", riet der Richter und tätschelte seine Schulter. Er glaubte, dass es Lady Fieldhurst ziemlich ernst gewesen war, als sie erklärt hatte, dass es keine Annullierung geben sollte, aber so gern er Pickett beruhigt hätte, war dies eine Unterhaltung, die zwischen diesen beiden geführt werden musste und in der er keine Rolle spielen würde. Mehr in der Hoffnung, die Gedanken des Jungen abzulenken, als in der Erwartung, neue Informationen zu erhalten, fragte er: „Erinnert Ihr Euch an etwas vom Theater? Alles vor dem Feuer, meine ich. Habt Ihr etwas Verdächtiges bemerkt, jemanden, der sich seltsam verhielt?"

Pickett schnitt bei der Anstrengung, sich zu erinnern, eine Grimasse. „Vor dem Feuer – in der königlichen Loge …"

„Wartet, ich glaube, das Wasser für Euren Tee kocht", sagte der Richter und erhob sich von seinem Stuhl.

Aber bis er den Kessel abgenommen, die getrocknete Weidenrinde hinzugefügt und das Gebräu zurück in Picketts Zimmer getragen hatte, hatte das Laudanum zu wirken begonnen, trübte Picketts Gedanken und ließ seine Aussprache undeutlich werden.

„Ja, John, was sagtet Ihr über das Theater?", fragte Mr. Colquhoun zwischen zwei Versuchen, ihm kleine Schlucke von Weidenrindentee einzuflößen.

„Die Loge … hätte nicht dort sein sollen …"

„Nein, Ihr hättet nicht dort sein sollen", sagte der Richter mit einem Seufzer und stellte den Weidenrindentee als vergebene Liebesmüh beiseite. „Keiner von Euch hätte dort sein sollen. Es ist ganz allein meine Schuld."

Pickett verfiel wieder in Bewusstlosigkeit, ohne zu antworten.

* * *

Lady Fieldhurst musste nicht lange warten, bis sie zu der russischen Dame gerufen wurde.

„*Madame* Grigorjewitsch?", fragte sie und erinnerte sich aus einer längst vergangenen Unterrichtsstunde mit ihrer Gouvernante, dass die russische Aristokratie die Anredeformen der französischen Sprache verwendeten, wobei Französisch, wie sie vermutete, die Sprache der Diplomatie war.

„*Nyet*", sagte die Frau mit hochgezogenen Brauen. „Ich bin Natascha Iwanowna."

„Ich – ich bitte um Verzeihung", stammelte Lady Fieldhurst. „Mir wurde zu verstehen gegeben, dass Ihr die Frau von Wladimir Grigorjewitsch wäret."

„*Da*, ich bin *Madame* Dombrowskaja."

Lady Fieldhurst schüttelte verwirrt den Kopf. „Ich – ich fürchte, ich verstehe das nicht, *Madame*." Zumindest mit der *Madame* schien sie es richtig gemacht zu haben.

Die russische Dame, wie auch immer sie heißen mochte, schenkte ihr ein eher herablassendes Lächeln. „Unsere russischen Namen sind nicht wie Eure englischen. Wir haben das Patronym, was Ihr den Nachnamen nennt, *da*, aber es ist für Männer und Frauen unterschiedlich. Mein Mann, er ist Wladimir Grigorjewitsch Dombrowski, weil er der Sohn von Gregor Dombrowski ist. Ich, ich bin Natascha Iwanowna Dombrowskaja. Iwanowna, weil ich die Tochter von Iwan bin, und Dombrowskaja, weil ich die Frau von Monsieur

Dombrowski bin."

„Verstehe", murmelte Lady Fieldhurst, obwohl sie völlig verwirrt war. Sie vermutete, dass es für die Russen einfacher sein musste, da sie diese Unterschiede von Kindheit an lernten. Sie fragte sich, ob die ungeschriebenen Regeln, die die britische Aristokratie beherrschten, für Mr. Pickett ebenso verwirrend waren, der in seiner Jugend keine Gouvernante oder Lehrerin gehabt hatte, um ihn zu unterrichten. Sie entschied, dass dies der Fall sein musste und erinnerte sich an seine kleinen, aber deutlichen Fehltritte im Theater. Und während außer *Madame* Dombrowskaja (oder wie auch immer sie heißen mochte) niemand von ihren eigenen Fehlern erfahren würde, war er gezwungen gewesen, seine Rolle als Gentleman vor mehr als dreitausend Menschen zu spielen – und bis auf ein oder zwei kleinere Fehler hatte er sich benommen, als wäre er dazu geboren. Diese Erkenntnis ließ sie ihn umso mehr bewundern. Es dürfte für ihn nicht leicht gewesen sein, sich in so unbekannten Gewässern zu bewegen, und zum ersten Mal erkannte sie, dass sie viel von ihm verlangte, wenn sie ihn bäte, seine vertraute Lebensweise für eine bessere, doch fremde aufzugeben. Sie schwor sich insgeheim, dass sie ihm nie Grund geben würde, es zu bedauern.

„Nun, da wir festgestellt haben, was sagt man, meine Identität", sagte Madame Dombrowskaja und deutete auf ein mit strohfarbenem Brokat bezogenes Sofa. „Wie kann ich

Euch helfen?"

Julia nahm den angebotenen Platz an und ihre voluminöser Schleppe bildete eine Pfütze aus blauem Samt um ihre Füße. „Eigentlich hatte ich gehofft, Euch behilflich sein zu können", gestand sie. „Soweit ich weiß, habt Ihr Prinzessin Olgas Diamanten getragen, als sie während Eurer Flucht aus dem Theater gestohlen wurden."

„*Da*, was ist damit?" Natascha Iwanownas freundliches Auftreten kühlte sich beträchtlich ab. Ein schlechtes Gewissen, fragte sich Julia, oder war sie es nur müde, Fragen zu beantworten? Als Julia an die dunklen Tage zurückblickte, in denen sie die Hauptverdächtige der Ermordung ihres Mannes gewesen war, vermutete sie, dass viele ihrer eigenen Handlungen, die aus Schock und Angst entstanden waren, als Beweis für Schuld hätten gedeutet werden können. Sie hatte Glück gehabt, dass Mr. Pickett die allgemeine Vermutung nicht geteilt hatte; sicherlich muss sie das bei Madame Dombrowskaja ebenso berücksichtigen.

„Es muss sehr unangenehm sein, etwas Wertvolles zu verlieren, das jemand anderem gehört", sagte Julia in mitfühlendem Tonfall. „Ich erinnere mich, dass ich in meiner ersten Saison in Bath einmal die Perlen meiner Mutter verloren habe. Ich fühlte mich deshalb schrecklich, zumal sie das Hochzeitsgeschenk meines Vaters an sie gewesen waren."

Madame Dombrowskaja sah sie von oben herab an. „Es gibt einen großen Unterschied zwischen den Perlen Eurer

Mutter und den Diamanten der Prinzessin Olga."

„Ja, das nehme ich an", räumte Julia ein und bemühte sich sehr, zunächst von der Unschuld einer Frau auszugehen, für die sie eine wachsende Abneigung empfand. „Trotzdem, Mamas Perlen sind irgendwann aufgetaucht, und ich habe keinen Zweifel, dass Prinzessin Olgas Diamanten dasselbe tun werden."

Die Russin schnaubte verächtlich. „Vielleicht. Aber diese Perlen, Ihr wart so dumm, sie durch Eure eigene Nachlässigkeit zu verlieren. Die Diamanten ihrer Königlichen Hoheit wurden gestohlen. Es ist überhaupt nicht dasselbe, *nyet*?"

„Äh, *nyet*", stimmte Julia zu. „Ich nehme an, sie sind sehr wertvoll?"

„Mehr, als eine englische Viscountess wissen kann", gab Madame Dombrowskaja zurück.

„Ich bezweifle es nicht", sagte Julia mit einem ziemlich gezwungenen Lächeln und akzeptierte die Beleidigung, wie sie gemeint war. „Trotzdem muss man sich fragen, was der Dieb – oder die Diebin – glaubt, mit ihnen anfangen zu können. Sicher würden sie erkannt, wenn sie getragen würden, nicht wahr?"

„*Da*. Na und?"

„Vielleicht hat der Dieb das erst in Betracht gezogen, nachdem er – oder sie – die Tat begangen hatte", meinte Julia. „Vielleicht hat der Dieb, nachdem er die Diamanten gestohlen hatte, erkannt, dass er nicht hoffen konnte, Gewinn aus ihnen zu schlagen, und versucht, sie zu beseitigen, bevor sie in seinem – oder ihrem – Besitz gefunden wurden."

Die hochmütige Russin runzelte die Stirn. „Was wollt Ihr damit sagen?"

„Ich gebe nur zu bedenken, dass der Dieb aus Angst vor Schande beschlossen haben könnte, sie loszuwerden, indem er, sagen wir, sie in die Tasche einer unschuldigen und ahnungslosen Person steckte."

„*Pah*! Warum sollte jemand so etwas tun? Das ergibt keinen Sinn!" Sie erhob sich von ihrem Stuhl, steif vor verletzter Würde. „Ich glaube, Ihr sprecht in Rätseln, Lady Fieldhurst, und ich habe keine Lust auf Rätsel. Ich wünsche Euch einen guten Tag."

So verabschiedet hatte Julia keine andere Wahl, als sich mit so viel Würde, wie sie aufbringen konnte, zu verabschieden. Sie erhob sich von ihrem Sitz auf dem Sofa, aber bevor sie sich zurückziehen konnte, öffnete sich die Tür, die das Wohnzimmer vom Schlafgemach trennte, und *Madame* Dombrowskajas Ehemann Wladimir betrat den Raum, dessen finsteres Gesicht durch ein heftiges Stirnrunzeln nur noch beängstigender erschien.

„Diese Engländerin, hat sie dich aufgeregt, *golubka*?", wollte er von seiner Frau wissen.

„Es war sicherlich nicht meine Absicht, *Madame* Gregor …, ähm, Iwanow …, ähm, Dombrowskaja, aufzuregen", sagte Julia so hastig, wie es die Sprachbarriere zuließ. „Ich wollte ihr nur wegen des Verlustes – äh, des Diebstahls, meine ich – von Prinzessin Olgas Diamanten mein Bedauern aussprechen. Wie ich *Madame*, ähm, Eurer Frau, Exzellenz, erzählte, glaube ich, dass ich ein wenig verstehen kann, wie sie sich fühlen muss, da ich einmal das Unglück hatte, Schmuck, der mir nicht gehörte, zu verlegen."

„Perlen", warf *Madame* Dombrowskaja mit einem verächtlichen Schnüffeln ein.

Julia hatte es für das Beste gehalten, nicht zu versichern, dass die Truppe der Bow Street sicher fähig sein würde, die Diamanten wiederzubeschaffen, denn wenn das russische Paar die Diamanten tatsächlich selbst gestohlen hätte, wären solche Versprechen das Letzte, was sie würden hören wollen. Doch nachdem ihr taktvoller Versuch, herauszufinden, wie die Diamanten in Mr. Picketts Besitz gekommen waren, entschieden zurückgewiesen worden war – und sie anscheinend sowieso kurz davor stand, sich eilig zu verabschieden –, konnte sie die Katze genauso gut aus dem Sack lassen und sehen, was sie, wenn überhaupt, aus ihrer Reaktion schließen könnte.

„Ich habe selbst mit der Bow Street Truppe zu tun gehabt und festgestellt, dass die Männer sowohl fähig als auch einfallsreich sind. Ich habe keinen Zweifel, dass die Diamanten in Kürze an die Prinzessin zurückgegeben werden und der Täter für seine Verbrechen bestraft wird."

Wladimir Grigorjewitsch murmelte etwas Unverständliches, das sich wenig schmeichelhaft für Mr. Colquhoun anhörte, ließ jedoch keine Anzeichen dafür erkennen, dass ihn die Aussicht auf Vergeltung für den Verbrecher störte. Die Erwähnung des Richters erinnerte Julia jedoch daran, dass dieser in Mr. Picketts Wohnung darauf wartete, dass sie ihn ablöste.

Sie war plötzlich ungeduldig, in die Drury Lane zurückzukehren. Sie konnte sich nicht entscheiden, ob die Empörung von Madame Dombrowskaja oder das streitbare Auftreten ihres Mannes echt waren oder nur Anzeichen eines schuldigen Gewissens. In der Tat war sie mehr als bereit, die ganze Angelegenheit in Mr. Colquhouns Schoß zu werfen – vorausgesetzt, dass sie das auf eine Art und Weise tun könnte, die ihr Wissen um die Diamanten nicht verriete. Sie seufzte. Möglicherweise hatte der Richter recht: Vielleicht war sie doch nicht für diese Art von Arbeit geeignet.

Nein, erinnerte sie sich, ihre Bemühungen waren nicht völlig vergeblich gewesen, denn sie hatte erfahren, dass das russische Paar für den Diebstahl der Diamanten ein Motiv gehabt hätte. Und wenn sie für einen Moment von ihrer ursprünglichen Absicht abgewichen und kurz Hirngespinsten nachgejagt war, hatte sie Mr. Pickett gelegentlich doch Ähnliches tun sehen. Aber die Wahrheit war irgendwo da draußen und sie würde nicht aufgeben. Nicht, solange Mr. Pickett sie brauchte.

15

In dem Julia den Fieldhursts die Stirn bietet

Julia verabschiedete sich von den russischen Aristokraten mit aller Würde, die sie aufbringen konnte, und wies den Kutscher an, sie direkt zu Picketts Wohnung in der Drury Lane zu bringen. Als er jedoch bereit war, ihr in die Kutsche zu helfen, erinnerte sie sich daran, dass das Restaurant im Grillon's Hotel unvergleichlich war. Sie war, wie sie zugab, der kalten Mahlzeiten, die ihr Koch jeden Tag zubereitete und die Thomas getreulich überbrachte, ein wenig müde geworden, und sie vermutete, dass Mr. Colquhoun auch zu einem schönen Rinderfilet mit Beilagen nicht nein sagen würde. Sie befahl dem Kutscher zu warten und ging wieder hinein, um ein Mittagsmahl zu bestellen. Als sie kurze Zeit später Picketts Wohnung betrat, hatte sie die Schleppe über dem Arm und einen Weidenkorb in der Hand.

„Na, na, Mylady, wie großartig Ihr aussseht!", rief der Richter aus. „Vielleicht ist es gut, dass Mr. Pickett schläft, denn Euer Anblick in vollem Ornat würde wahrscheinlich ausreichen, um den armen Jungen zu Tode zu erschrecken."

Julia schüttelte den Kopf. „Nein, nicht großartig, nur protzig. Trotzdem hat es mir geholfen, mich vor Prinzessin Olga und ihrem Gefolge nicht völlig zu blamieren." Sie wechselte zu einem Thema, das ihrer Meinung nach weit wichtiger als jede Menge russischer Prinzessinnen war. „Hat er denn die ganze Zeit geschlafen?"

„Nein, er ist kurz aufgewacht, ungefähr eine Stunde, nachdem Ihr gegangen wart."

„Das sind gute Nachrichten", sagte Julia, die sich ihrer Enttäuschung bewusst war, einen seiner allzu seltenen wachen Momente verpasst zu haben.

„Ich fürchte jedoch, ich bin eine schlechte Krankenschwester", fuhr Mr. Colquhoun fort. „Ich habe Wasser gekocht und Weidenrindentee gebraut, wie Ihr es mir erklärt hattet, aber ich habe den taktischen Fehler begangen, ihm zuerst Laudanum zu geben. Bis der Tee fertig war, hatte das Laudanum zu wirken begonnen, und ich konnte ihn nicht überreden, lange genug wach zu bleiben, um ihn zu trinken. Es tut mir leid, Mylady. Ich gestehe, mein einziger Gedanke war, ihm Erleichterung von den Schmerzen zu verschaffen."

„Das kann ich Euch nicht vorwerfen, Mr. Colquhoun. Ich hätte ihn auch nicht leiden lassen wollen." Sie seufzte. „Ich muss feststellen, dass diese Arbeit der Pflege größtenteils auf Versuch und Irrtum beruht – und ich gebe zu, mehr als meinen

Anteil an Fehlern gemacht zu haben. Wenn er sich erholt, fürchte ich, dass es trotz mir sein wird, und nicht wegen etwas, was ich getan habe."

Insgeheim vermutete Mr. Colquhoun, dass es die ständige Anwesenheit von Lady Fieldhurst war, die Pickett sich ans Leben klammern ließ. Laut sagte er jedoch nur: „Was ist das für ein Geruch, meine Dame? Wenn das Euer Parfüm ist, müsst Ihr mir sagen, woher Ihr es habt, damit ich meiner Janet ein Fass davon kaufen kann."

Julia lachte. „Es ist Mittagessen aus dem Grillon's. Habt Ihr gegessen? Ich nahm an, Ihr würdet mit Rinderfilet und Bratkartoffeln etwas anfangen können."

„In der Tat", sagte der Richter mit echter Begeisterung. „Vielen Dank, Mylady. Es war gut von Euch, daran zu denken."

Während Mr. Colquhoun den Korb auspackte, holte Julia die Flasche Wein, die zu Thomas letzter Lieferung gehört hatte. Da sie keine Weingläser fand, musste sie ihn in Teetassen gießen, woraufhin Mr. Colquhoun, weit davon entfernt, von dieser Verletzung der Etikette beleidigt zu sein, ihr versicherte, dass er bereit sei, im Notfall direkt aus der Flasche zu trinken. Julia wählte dann zwei angeschlagene Steingutteller aus Picketts bescheidener Sammlung aus und füllte sie mit Rindfleisch, Kartoffeln und dicken, mit Butter bestrichenen Brotscheiben. Da weder sie noch der Richter Pickett allein lassen wollten, trugen sie ihr Festmahl ins

Schlafzimmer, und Mr. Colquhoun brachte den dritten und letzten Stuhl in den Raum, um als provisorischer Tisch zu dienen.

„Ich wünschte, er würde aufwachen, damit wir ihm etwas zu essen anbieten könnten", sagte sie sorgenvoll und musterte Picketts schlummernde Gestalt. „Es scheint mir, dass er erschreckend dünn wird."

„Er wird schon bald genug wieder zunehmen, wenn er erst wieder gesund ist", sagte der Richter voraus.

Julia öffnete den Mund, um ihn dafür zu schelten, dass er so oberflächlich war, bemerkte dann die Falten auf seiner Stirn, als er seinen Schützling betrachtete, und erkannte, dass sein Optimismus eine Sorge verbarg, die ebenso groß war wie ihre eigene.

„Ich werde dafür sorgen, dass er es tut", antwortete sie, seine eigene fröhliche Art nachahmend. „Ich habe keine Lust, mit einer Vogelscheuche verheiratet zu sein."

„Aber sagt mir, Mylady", sagte der Richter über einen Mundvoll Lende hinweg, „wie war Euer Besuch bei Prinzessin Olga?"

„Ihre Königliche Hoheit war äußerst zuvorkommend", erinnerte sich Julia, als sie ihm Wein nachfüllte. „Sie hat mir etwas über Wladimir Grigorjewitsch Dombrowski erzählt, was Ihr meiner Meinung nach interessant finden werdet."

Mr. Colquhoun, der sich an seine eigene, weniger als freundliche Begegnung mit dem Russen erinnerte, lauschte gespannt. „In der Tat?"

„Es scheint, dass Wladimir und seine Frau Natascha Geld brauchen."

„Ach so? Das ist interessant. Bitte, fahrt fort, Mylady."

„Sie hat nicht viel mehr gesagt, nur, dass es sich bei der seinen um eine sehr alte Familie handelt, die mütterlicherseits mit der Zarin verwandt ist, und dass sie kein Geld haben." Sie machte eine Pause. „Ich konnte nicht anders, als zu denken, dass es viel einfacher sein müsste, Diamanten zu stehlen, wenn man sie bereits um den Hals trägt."

„Ein sehr guter Punkt, insbesondere angesichts der Tatsache, dass er mich wegen einer schnellen Verhaftung bedrängt hat."

Julia runzelte nachdenklich die Stirn. „Das hat er? Verzeiht mir, aber warum sollte er das tun, wenn er und seine Frau die Diebe sind?"

„Hastige Verhaftungen führen oft zur Verurteilung der Falschen, wessen Ihr Euch, dessen bin ich mir sicher, mehr als jeder andere bewusst sein dürftet." Er räusperte sich und fuhr stockend fort. „Und auch da muss ich mich noch bei Euch entschuldigen. Ich war zu schnell bereit zu glauben, dass Ihr Euch des Mordes an Eurem Mann schuldig gemacht hättet. Wäre jemand anderes als Mr. Pickett mit dem Fall beauftragt gewesen wäre, hättet Ihr Euch möglicherweise vor Gericht verantworten müssen."

„Glaubt mir, Mr. Colquhoun, ich bin mir völlig bewusst,

wie belastend die Beweise gegen mich ausgesehen haben müssen. In der Tat schulde ich Mr. Pickett mehr, als ich ihm je vergelten könnte. Aber Ihr habt von Wladimir Grigorjewitsch gesprochen."

„Ja, er war ziemlich lästig. Es scheint, dass Wladimir es darauf anlegt, einen unglücklichen Engländer für seine eigenen Verbrechen bezahlen zu lassen."

Julia, die genau wusste, welcher unglückliche Engländer als Opferlamm ausgewählt worden war, bemerkte, dass ihr Blick zu Pickett wanderte.

„Also, was passiert jetzt?", fragte sie den Richter.

„Ich werde die Informationen an den mit dem Fall beauftragten Läufer weiterleiten. Er muss sowohl Wladimir als auch seine Frau befragen – Natascha, sagtet Ihr, wäre ihr Name? – und dann anfangen, in den Pfandleihen in der Gegend herumzufragen."

Julia wollte gerade ihren eigenen Besuch bei Natascha erwähnen, aber bei der Erwähnung von Pfandhäusern zuckte ihre Hand krampfhaft und ließ ihren Wein über den Rand der Tasse schwappen. „P–Pfandhäuser, sagtet Ihr?" Sie war sehr beschäftigt damit, den verschütteten Wein aufzuwischen und verbarg dabei ihr verräterisches Gesicht vor dem Magistrat. „Warum Pfandhäuser?"

„Die Diebin – nehmen wir für den Moment an, dass es Natascha ist – kann die Diamanten unmöglich tragen, da sie sofort erkannt würden", erklärte Mr. Colquhoun und brachte dasselbe Argument vor, das sie Natascha Iwanowna Dombrowskaja selbst vorgehalten hatte. „Die logische Annahme ist daher, dass sie – oder ihr Ehemann – versuchen wird, sie zu verkaufen."

„Aber – aber sicher würde der Dieb, angenommen, er oder sie ist Russe, bis zu seiner Rückkehr nach Russland warten, um die Diamanten zu verkaufen", argumentierte Julia ziemlich verzweifelt.

„Meint Ihr?", fragte Mr. Colquhoun stirnrunzelnd, als ob ihm diese Möglichkeit nicht in den Sinn gekommen wäre. „Warum, wenn ich fragen darf?"

„Wenn sie noch in England verkauft würden, würde die Zahlung in britischen Pfund erfolgen", erklärte sie. „Sicherlich wäre es besser zu warten und in Rubel bezahlt zu werden, oder was auch immer sie in Russland benutzen."

„Hmm, ich verstehe Euren Standpunkt", bestätigte der Richter. „Trotzdem, Gold ist in jedem Land willkommen, und unser Dieb wird zweifellos die Diamanten so schnell wie möglich loswerden wollen. Und dann ist da noch die Tatsache, dass die anderen gestohlenen Juwelen in Pfandhäusern gefunden wurden. Wenn Wladimir und seine Frau die Diebe sind, dann müssen wir annehmen, dass dieser Diebstahl nichts mit den anderen zu tun hat, außer vielleicht sie auf die Idee gebracht zu haben. Wenn er jedoch von derselben Person und auf dieselbe Art und Weise begangen wurde wie die anderen, ist es naheliegend, dass die Diamanten höchstwahrscheinlich auf dieselbe Weise verkauft werden."

„Ich verstehe", sagte Julia stockend, als ihr klar wurde, dass es nur den Verdacht des Richters wecken würde, wenn sie zu sehr auf diesem Punkt bestünde. Sie sagte sich, selbst wenn der Läufer das Pfandhaus entdecken sollte, in dem Lucy die Diamanten verkauft hatte, würde seine erste Sorge höchstwahrscheinlich der Wiederbeschaffung des Schmucks gelten. Sicher, dachte sie verzweifelt, würde jeder Pfandleiher, der mit gestohlenen Gütern handelt, seine Quellen nur ungern preisgeben und so die Gans töten, die die goldenen Eier legte. Leider konnte sie sich nicht recht dazu bringen, selbst daran zu glauben. Sie befürchtete, der Pfandleiher würde nur zu begierig darauf sein, seinen Lieferanten zu verraten, um die Aufmerksamkeit der Bow Street von sich abzulenken. Sie konnte nur hoffen, dass der für den Fall zuständige Läufer seine Suche auf Pfandhäuser in den Hauptverkehrsstraßen beschränkte und die dunkleren Straßen wie Feathers Court unerforscht ließe.

Der Gedanke, dass die Diamanten zu Mr. Pickett zurückverfolgt werden könnten, reichte aus, um ihr den Appetit zu verderben, und sie ließ Mr. Colquhoun den letzten Teil des Festmahls beseitigen, was er mit Begeisterung tat. Er bestand darauf, das Geschirr aufzuräumen, da sie für das Essen gesorgt hatte, und sie ließ sich überreden; sie erinnerte sich nur allzu deutlich an das Fiasko mit dem Tee und hatte keine Lust, ihre Unkenntnis in häuslichen Arbeiten weiter zu offenbaren, als sie es bereits getan hatte.

Kaum hatte der Richter diese Aufgabe erledigt und wollte sich verabschieden, als ein Klopfen an der Tür die Wände erschütterte und eine Stimme von außen rief: „Mach die Tür auf, Cousine Julia! Ich weiß, dass du da drin bist."

„Oh, nein!", rief Lady Fieldhurst mit ersterbender Stimme aus. „George!"

„‚George'?", wiederholte Mr. Colquhoun.

„Lord Fieldhurst, sollte ich sagen", erklärte sie, und warf der Tür einen Blick voller Abneigung zu. „Der Cousin und Erbe meines Mannes – meines *verstorbenen* Mannes."

„Woher wusste er, wo Ihr zu finden seid?"

„Er wusste seit dem Tag nach dem Feuer, wo ich mich aufhalte."

Seine Stirn glättete sich. „Gut, dann! Wenn er irgendwelche Einwände gegen Eure Anwesenheit hier hätte, müsste er sie doch sicher Euch gegenüber bereits geäußert haben."

„Oh, das hat er getan, das kann ich Euch versichern! Doch ich fürchte, was ihn jetzt auf mich gehetzt hat, war ein gewisser Brief, den ich meinem Anwalt geschickt habe, in dem ich ihm für seine Bemühungen im Rahmen meines Auftrags bezüglich der Annullierung meiner Ehe mit Mr. Pickett dankte und ihn informierte, dass keine weitere Tätigkeit seinerseits erforderlich werden würde."

„Ich verstehe." Mr. Colquhoun runzelte die Stirn, als eine

neue Reihe von Schlägen von der anderen Seite der Tür ertönte.

„Ich werde ihm früher oder später gegenübertreten müssen", sagte Lady Fieldhurst mit einem Seufzer. „Ich schätze, ich kann es ebenso gut gleich hinter mich bringen."

Sie ging zur Tür, aber die Stimme des Richters hielt sie zurück. „Mylady, wollt Ihr, dass ich bleibe? Vielleicht könnte ich ihn in Bezug auf die Aussichten des Jungen beruhigen."

Darüber musste sie lächeln. „Ich meine mich zu erinnern, dass Ihr mir sagtet, seine Aussichten wären nicht mehr, als er selbst daraus machen könnte. Danke, Mr. Colquhoun, aber nein. Mr. Pickett braucht niemanden, der ihn verteidigt, und ich …" Sie holte tief Luft, um sich zu beruhigen. „… ich muss dies für mich selbst tun."

Und mit diesen Worten ergriff sie den Türknauf und öffnete die Tür.

Der Viscount blinzelte bei ihrem Anblick in dem, was Mr. Colquhoun als vollen Ornat bezeichnet hatte, und Julia war doppelt froh, dass sie sich nicht die Zeit genommen hatte, nach Hause zurückzukehren und sich umzuziehen.

„Es wird auch langsam Zeit, Cousine Julia", schimpfte George, der sich schnell erholte. Er rauschte in die Wohnung, gefolgt von zwei Frauen: einer älteren Dame in tiefschwarzen Trauergewändern, dahinter eine Frau mittleren Alters in einer rostroten Pelisse und einem entschuldigenden Lächeln.

Julia hielt ihr mit einem Diadem geschmücktes Haupt

hoch erhoben. „Guten Tag, George", sagte sie mit vernichtender Höflichkeit. „Mutter Fieldhurst und – Mylady." Sie war sich nie ganz sicher, wie sie Georges Frau ansprechen sollte, da sie beide den Titel Lady Fieldhurst trugen. Glücklicherweise war es ein Problem, das sich nur selten stellte, da sie den gegenwärtigen Viscount so weit wie möglich mied. „Darf ich Mr. Patrick Colquhoun vorstellen, den Richter des Amtsgerichts der Bow Street? Mr. Colquhoun, Lord Fieldhurst, die verwitwete Lady Fieldhurst und die derzeitige Viscountess."

Verbeugungen und Knickse wurden gewechselt, wie die notwendigste Höflichkeit verlangte, dann wandte sich Mr. Colquhoun wieder ihr zu und nahm ihre Hand in seine.

„Dann werde ich Euch jetzt verlassen, Mylady. Es sei denn", er senkte seine Stimme, „dass Ihr vielleicht doch wollt, dass ich bleibe?"

„Vielen Dank, Mr. Colquhoun, aber ich bin mir sicher."

„Nun gut, dann. Alles Gute." Er drückte ihre Hände leicht zur Beruhigung und ließ sie zurück, um sich allein der Missbilligung der Verwandten ihres verstorbenen Mannes zu stellen.

„Wollt Ihr nicht hereinkommen?", drängte Julia das Trio und deutete auf die Schlafzimmertür. „Ich habe diesen Raum geschlossen gehalten, damit er so warm wie möglich bliebe."

„Ich bin gekommen, um diesem Unsinn ein für alle Mal ein Ende zu bereiten", informierte der Viscount sie unverblümt und folgte ihr in das Schlafzimmer, in dem Pickett lag. „Pack zusammen, was auch immer du mit hierher gebracht haben magst, dann gehen wir. Die Kutsche wartet unten."

Sie saß auf dem Rand von Picketts Bett und bedeutete ihren unwillkommenen Besuchern, sich hinzusetzen. „Ich habe dir schon erklärt, George, warum das unmöglich ist."

Er ließ sich auf den mittleren der drei hochlehnigen Stühle fallen und wartete, bis seine Damen zu beiden Seiten Platz genommen hatten, bevor er verkündete: „Du machst dich lächerlich, Cousine Julia!"

„Tatsächlich? Aber ich vermute, es ist nicht die Furcht davor, dass *ich* lächerlich wirken könnte, sondern dass *du* es tust, was dir vor allem Sorge bereitet."

„Das ist jetzt nicht das Thema! Es gehört zu deiner Verantwortung als eine Fieldhurst …"

Der Augenblick war gekommen. Sie nahm Picketts reglose Hand in ihre beiden, umklammerte sie fest und schöpfte Kraft aus seiner Schwäche. „Aber ich bin keine Fieldhurst mehr. Ich bin Mrs. John Pickett."

„Mein Riechsalz!" Die verwitwete Viscountess fummelte in ihrem Réticule nach ihrer Vinaigrette, hob dann das filigrane Silberdöschen an ihre Nase und schnüffelte an seinem aromatischen Inhalt.

„Ja, so informierte mich Mr. Crumpton." Lord Fieldhurst griff in seinen Mantel und holte ein gefaltetes Papier heraus.

„Ich habe hier einen Brief an Mr. Crumpton ..."

Julia seufzte. „Das hatte ich befürchtet."

„Es ist angeblich von dir, obwohl ich es fast unmöglich finde zu glauben, dass selbst du einen so törichten Schritt machen könntest. Hier steht, du hättest die Absicht, das Annullierungsverfahren fallen zu lassen und verheiratet zu bleiben, mit diesem – diesem –" Es verschlug ihm die Sprache.

„Mit diesem *Mann*, George. Mir ist klar, dass dir diese Vorstellung fremd sein könnte, aber Mr. Pickett ist ein *Mann*."

Der Viscount sprang auf und begann, auf und ab zu gehen. „Verdammt, Julia, das werde ich nicht zulassen! Frederick muss sich im Grab umdrehen!"

Bei der Erwähnung ihres ermordeten Sohnes putzte sich die Witwe Lady Fieldhurst lautstark die Nase mit einem schwarz umrandeten Taschentuch. Dennoch reichten die blitzenden Augen, die Julia über die zarten Baumwollfalten hinweg anstarrten, um ihr klarzumachen, dass die Geste weniger ein Anzeichen von Trauer war, als ein Versuch, ihre fehlgeleitete Schwiegertochter ihre Verfehlungen einsehen zu lassen. Julia hob das Kinn und wollte sich nicht einschüchtern lassen.

„Was du zulassen willst oder nicht, George, hat sehr wenig zu sagen. Und da Frederick tot ist, müssen seine Gedanken zu diesem Thema, wenn er überhaupt solche hat, mich nicht interessieren."

Georges Gesicht färbte sich tiefrot. „Um Himmels willen, Julia, sieh dich selbst gut an und dann sieh dich hier um!" Seine ausgreifende Armbewegung umfasste alles von dem Diadem auf ihrem Kopf bis zu dem kleinen, schäbigen Raum, in dem sie saßen. „Du warst einmal die Herrin von Fieldhurst Hall! Ist *das hier* das, was du willst?"

„Nein." Julias Blick wanderte zu der schlafenden Gestalt des Mannes, dessen Hand sie immer noch hielt. „*Dies* ist, was ich will."

„Bei Gott, Julia, ich werde nicht ..."

„Setz dich, George."

Georges Frau erhob nie ihre Stimme, aber wenn sie sprach, wirkte es wie ein Schuss.

„Ich bitte um Verzeihung, Henrietta?", fragte George mit dem Gesichtsausdruck eines Mannes, dessen Lieblingsspaniel sich plötzlich umgedreht und ihm in die Hand gebissen hat.

„Du solltest nicht mich um Verzeihung bitten, sondern Julia. Es ist offensichtlich, dass sie diesem jungen Mann sehr ergeben ist, und man muss nur seine Handlungen in den letzten zehn Monaten in Betracht ziehen, um seine Gefühle für sie zu erraten."

„Aber – aber –", stotterte George. „Eine Fieldhurst und ausgerechnet ein *Bow Street* Läufer? Ich hätte das Gefühl, dass ich meiner Pflicht gegenüber dem armen Frederick nicht nachkommen würde, wenn ich nicht versuchte, seiner Witwe ihre eigene Torheit klarzumachen!"

„Julia war deinem Cousin eine gute Frau, solange er lebte, George, aber Frederick ist tot. Weder er noch du noch sonst einer der Fieldhursts hat weitere Ansprüche auf sie." Als George schwankte, gab seine Frau ihm mit einem sanften Lächeln auf ihrem Gesicht den Gnadenstoß. „Lass sie in Ruhe, mein Lieber. Vielleicht, wenn wir so stark wie sie gewesen wären, nachdem wir geheiratet hatten, würde vielen Menschen eine Menge unnötigen Schmerzes erspart geblieben sein."

Sie meinte natürlich, dass *er* genauso stark hätte sein müssen, und jeder im Raum wusste es. Denn nicht Henrietta, sondern George hatte eine bigamistische Ehe geschlossen und drei uneheliche Söhne mit einer Frau gezeugt, die allen Grund hatten, sich für ehelich zu halten, während seine wahre Frau, die er früher und im Verborgenen geheiratet hatte, als gefallene Frau allein mit zwei Söhnen lebte – der legitime Fieldhurst-Erbe und sein jüngerer Bruder.

„Schon gut", murmelte George und gab den Kampf auf, von dem er erkannte, dass er ihn nicht gewinnen konnte. „Aber eines sollst du wissen, Cousine Julia: Ich werde Mrs. John Pickett nie empfangen, und wenn ich sie zufällig in der Öffentlichkeit treffe, werde ich mich weigern, sie auch nur zu grüßen!"

„Oh, George!", rief Julia aus. „*Versprichst* du mir das?"

George funkelte sie nur an und rauschte dann aus dem Raum, die zerfetzten Überreste seiner Würde fest um sich geschlungen. Die Witwe segelte hinter ihm einher, seine Frau folgte, drehte sich aber an der Tür noch einmal um und sagte zu Julia:

„Darf ich die Erste sein, die Euch sehr viel Glück wünscht, meine Liebe?"

„Vielen Dank. Und – was das angeht, was Ihr eben dort drinnen sagtet – ich bin Euch dafür sehr dankbar, Mylady."

Darüber lachte die andere. „Oh, bitte, nennt mich Henrietta. Wir müssen völlig lächerlich klingen, wenn wir einander ständig ‚Mylady' nennen."

„George versichert mir, dass das nie ein Problem sein wird", erinnerte Julia sie zerknirscht.

„Was das angeht, nun, versucht einfach, George nicht zu viel Beachtung zu schenken. Er hat sich nie als angemessener Nachfolger für Euren Ehemann empfunden und versucht, seine Unzulänglichkeit durch Gepolter auszugleichen. Wenn man das erst versteht, kann man ihm viel vergeben."

„Ihr seid sehr großzügig, Myla … Henrietta", bemerkte Julia. „Ich frage mich, ob seine andere Frau dem zustimmen würde."

„Ich sagte ‚vieles', nicht ‚alles'", betonte die Viscountess mit einem Augenzwinkern. „Was Eure eigene Ehe betrifft, muss George natürlich tun, was er für am besten hält, aber ich gebe zu, dass ich Euren Mr. Pickett sehr gern kennenlernen würde – ihm wirklich vorgestellt werden, soll das heißen. Ich habe einmal ganz kurz mit ihm gesprochen, als er den Mord an Lord Fieldhurst untersuchte. Ich glaube, wir sollten Euren Mann am besten dem armen George erst dann vorsetzen, wenn er sich ein wenig an diese Heirat gewöhnt hat. Ich hoffe aber, Ihr werdet Mr. Pickett eines Tages zum Tee mitbringen. George trinkt normalerweise montags und mittwochs Tee in seinem Club. Wenn Ihr dann zu Besuch kommen möchtet, könnt Ihr und Euer Mann sicher sein, dass Ihr willkommen seid."

„Danke – Henrietta", sagte Julia erneut und fragte sich nicht zum ersten Male, was diese nette Frau je in George gesehen haben mochte. „Es könnte gut sein, dass ich das mache."

„Henrietta!", brüllte George von irgendwo von der anderen Seite der Tür.

„Ich komme schon, Liebling", rief die Viscountess und warf Julia einen augenrollenden Blick aus einem zu einer komischen Grimasse verzogenen Gesicht zu, bevor sie sich verabschiedete.

Nachdem sie gegangen waren, schloss Julia die Tür, atmete tief durch und kehrte in Picketts Zimmer zurück.

„Wir haben es geschafft!", jubelte sie, nahm ihren gewohnten Platz auf der Bettkante ein und nahm seine Hand in ihre beiden. „Oh mein Schatz, ich wünschte du hättest es hören können."

Ihr Lächeln verblasste bei seinem völligen Mangel an Reaktion. Sie zog eine ihrer Hände zurück, damit sie mit den

Fingern durch seine verwirrten Locken fahren konnte. „Ohne dich hätte ich das niemals tun können, weißt du. Ich habe sieben Jahre lang zugelassen, dass die Fieldhursts über mich bestimmten. Bis ich dich traf, war mir noch nie der Gedanke gekommen, dass ich es anders machen könnte. Ich weiß nicht, wie ich dazu gekommen bin, so – so *rückgratlos* zu sein! Ich war nicht immer so; ich nehme an, Frederick hat mich zermürbt. Aber diese Zeiten sind vorbei, und alles nur dank dir."

* * *

Trotz der schweren Dosis Laudanum hörte Pickett die Stimme seiner Lady und öffnete seine schweren Lider. Lady Fieldhurst saß auf der Bettkante, lächelte strahlend und trug – war das wirklich eine Krone auf ihrem Kopf? Er kniff die Augen zu und öffnete sie mühsam wieder. Lady Fieldhurst war immer noch da, und ja, sie trug eine edelsteingeschmückte Krone auf dem Kopf.

Sein umnebeltes Gehirn konnte nur eine Erklärung finden. Die Annullierung war gewährt worden und sie hatte ein Mitglied der Königsfamilie geheiratet. Aber wen? Der Prinz von Wales war bereits verheiratet, ebenso wie der Herzog von York; sie hatte ihm seine Herzogin in der königlichen Loge gezeigt. Wie viele königliche Herzöge gab es überhaupt? Er hoffte, dass sie nicht den Herzog von Cumberland geheiratet hatte; sie hatte gesagt, sie tanzte nicht gern mit dem Herzog von Cumberland. Er hatte selbst einmal mit ihr getanzt, damals, auf einer dunklen Terrasse in Schottland. Und zu denken, dass sie zu der Zeit verheiratet waren und es nicht einmal gewusst hatten. Er fragte sich, ob sie lieber mit ihm tanzte als mit dem Herzog von Cumberland. Trotzdem stimmte etwas nicht – sie sollte woanders sein, vielleicht im St. James' Palast ...

„Solltet nicht hier sein", sagte er; seine Stimme klang durch das Laudanum verwischt. „Euer Gatte würde es nicht mögen."

„Mein Gatte bist *du*, John", sagte sie und lachte, als wäre das alles ein großer Witz. Was es, vermutete er, für sie auch sein musste, ein Diebfänger, der glaubte, eine Viscountess würde je seine Frau sein wollen ...

„Nein", beharrte er. „Königlicher Herzog. Geht am besten zurück ... zurück zum Palast."

Die Anstrengung war zu groß. Sie war nicht länger die seine. Sie war es nie wirklich gewesen. Sie war mit einem anderen verheiratet, daher gab es keinen Grund, sich nicht der Dunkelheit hinzugeben, die immer in den Winkeln seines Bewusstseins lauerte und darauf wartete, ihn zurückzuholen. Er ergab sich der Dunkelheit. Jetzt gab es keinen Grund mehr, das nicht zu tun.

* * *

„Königlicher Herzog'?", wiederholte Julia verwirrt und bemühte sich, sein fiebriges Murmeln zu verstehen. Es schien seltsam zu denken, dass er immer noch in der Annahme lebte, dass ihre Ehe bald annulliert werden würde, während sie ihn in ihrer eigenen Vorstellung bereits zu ihrer Residenz in der Curzon Street gebracht und dort als Hausherrn installiert hatte. „Ich würde gern wissen, welche Gedanken in deinem sonst so klugen Gehirn herumirren. Na gut, egal. Ruhe dich nur aus, Liebster."

Sie beugte sich vor, um ihm einen Kuss auf seine Stirn zu geben, und das Diadem, das sie fast vergessen hatte, löste sich aus den Nadeln, die es in ihren Haaren verankerten. Es glitt von ihrem Kopf und landete in einem verrückten Winkel auf seinem. Ihr dämmerte etwas.

„Aha! Ich schätze, das ergibt irgendwie Sinn." Sie setzte ihm das Diadem gerade auf und richtete sich auf, um das Ergebnis zu begutachten. „John Pickett, Herzog von Drury Lane. Und deine Herzogin liebt dich sehr."

16

Ein innigst erwünschter Vollzug

Mr. Colquhoun hatte Lady Fieldhurst nur unter einigen Bedenken der freundlichen Fürsorge der Verwandten ihres verstorbenen Mannes überlassen. Er hoffte, sie würde ihnen nicht erlauben, sie einzuschüchtern. Es stimmte, dass er einige Zeit lang keine besonders hohe Meinung von der Lady gehabt hatte, als er glaubte, sie würde sich auf John Picketts Kosten amüsieren. Seither war er jedoch zu der Erkenntnis gelangt, dass sie gar nicht diese frivole Gesellschaftsdame war, für die er sie gehalten hatte; in der Tat war er überrascht gewesen festzustellen, dass sie unerwartete Tiefen hatte und ihre Zuneigung zu seinem Protegé ebenso aufrichtig war wie seine eigene. Er hoffte nur, dass ihre Charakterstärke ausreichte, um dem Druck zu widerstehen, den diese intriganten Fieldhursts ausübten; er würde es hassen zu sehen, wenn der Junge noch zu diesem späten Zeitpunkt seine geliebte Lady verlieren müsste.

Unter diesen Gedanken machte sich der Richter auf den Weg zum Amtsgericht in der Bow Street. Als er dort ankam, musste er diese jedoch beiseiteschieben und seine Aufmerksamkeit dem dringlicheren Problem der verschwundenen Diamanten widmen. Er nahm seinen gewohnten Platz auf der Bank ein und rief William Foote zu sich.

„Ich habe einen Job für Euch, Mr. Foote, und ehrlich gesagt, ich beneide Euch nicht um die Aufgabe", begann er. „Mir ist zur Kenntnis gelangt, dass unser Freund Wladimir Grigorjewitsch Dombrowski und seine Frau Grund gehabt haben könnten, die Diamanten selbst zu stehlen."

„Die Russen?" Mr. Footes Augenbrauen zogen sich in einem nachdenklichen Stirnrunzeln zusammen. „Aber sie sind keinesfalls lange genug in England gewesen. Die ersten Diebstähle fanden bereits kurz vor Weihnachten statt, nicht wahr?"

Der Richter nickte. „Ja, und Prinzessin Olga und ihr Gefolge kamen erst vor sechs Wochen, Mitte Januar, in diesem Land an. Ich hatte nicht andeuten wollen, dass sie hinter all diesen Diebstählen stecken könnten. Aber sie dürften sicher von den anderen gehört haben, und wer weiß, welche Ideen dieses Wissen ihnen in den Kopf gesetzt haben könnte? Wir haben es aus bester Quelle, direkt von Prinzessin Olga selbst, dass die Dombrowskis Geld brauchen. Vielleicht sahen sie eine Gelegenheit, die Diamanten der Prinzessin Olga zu stehlen, wohl wissend, dass ihr Verbrechen zu einer

Serie passen würde, die begann, als sie noch in Russland waren."

Mr. Foote schüttelte den Kopf. „Ich weiß nicht recht. Es hört sich unwahrscheinlich an, wenn ich das sagen darf. Meiner Meinung nach ist es wahrscheinlicher, dass alle Diebstähle von derselben Person begangen wurden."

„Ja, und Ihr mögt recht haben, aber die Möglichkeit muss dennoch untersucht werden. Ihr werdet diesen Kerl befragen müssen, ebenso wie seine Frau. Ihr findet sie im Grillon's Hotel in der Albemarle Street. Und versucht, ein bisschen diplomatisch zu sein! Es geht nicht an, dass Ihr ihn gegen uns aufbringt, und wenn Ihr das bewerkstelligen könnt, ohne dass er merkt, dass er unter Verdacht steht, umso besser."

„Ich werde mein Bestes tun", versprach Mr. Foote.

Mr. Colquhoun knurrte zur Bestätigung. Er zweifelte nicht an Footes Aufrichtigkeit, aber er hatte Bedenken, wie gut Mr. Footes Bestes sein würde. Obwohl der Mann bei seiner Arbeit effizient genug war und man nicht leugnen konnte, dass er bei der Wiederauffindung der meisten anderen gestohlenen Juwelen eine erstaunliche Glückssträhne gehabt hatte, war Mr. Foote doch in der Truppe der Bow Street nicht besonders beliebt, und Mr. Colquhoun fand es unwahrscheinlich, dass die höheren Stände ihn mit mehr Sympathie betrachten würden als die niederen.

Nein, seine Wahl für die Aufgabe, wenn dieser junge Mann zur Verfügung gestanden hätte, wäre John Pickett gewesen. Nicht, dass er den temperamentvollen Russen gern auf den Jungen losgelassen hätte, aber Pickett hatte eine schauspielerische Gabe, die es ihm erlaubte, die Sprechweise der besseren Leute nachzuahmen, ohne sich dessen auch nur bewusst zu sein. Dazu kam seine Beziehung zu Lady Fieldhurst; nicht der geringste der Vorteile aus diesem ungewöhnlichen Paar war die Tatsache, dass der Junge sich wenigstens ein bisschen daran gewöhnt hatte, Umgang mit der Aristokratie zu pflegen. Es kam Mr. Colquhoun in den Sinn, dass diese Ehe, auch wenn sie ihre eigenen Probleme haben würde, sich zum Vorteil beider Parteien erweisen könnte – vorausgesetzt natürlich, dass Mylady standhaft genug war, sich gegenüber der Familie ihres verstorbenen Mannes zu behaupten.

Nun, er war durchaus neugierig zu erfahren, was bei dieser Unterhaltung herausgekommen war, bezweifelte aber, dass er Gelegenheit haben würde, es vor dem Morgen herauszufinden; nachdem er Mr. Foote seine Anweisungen gegeben hatte, fühlte er sich verpflichtet, in der Bow Street anwesend zu sein, um die Ergebnisse der Ermittlungen des ältesten Läufers zu hören.

„Während Ihr dabei seid, Mr. Foote", fügte er hinzu, „erwarte ich auch, dass Ihr die Pfandhäuser durchkämmt, nur für den Fall, dass Dombrowski – wenn er tatsächlich der Dieb ist – versuchen sollte, die Diamanten in bares Geld umzuwandeln, bevor sie nach Russland zurückkehren, wo die

Gefahr, dass der Schmuck erkannt werden könnte, viel größer wäre."

„Bitte um Verzeihung, Sir, damit habe ich bereits angefangen."

„Guter Mann! Ich bin sicher, dass ich Euch nicht anweisen muss, für den Fall, dass sie auftauchen, alles darüber herauszufinden zu versuchen, wer sie verkauft hat."

„Natürlich nicht", sagte Foote und kritzelte in sein Notizbuch. „Wie Ihr wisst, habe ich das bei allen anderen Schmuckstücken versucht, aber bislang ohne Erfolg. Bis jetzt hat unser Dieb – oder unsere Diebe, was auch immer zutreffen mag – seine Spuren gut verwischt."

„Na gut, aber vielleicht macht er doch noch einen Fehler", sagte Mr. Colquhoun mit einem Seufzer. „Dann erwischen wir ihn. Unterdessen findet so viel heraus, wie Ihr könnt und haltet mich über Eure Feststellungen auf dem Laufenden."

Mr. Foote, der dies richtig als Entlassung auffasste, verabschiedete sich und machte sich auf den Weg zu der ihm bevorstehenden Aufgabe.

* * *

An diesem Abend, nachdem sie sich von ihrem Übermaß an Schmuck sowie ihrem aufwendigen Hofkleid befreit hatte (obwohl Letzteres nicht ohne Schwierigkeiten möglich gewesen war), zog Julia ihren rosa Morgenrock über ihren Unterrock und ließ sie sich dann noch einmal mit dem *Vikar von Wakefield* nieder.

„,*Kapitel Vier*'", las sie vor, „,*ein Beweis dafür, dass selbst das bescheidenste Schicksal Glück gewähren kann, das nicht von den Umständen abhängt, sondern von* ...'"

„Mylady?"

„Ja, John?" Beim Klang seiner Stimme legte sie das Buch beiseite und kam herbei, um sich auf die Bettkante zu setzen. „Wie fühlst du dich?" Sie legte ihre Hand auf seine Stirn und, obwohl sie noch alles andere als kühl war, dachte sie, sie wäre nicht ganz so warm, wie sie zuvor gewesen war.

„Mylady, sagt mir die Wahrheit." Seine Augen glänzten noch fiebrig, aber sein Blick war schärfer, fokussierter als ein paar Stunden zuvor, als er von königlichen Herzögen gefaselt hatte. „Werde ich sterben?"

„Warum, nein, mein Liebling, du wirst natürlich nicht sterben!", beharrte sie mit einer Heftigkeit, die für ein Krankenzimmer völlig ungeeignet war. „Es wird dir jeden Tag besser gehen."

Seine Stirn runzelte sich in tiefer Verwirrung. „Was – was habt Ihr gesagt?"

„Ich habe gesagt, du wirst nicht sterben."

„Nein – etwas anderes. Wie habt Ihr mich genannt?"

Es schien, der Augenblick der Wahrheit war gekommen.

„Ich nannte dich meinen Liebling", sagte sie und errötete ein wenig.

„Dachte es doch." Er stieß einen Seufzer aus und seine

Augenlider flatterten. „Träume schon wieder."

„Nein, du träumst nicht", betonte sie. „Ich liebe dich, John. Ich wusste nicht, wie sehr, bis ich glaubte …"

„Nicht träumen", murmelte Pickett und wandte sich ab. „Fantasieren."

Die Zeit des Redens war vorbei. Sie nahm sein Gesicht in ihre Händen und, sehr sanft, um seine Verletzung nicht zu verschlimmern, drehte sie seinen Kopf zu sich und küsste ihn langsam und gründlich auf seine trockenen Lippen.

„Gibt es noch Fragen, Mr. Pickett?", fragte sie, als sie endlich den Kuss beendete.

Er blinzelte verwirrt. „Ihr – Ihr liebt mich?"

Sie nickte. „Ich liebe dich so sehr."

„Danke – danke, dass Ihr es mir gesagt habt", sagte er. „Es reicht schon, es zu wissen. Wenigstens – wenigstens war es nicht nur von meiner Seite."

Julia hörte diese unzusammenhängende Rede mit wachsender Bestürzung. „Sicherlich kannst du nicht glauben, dass ich beabsichtige, dich gehen zu lassen – nicht jetzt, nicht nachdem ich so nahe daran war, dich zu verlieren! Nein, mein Liebling, das lasse ich nicht zu! Die Fieldhursts könnten tun, was sie wollen, aber ich werde dich nicht aufgeben!"

„Ihr meint – Ihr wollt meine Frau werden?"

„Ich bin bereits deine Frau, mein Liebling, und habe vor, das auch zu bleiben."

„Wirklich meine Frau?", fragte er eindringlich und

klammerte sich an ihren Ärmel.

„Wenn du mich willst."

„*Wenn* ich Euch will?" Er kniff die Augen zu und öffnete sie wieder. „Ich bezweifle nicht, dass ich Euch bald genug wieder als Witwe zurücklassen werde, aber bis dahin – Mylady, wenn Ihr wirklich meine Frau sein wollt, können wir – können wir – ich – ich will nicht sterben, ohne Euch geliebt zu haben, nur einmal."

„Du wirst nicht sterben, mein Liebling, das erlaube ich dir nicht", beharrte sie, ließ aber ihren rosa Morgenrock über ihre Schultern gleiten und zu Boden fallen und beugte sich dann vor, um ihn wieder zu küssen.

Diesmal beteiligte er sich etwas aktiver daran, vergrub seine Finger in ihrer Frisur und erwiderte ihren Kuss mit aller Leidenschaft, deren er fähig war.

„Mylady", murmelte er an ihrem Mund, „darf ich Euer Haar herunterlassen?"

„Wenn du willst", antwortete sie leise, ihre Worte verloren sich fast in ihrem Kuss.

„Oh ja, ich will", stöhnte er, zog die Nadeln heraus, bis die langen Locken über ihre Schultern auf sein Kissen fielen und sie beide in einem goldenen Vorhang einschlossen.

Mit einer Kraft, die sie überraschte (und einer Anstrengung, für die er am nächsten Morgen sicherlich bezahlen würde), schlang er seinen Arm um ihre Taille und drehte sich im Bett um und zog sie mit sich, bis sie unter seinem Gewicht eingeklemmt war. Die Bewegung löste ein Viereck aus gefalteter Baumwolle aus ihrem Korsett, das auf die Matratze fiel.

„Was —?", begann Pickett und erkannte eines seiner eigenen Taschentücher.

„Eine Locke von deinem Haar", erklärte sie und schob es aus dem Weg. „Der Arzt musste sie abschneiden und ich fragte ihn, ob ich es haben könnte. Oh, John, ich hatte solche Angst, dass das alles sein würde, was mir von dir bliebe!"

„Mylady …" Er musste fragen, auch wenn ihm die Antwort vielleicht nicht gefallen würde. „… seid Ihr absolut sicher, dass Ihr das hier tun wollt? Die Annullierung – es würde kein Zurück mehr geben …"

Sie brachte ihn zum Schweigen, indem sie ihre Finger auf seine Lippen legte. „Für mich gibt es seit einiger Zeit kein Zurück mehr."

Das war alle Ermutigung, die er brauchte. „Meine Lady", hauchte er. „Meine einzige Geliebte – *meine* Lady."

Als die Kerze auf dem Nachttisch tiefer brannte, erforschte er sie mit Ehrfurcht und wunderte sich über all die geheimen Orte, zu denen es sein Recht als ihr Mann war, Zugang zu haben. Und als die Kerze schließlich flackernd heruntergebrannt war, waren der Diebfänger und die Viscountess tatsächlich Mann und Frau geworden.

* * *

Sein Fieber stieg in der Nacht und Julia schimpfte sich

aus, weil sie ihm erlaubt – nein, ihn *ermutigt* hatte! – sich anzustrengen. Widerwillig stieg sie aus dem Bett, fort von der Wärme ihres schlafenden Mannes, huschte durch den Raum zur Kommode, riss ihr Nachtgewand aus der Schublade und zog es über den Kopf. Barfuß tapste sie zum Kamin hinüber, nahm den Schürhaken zur Hand und machte sich daran, das Feuer wiederzubeleben. Es erwachte zischend, als sie in den Kohlen stocherte und sie wandte sich ab, um John Pickett – der keine Jungfrau mehr war – im flackernden Licht zu betrachten.

Es war alles zu schnell gegangen, um wirklich befriedigend gewesen zu sein; anscheinend waren seine Ängste, vor dem Vollzug der Ehe zu sterben, nicht übertrieben gewesen. Trotzdem, wenn dies sich als seine einzige Gelegenheit erweisen sollte, verdiente er die Chance, es genau so zu machen, wie er es wünschte; sie würde die Erinnerung nur umso mehr schätzen im Wissen, dass es alles sein könnte, was sie je haben würden. Auf der anderen Seite, wenn er sich erholen sollte …

Ihr Lippen verzogen sich zu einem leichten Lächeln weiblicher Weisheit. Wenn er sich erholen würde, hätten sie den Rest ihres Lebens, um es richtig zu machen. Sie legte den Schürhaken beiseite, glitt zurück ins Bett und kuschelte sich an seine Seite. Sie lächelte noch, als sie einschlief.

* * *

Mr. Colquhoun erreichte am nächsten Morgen das

Amtsgericht in der Bow Street, um William Foote vor der Richterbank hin und her tigern zu finden.

„Guten Morgen, Mr. Foote. Habt Ihr auf mich gewartet? Darf ich auf Neuigkeiten über den Diebstahl von Prinzessin Olgas Diamanten hoffen?"

Der älteste der Läufer neigte zur Bestätigung den Kopf. „Ja, Sir. Tatsächlich brauche ich einen Haftbefehl."

Die Augenbrauen des Richters wanderten zu seinem Haaransatz. „Ausgezeichnete Arbeit! Ich gestehe, ich hatte so schnell nicht auf Erfolg gehofft." Er nahm seinen Platz auf der Bank ein und griff nach Pergament und Feder. „Euer Treffen mit Seiner Exzellenz Wladimir Grigorjewitsch muss sehr ergiebig gewesen sein. Wen verhaften wir? Ist es er oder jemand anderes?"

„Jemand völlig anderes, fürchte ich", gestand Mr. Foote, sein Blick glitt fort von dem des Magistrats.

„Wer denn dann?"

„Es wird euch nicht gefallen, Sir", warnte Mr. Foote.

„Pah! Ich bin nicht hier, um nur dann Gerechtigkeit walten zu lassen, wenn es mir gefällt", knurrte Mr. Colquhoun. „Lasst es hören, ohne Umschweife, Mr. Foote. Für wessen Verhaftung soll ich den Befehl ausstellen?"

„Ich möchte, dass Ihr einen Haftbefehl gegen Mr. John Pickett aus der Drury Lane erlasst."

Mr. Colquhouns Gesicht wurde fast dunkelrot und er warf seine Feder hin. „Ihr, Sir, könnt zum Teufel gehen!"

„Ich versichere Euch, ich würde eine solche Forderung nicht erheben, ohne ausreichende Beweise zu haben, um ihn zu untermauern", sagte Mr. Foote und griff in seine Rocktasche. Er zog eine Kette aus funkelnden weißen Steinen in der Größe von Zaunkönigseiern heraus und legte sie auf die Bank. „Ich entdeckte dies in einem Pfandhaus in Feathers Court und nahm mir die Freiheit, es für die Summe von zwei Shilling und sechs Pence auszulösen. Ich nehme an, das Amt wird mir die Ausgaben erstatten?"

„Vergesst das jetzt", sagte der Richter ungeduldig. „Ich möchte wissen, was der Teufel Euch denken ließ, dass Mr. Pickett derjenige war, der sie verpfändet hat!"

„Darf ich Euch daran erinnern, Sir, dass Feathers Court sich zur Drury Lane öffnet, nur einen Steinwurf von Mr. Picketts Mietwohnung entfernt?"

„Und darf *ich* dann *Euch* daran erinnern, Mr. Foote, dass Mr. Pickett seit der Nacht des Feuers bewusstlos in seinem Bett liegt? Er ist derzeit nicht in einem Zustand, irgendetwas zu verpfänden, gestohlen oder nicht!"

„Er muss natürlich einen Komplizen gehabt haben. Zweifellos waren die Pläne schon lange vor dem Brand gemacht worden." Als er Mr. Colquhoun vor Wut förmlich zittern sah, fügte er hinzu: „Ihr müsst zugeben, Sir, die Nähe des Pfandhauses zu Mr. Picketts Unterkunft kann nicht ignoriert werden."

„Ich werde nichts dergleichen zugeben, Sir! Mr. Pickett

ist wahrlich nicht der einzige Mensch, der in der Drury Lane lebt. Außerdem muss man nicht in einer bestimmten Straße wohnen, um sich der dortigen Pfandhäuser zu bedienen. Oh, und vielleicht Ihr mir auch erklären, warum zum Teufel Mr. Pickett sich die Mühe machen sollte, Schmuck zu stehlen, der das Lösegeld eines Königs wert wäre, nur um ihn für eine solche dürftige Summe zu verpfänden. Bitte sagt mir das, da Ihr Euch ja anscheinend alles so schön zurechtgelegt habt."

Mr. Foote nickte in mitfühlendem Verständnis. „Ihr seid erregt, Sir, und ich kann mich darüber keineswegs wundern. Aber ich sprach mit dem Inhaber des Pfandhauses, einem Mann namens Baumgarten, und er konnte die Person identifizieren, die den Schmuck gebracht hat." Er hielt einen Moment inne. „Die Verkäuferin war eine junge Prostituierte, die in der Gegend gut bekannt ist, sie heißt Lucy Higgins."

Mr. Colquhoun tastete hinter sich nach seinem Stuhl und ließ sich schwer darauf fallen. Mr. Footes sogenannte Beweise bestanden nur aus Indizien, sagte er sich mit mehr als nur einem Hauch von Verzweiflung. Das würde vor einem Gericht niemals ausreichen. Und doch … und doch wusste er selbst, dass John Pickett gelegentlich Lucy Higgins' Hilfe in Anspruch nahm, und er wäre gezwungen, so viel vor Gericht einzuräumen, sollte er als Zeuge geladen werden. Er wusste auch von der unrühmlichen Vergangenheit des Jungen, und auch das würde sicherlich während eines Prozesses ans Licht kommen.

Wenn es jemand anderes wäre, würde er sagen, es wäre seine Pflicht, den Haftbefehl auszustellen und die Wahrheit, wie auch immer sie aussehen mochte, vor Gericht herauskommen zu lassen. Er durfte jetzt nicht weniger tun. Die Gerechtigkeit, der er so viele Jahre seines Lebens gewidmet hatte, verlangte jetzt, dass er einen jungen Mann opferte, der für ihn wie ein Sohn war. Seltsam, wie Justitia als Geliebte nicht annähernd so nobel wirkte, wie sie es noch vor einer halben Stunde getan hatte. Nun, er würde den Verteidiger des Jungen selbst beauftragen, beschloss er, und wenn seine eigene Aussage als Charakterzeuge gefordert würde, dann würde er bei Gott darauf bedacht sein, in den Zeugenstand zu treten.

„Sir?", drängte Mr. Foote, der sichtlich wartete.

Mr. Colquhoun schnappte sich Pergament und Feder, schrieb dann den Haftbefehl aus und unterschrieb schwungvoll mit seinem Namen.

„Hier ist Euer Haftbefehl, Mr. Foote", sagte er und drückte ihm das noch feuchte Papier in die Hand. „Geht zur Hölle damit!"

„Ich kann verstehen, wie schwer das für Euch ist …", begann der älteste Läufer und obwohl sein Tonfall versöhnlich klang, schien es Mr. Colquhoun, dass in seinem Gesichtsausdruck etwas Selbstgefälliges, sogar Schadenfrohes, lag.

„Ja, und Ihr genießt das, ja? Ihr wolltet einen Haftbefehl,

da habt Ihr ihn, verdammt sollt Ihr sein!", blaffte der Richter. „Jetzt geht mir aus den Augen!"

„Ja, Sir." Mr. Foote rollte das Papier auf und steckte es in das hohle Ende seines schwarzen Amtsstabes, machte dann einen entschuldigende kleine Verbeugung, bevor er sich abwandte und die Amtsstube der Bow Street mit seinem Stab unter dem Arm verließ.

Sein Stab, dachte Mr. Colquhoun, der ihn gehen sah. Sein Stab, aus Holz und schwarz lackiert ...

Nein, das war nicht möglich. Mr. Foote machte keinen Hehl aus seiner Abneigung gegen John Pickett und er war sicherlich neidisch auf den Erfolg des jüngeren Mannes. Dennoch, von beruflicher Eifersucht bis hin zu versuchtem Mord war es ein großer Sprung, und sicher wäre kein Beamter der königlichen Friedenshüter dazu imstande, ihn zu tun.

Er beklagte sich, dass seine Füße weh täten, hatte Lady Fieldhurst gesagt. *Einer seiner Füße, obwohl er nicht sagte, welcher* ... Und einen seiner Füße, erkannte der Richter mit wachsender Überzeugung, würde er mit „Foot" bezeichnet haben. War es möglich, dass John Pickett, kaum bei Bewusstsein, nicht über Schmerzen geklagt hatte, wie seine Lady gedacht hatte, sondern versucht hatte, seinen Angreifer zu identifizieren?

„Entschuldigt, Mr. Colquhoun, darf ich einen Moment ..."

„Später, Mr. Marshall", sagte der Richter und wehrte

einen anderen Läufer ab, der sich um seine Aufmerksamkeit bittend, der Richterbank genähert hatte. „Da ist etwas, das ich jetzt tun muss."

Er verließ die Bank, ohne zurückzuschauen und machte sich auf den Weg zur Drury Lane.

SHERI COBB SOUTH

17

Ein Ende und ein Anfang

Am nächsten Morgen, als Julia von einem Klopfen an der
Tür geweckt wurde, bemerkte sie, dass die Laken unter
ihr klamm waren. Sie fürchtete sich beinahe, wieder Hoffnung
zu haben, als sie die Hand auf Picketts Stirn legte und sie kühl
und schweißbedeckt fand; das Fieber hatte anscheinend
seinen Höhepunkt überschritten, während er geschlafen hatte.

Sie hatte jedoch keine Zeit, über die Bedeutung dieser
Feststellung nachzudenken. Es klopfte wieder, diesmal
eindringlicher, und sie kletterte aus dem Bett, eifrig darauf
bedacht, die guten Neuigkeiten mit Mr. Colquhoun zu teilen.
Sie schlüpfte in ihren rosa Morgenrock und band den Gürtel
um die Taille, wandte sich dann zu ihrem bewusstlosen Mann,
der noch immer in einen Schlaf versunken war, von dem sie
hoffte, dass er nur tief und erholsam war.

„Das wird dein Richter sein", prophezeite sie und fügte
dann schelmisch hinzu: „Du brauchst dich nicht zu schämen,

300

Liebling. Er wird den Unterschied nicht erkennen können, wenn er dich ansieht."

Sie gab ihm einen leichten Kuss auf seine Stirn – was ihn immer noch nicht weckte – und ging, um die Tür zu öffnen.

„Gute Nachrichten, Mr. Colquhoun ..."

Die Worte blieben ihr im Hals stecken. Der Mann, der gerade draußen stand, war nicht der Richter, sondern ein Fremder, der ihr irgendwie bekannt vorkam, ein Mann Mitte dreißig mit strohfarbenem Haar, einer Nase wie ein Adlerschnabel und ziemlich kalten blauen Augen.

„Ich – ich bitte um Verzeihung", stammelte Julia, obwohl es nichts in der Erscheinung des Besuchers gab, das sie sich hätte unbehaglich fühlen lassen müssen – es sei denn vielleicht sein Auftauchen vor Mr. Picketts Tür, während sie noch im Morgenrock war und ihre Haare lose über ihren Rücken fielen. „Es tut mir leid, ich habe – jemand anderen erwartet."

Der Fremde nickte. „Mr. Colquhoun."

„Ihr kennt ihn?" Schon als sie die Frage stellte, wurde Julia klar, warum er vertraut wirkte. Dies war einer von Mr. Picketts Kameraden, der Läufer, der zum Theater in die Drury Lane gerufen worden war, um den Diebstahl von Lady Oversleys Smaragden zu untersuchen. Es gab also keinen Grund für ihr quälendes Unbehagen, geschweige denn für ihren unvernünftigen Drang, ihm die Tür vor der Nase zuzuschlagen.

„Ja, ich kenne Mr. Colquhoun sehr gut. Tatsächlich bin ich auf seinen Befehl hier."

„Natürlich." Zu ihrer Unruhe gesellte sich Enttäuschung. Sie hatte gehofft, dem Richter die gute Nachricht selbst zu berichten. „Ihr könnt ihm sagen, dass Mr. Picketts Fieber in der Nacht gefallen ist, und obwohl sein Arzt es noch nicht bestätigt hat, gibt es allen Grund zu der Annahme, dass er sich vollständig erholen wird."

„Das ist gut zu wissen. Ich nehme an, Mr. Pickett ist zu Hause?"

Julia war sich nicht ganz sicher, wie es kam, denn sie hatte ihn nicht hereingebeten, aber plötzlich stand der Fremde im Raum, mit der offenen Tür hinter ihm. „Ja, aber er schläft und ich möchte ihn nicht gern wecken. Er war sehr krank, wisst Ihr?"

„Das habe ich gehört", sagte der Fremde und klopfte mit seinem Stab auf eine Weise in seine offene Handfläche, die Julia vage als bedrohlich empfand.

„Ich werde ihm sagen, dass Ihr ihn besuchen gekommen seid, Mr. ...?"

„Foote. William Foote."

Mit plötzlicher Klarheit erinnerte sie sich an Mr. Picketts ersten Schimmer von Bewusstsein. *Foot* ... hatte er gemurmelt, als er sich im Bett hin und her warf. *Fuß* ... *Foot* ... Vielleicht, dachte Julia mit wachsender Besorgnis, war sie doch nicht auf seinem Knöchel gelandet.

„Ja, danke, dass Ihr vorbeigekommen seid, Mr. Foote",
sagte sie lebhaft und bereitete sich darauf vor, ihm die Tür zu
zeigen. „Wenn Mr. Pickett aufwacht, sage ich ihm, dass Ihr
vorbeigekommen seid ..."

Der Besucher wühlte in der Tasche seines Umhangs
herum. „Das wird nicht nötig sein, Mylady."

Sie hörte ein Klicken und starrte plötzlich in den Lauf
einer Pistole.

„Ich werde jetzt zu ihm gehen, bitte."

Jeder Instinkt drängte sie, ihren schlummernden
Ehemann zu beschützen, denn es war offensichtlich, dass er
und nicht sie selbst das eigentliche Ziel Mr. Footes war. Sie
überlegte verzweifelt, wie sie das erreichen könnte, ohne dass
sie beide erschossen würden, als ein Geräusch aus der
Richtung des Schlafzimmers ihre Aufmerksamkeit und die
des unerwünschten Besuchers auf sich zog.

John Pickett stand, absolut unanständig aussehend, im
Türrahmen. Unter dem Verband, den er um den Kopf
gewickelt hatte, hingen seine lockigen braunen Haare in
verwirrten Strähnen bis über seine Schultern, und sein Kinn
war von einem fast einwöchigen Bartwuchs bedeckt. Er trug
nur Unterhosen und hielt eine Pistole in der Hand, die in seiner
zitternden Hand auf und ab schwankte. Aber seine Augen
wirkten stählern und Julia fragte sich, wie sie jemals seine
Fähigkeit, einen Mann töten zu können, bezweifelt hatte.

„Ah, da seid Ihr ja, Mr. Pickett. Ich freue mich, Euch auf

den Beinen zu sehen." Footes Seitenblick erfasste Julias lose herabhängende Locken und ihr *déshabillé*. „Es sieht so aus, als ob Ihr Eure Zeit fern der Bow Street gut genutzt hättet, aber ich fürchte, der Spaß ist vorbei. Ich habe einen Haftbefehl gegen Euch wegen Diebstahls der Diamanten von Prinzessin Olga Fjodorowna, von Mr. Colquhoun selbst unterzeichneten."

Verblüfftes Schweigen folgte dieser Ankündigung, das Julia dann fast sofort brach.

„Lügner."

„Mylady, nein –!"

Ohne auf Picketts halbherzigen Protest zu achten, trat sie Mr. Foote hart vors Schienbein. Er warf seinen Stab weg und packte sie am Handgelenk, verdrehte ihren Arm hinter den Rücken und zog sie zu sich, um sie wie einen menschlichen Schild vor sich zu halten.

„Das war dumm von Euch, Mylady, aber Mr. Picketts Interesse an Euch bezieht sich wohl weniger auf Euer Gehirn." Er drückte die Mündung der Pistole an ihre Schläfe. „Wie schade, dass ich Euch nicht für Eure Verbrechen hängen sehen werde, Mr. Pickett, wie es bereits vor zehn Jahren hätte geschehen sollen, aber ich fürchte, ich werde Euch stattdessen erschießen müssen. Wie viel einfacher wäre es für uns alle gewesen, wenn Ihr im Feuer gestorben wäret, wie es geplant war, oder durch den Schlag, den ich Euch unmittelbar danach versetzt habe! Es scheint, Ihr habt einen harten Schädel."

„Ihr habt Streit mit mir, Foote, nicht mit Mylady", sagte Pickett und obwohl er seine Pistole nicht einmal ruhig halten konnte, wankte sein Blick zumindest nicht. „Lasst sie gehen und wir regeln da unter uns beiden."

Foote schnaubte höhnisch. „Und ihr erlauben, zu Colquhoun zu rennen? Oh ja, er musste den Haftbefehl unterschreiben, nachdem ich ihm die Beweise vorgelegt hatte, aber es gefiel ihm kein bisschen. Ich wette, es würde nicht viel Überzeugungskraft erfordern, ihn dazu zu bringen, herbeizueilen, um seinen Liebling zu retten."

„Wartet", warf Pickett ein. „Welche ‚Beweise'?"

„Na, die Diamanten von Prinzessin Olga natürlich, die ich in einem Geschäft in Feathers Court entdeckt habe, wo sie von Miss Lucy Higgins verpfändet wurden, von der bekannt ist, dass sie eine Freundin von Euch ist."

„Lucy?"

„Sie hat sie aus der Kommodenschublade genommen", erklärte Julia. „Ich hatte sie dort versteckt, nachdem ich sie in deiner Rocktasche gefunden hatte."

„Aber sie waren nicht in meiner Rocktasche", beharrte Pickett. „Ich hatte sie nie."

Julia wagte es nicht, den Kopf zu bewegen, aber sie warf ihrem Entführer einen vernichtenden Blick aus dem Augenwinkeln zu. „Ihr habt sie da hineingesteckt, oder?" Es war eine Anschuldigung, keine Frage. „Das wart Ihr, dort draußen vor dem Theater, der angeblich helfen wollte!" Und er passte vor allem auch zu der Beschreibung der jungen Mutter, die auf ihre Anzeige hin gekommen war, aber sie war so von der Vorstellung von Wladimir Grigorjewitsch als dem Schuldigen eingenommen gewesen, dass sie nie ernsthaft in Betracht gezogen hatte, der Bericht der Frau, nicht aber Mr. Bartlesbys, könnte der richtige gewesen sein. Hatte Mr. Bartlesby gesehen, wie der Russe das Theater verließ, und entschieden, dass Monsieur Dombrowski als offensichtlicher Ausländer ein passender Sündenbock sein würde, oder hatte er eine Beschreibung vollständig erfunden, und sie hatte durch bloßen Zufall auf reale Person gepasst? Sie nahm an, dass das jetzt kaum noch eine Rolle spielte.

Foote lachte in sich hinein. „Endlich kapiert Ihr es, ja? Ja, ich habe Euch losgeschickt, um einen Tragsessel zu holen, während ich bei Mr. Pickett blieb. Es wäre für mich sehr peinlich gewesen, wenn eine bestimmte Diamantkette an meiner Person entdeckt worden wäre, seht Ihr. Und als ich in Euren Rock griff, um Euch die Diamanten unterzuschieben, Mr. Pickett, spürte ich, wie Euer Herz noch schlug und stellte fest, dass ich Euch doch nicht getötet hatte."

„Wundert mich, dass Ihr Eure Arbeit nicht beendet habt, als Ihr Gelegenheit dazu hattet", sagte Pickett bitter.

„Oh, das hatte ich vor. Aber eine Menge wohlmeinender Wichtigtuer unterbrach mich und ich war gezwungen, den Plan aufzugeben und darauf zu vertrauen, dass der Schlag, den ich Euch bereits gegeben hatte, am Ende genug sein würde.

Ich war mir ziemlich sicher, dass jemand die Diamanten in Eurer Tasche entdecken und zum offensichtlichen Schluss kommen würde. Ich hätte nie gedacht, dass Mylady sich einmischen könnte, geschweige denn Lucy Higgins. Natürlich hatte Miss Higgins keine Ahnung, dass Mr. Baumgarten, der Besitzer dieses speziellen Pfandhauses, seit Weihnachten mit mir Hand in Hand arbeitet. Sie war kaum aus der Tür, als er mir eine Nachricht schickte und mir mitteilte, dass die Diamanten doch in seinen Besitz gekommen wären, so wie wir es von Anfang an beabsichtigt hatten."

„Wollt Ihr mir sagen", verlangte Pickett zu wissen, „dass Ihr die ganze Zeit, während Ihr den Finderlohn einkassiertet, *selbst* derjenige wart, der diese Schmuckstücke gestohlen hat?"

„Nein, die eigentliche Tat habe ich nicht begangen", betonte der ältere Läufer rasch. „Mir fehlen Eure speziellen Fähigkeiten auf diesem Gebiet. Aber ich war natürlich das Gehirn, das sich diesen Plan ausgedacht hat. Ich hatte einen – sagen wir, Freund – der im Königlichen Theater in der Drury Lane arbeitete, dessen Aufgabe es war, diese Ladys um ihren Schmuck zu erleichtern. Dieser Freund brachte die Waren zu Mr. Baumgartens Haus, wo ich sie für einen Bruchteil ihres Wertes einlöste, in die Bow Street brachte und dafür sorgte, dass sie ihren rechtmäßigen Eigentümern zurückgegeben wurden. Die Damen hatten ihre Schmuckstücke wieder, ich steckte den Finderlohn ein – womit ich meine Mitarbeiter belohnen und trotzdem einen ordentlichen Gewinn behalten konnte – und alle waren glücklich."

„Alle, außer Mr. Colquhoun", sagte Pickett.

Julia kam es vor, als würde er vor ihren Augen schwächer. Er schwankte im Stehen, die Hand mit seiner Pistole sank tiefer und tiefer. Während sie zusah, schob er sich seitlich von der Tür weg, um sich mit dem Rücken an die Wand zu lehnen – sie war sich sicher, dass er sich gegen die Wand lehnte, um Halt zu finden. Und wenn sie den Grund für diese vorsichtige Bewegung erkannte, hatte sie keinen Zweifel, dass es auch Mr. Foote tat.

„Wie Ihr sagt, alle, außer Mr. Colquhoun." Footes verärgertes Schnauben drang heiß und übel riechend an ihr Ohr. „Der alte Mann war nicht damit zufrieden, die Wertsachen nur an ihre rechtmäßigen Besitzer zurückzugeben. Er wollte eine Verhaftung, und als er diesen großen Plan ausarbeitete, wusste ich, dass das Spiel vorbei war. Ich konnte den Diebstahl in dieser Nacht nicht aufhalten – die Pläne wurden bereits umgesetzt und ich hatte keine Chance, meinen Komplizen zu warnen –, also war das Beste, was ich tun konnte, sie selbst zu stehlen, bevor er es tun konnte, und sicherzustellen, dass die Schuld auf jemand anderes fallen würde. Zum Glück kannte ich genau den Richtigen – jemanden, dessen eigener Hals vor Jahren in eine Schlinge hätte gesteckt werden müssen."

„Aber das alles hat nichts mit Lady Fieldhurst zu tun",

sagte Pickett. „Lasst sie gehen. Ihr habt mein Wort, dass sie direkt zu sich nach Hause zurückkehren wird – nein, Mylady, ich bestehe darauf", fügte er hinzu, als sie ein leises Geräusch des Protests machte.

„Das Wort eines Taschendiebs", spottete Foote.

„Verzeiht, dass ich mich nicht begeistert auf einen solchen Vorschlag einlasse, Mr. Pickett, aber abgesehen davon, dass sie aller Wahrscheinlichkeit nach direkt in die Bow Street laufen würde, ganz gleich, was Ihr mir versprecht, hege ich auch gegen die Lady einen gewissen Groll. Dieses verdammte Opernglas", erklärte er, als er den verwirrten Gesichtsausdruck seines Opfers sah. „Ich wusste, dass ich, wenn ich im hinteren Teil der Loge bleiben würde, für die gesamte Truppe in der Bow Street, außer für Euch, unsichtbar wäre und Ihr auf der entgegengesetzten Seite des Theaters sitzen würdet – in der Lage, einen Mann im hinteren Teil der Loge zu sehen, aber nicht, ihn identifizieren zu können, angesichts der Breite des Gebäudes und der Entfernung zwischen uns. Und dann sah ich, wie Ihr die königliche Gesellschaft durch ein Opernglas mustertet. Ihr wart für mich während des gesamten letzten Jahrzehnts ein ständiger Stachel im Fleisch und ich wusste, dass es zu viel gehofft wäre, Ihr würdet mich nicht erkennen oder erfassen, was meine Anwesenheit dort bedeutete."

„Ich wusste, Ihr hättet nicht dort sein sollen", sagte Pickett. „Ich erinnerte mich, dass Mr. Colquhoun das Büro in der Bow Street unter Eurer Obhut ließ."

„Mr. Foote, wart Ihr es, der die königliche Gesellschaft gedrängt hat, das Theater zu verlassen?", fragte Julia in beschwichtigendem Ton. „Ihr solltet wissen, dass die Russen Euch für einen Helden halten. Tatsächlich hat die Prinzessin Olga die feste Absicht, den Prinzen von Wales zu bitten, Euch für Eure Bemühungen in ihrem Namen zu belohnen. Sicher würdet Ihr nichts tun wollen, was ihre gute Meinung über Euch gefährden könnte."

„Vielen Dank für die Warnung, Mylady, aber ich bin überzeugt, dass die Ausrottung von Ungeziefer immer in einem positiven Licht gesehen wird. Außerdem könnte die Prinzessin von meinen heldenhaften Bemühungen weniger beeindruckt sein, wenn sie wüsste, dass ich es war, der das Feuer überhaupt entfacht hat."

„Ihr habt fast viertausend Menschenleben in Gefahr gebracht, nur um einer Diamantkette willen?", fragte Pickett, dessen Entrüstung ihm vorübergehend Kraft verlieh.

Foote lachte kurz auf. „Nein, um etwas weit Wertvollerem willen – ich habe fast viertausend Menschenleben in Gefahr gebracht, um meine eigene Haut zu retten. Ich gebe zu, dass es ein wackeliger Plan war, aber bedenkt, dass mein ursprüngliches und viel sorgfältiger geplantes Vorhaben bereits durchkreuzt worden war. Ich hatte keinen Zweifel daran, dass mein Komplize, wenn er mit den Diamanten in seinem Besitz erwischt worden wäre, nicht gezögert hätte, meinen Namen zu nennen, also tat ich, was ich tun musste. Meiner Meinung nach wart Ihr das schwächste Glied, das mich am ehesten identifizieren könnte, und da ich es mir nicht leisten konnte, Zeugen zu hinterlassen, musstet Ihr eliminiert werden. Ich sorgte dafür, dass Ihr in Eurer Loge eingesperrt wurdet – und das war gut so, wie ich herausfand, als ich Euch mit diesem Opernglas sah – und habe dann das Feuer angezündet, auf meinem Rückweg, um die königliche Gesellschaft zu warnen. Es breitete sich durch die Menge der Kerzen, die vielen Vorhänge und die lackierte Holzvertäfelung schnell genug aus, sodass in dem Durcheinander ihrer Flucht niemand es bemerkte, als ich die Diamanten direkt vom Hals der Prinzessin nahm."

Picketts Lippen verzogen sich zu einem Lächeln. „Willkommen in der Bruderschaft der Taschendiebe, Mr. Foote. Aber Ihr habt mich bei Weitem übertroffen, wisst Ihr. Selbst zu meinen schlimmsten Zeiten habe ich nie versucht, jemanden zu töten."

„Glaubt mir, ich hatte keine besondere Freude an dem Gedanken, dass andere Menschen sterben müssten – außer natürlich, soweit es Euch betraf. Aber das hattet Ihr schon seit einem Jahrzehnt oder mehr verdient."

„Und Lady Fieldhurst? Sie war bei mir in der Loge, als Ihr mich eingeschlossen habt, wie Ihr wisst."

„Nicht ‚eingeschlossen', Mr. Pickett. Ich habe nur ein kleines Stück Holz in die Tür geklemmt und die Hitze des

Feuers hat den Rest erledigt. Was die Gefährdung Myladys angeht, so waren ihre Sünden im Vergleich zu Euren vielleicht geringfügig, aber so hoch ist der Preis, wenn man sich in schlechte Gesellschaft begibt."

Julias Blick traf Picketts und sie schenkte ihm ein beruhigendes kleines Lächeln. „Er hört sich so sehr wie George an, nicht wahr? Schade, dass wir sie einander nicht vorstellen können! Sie wären vermutlich füreinander entflammt – wenn du mir den Ausdruck verzeihen willst – wie ein brennendes Haus."

„Mylady", hauchte Pickett, „Ihr seid umwerfend."

„Sehr rührend, wirklich", sagte Foote, vielleicht verständlicherweise verärgert, dass er in dieser von ihm geplanten Szene zum Zuschauer degradiert wurde. „Aber jetzt ist es Zeit, Euch von Eurer hochgeborenen Hure zu verabschieden."

Picketts Nasenflügel bebten bei dieser Beleidigung der Ehre seiner Dame und er hob seine linke Hand, um die Pistole in seiner rechten zu stützen.

Foote hatte die Unverschämtheit zu lachen. „Schießt nur, schießt, Mr. Pickett, wenn Ihr sicher seid, dass Ihr mich und nicht Mylady treffen werdet."

Sie waren in einer Sackgasse; Pickett kämpfte darum, weiter mit der Pistole auf Foote zu zielen, während Foote seine eigene Waffe auf Julias Kopf gerichtet hielt.

„Ich – ich kann nicht – es tut mir leid, Mylady …"

„Tu, was du musst, John", sagte sie leise. „Wenn du mich aus Versehen erschießt, sollt du wissen, dass dir schon vergeben ist." Sie schenkte ihm ein ziemlich zittriges Lächeln. „Wenn ich auf jeden Fall getötet werde, sterbe ich viel lieber von deiner Hand als von seiner."

„Und Ihr werdet nicht lange trauern müssen", sagte Foote, „denn Ihr werdet Mylady sehr bald folgen. So bald, in der Tat, dass es mir fast leid tut, weil ich Euer Leiden nicht verlängern kann, aber ich wage nicht, weiter zu zögern."

„Ihr werdet Euch trotzdem dafür verantworten müssen, wisst Ihr", sagte Pickett. „Meine Wirtin ist unten. Beim ersten Schuss wird sie an die Tür hämmern."

„Und was wird sie vorfinden? Nun, dass Ihr, mit Euren Verbrechen konfrontiert, gewalttätig wurdet. Mir blieb nichts übrig, als Euch in Notwehr zu erschießen, während Euer eigener Schuss abirrte und tragischerweise Lady Fieldhurst traf, die Euch angefleht hatte, ruhig mit mir zu gehen. Also, Mr. Pickett, wie wollt Ihr es haben? Wollt Ihr zuerst schießen, oder soll ich es tun?"

Plötzlich gab es einen lauten Knall und Julia spürte, wie Mr. Foote krampfhaft in ihrem Rücken zusammenzuckte. Im nächsten Moment fand sie sich frei, während ihr ehemaliger Geiselnehmer in einer Blutlache zuckend auf dem Boden lag. Sie wirbelte herum und sah Mr. Colquhoun in der Tür stehen, eine weiße Rauchwolke stieg aus dem Lauf der Pistole in seiner Hand.

„Danke, Sir", krächzte Pickett und glitt langsam an der Wand hinunter, wo er wie ein Häufchen Elend am Boden liegen blieb.

* * *

„Das kann ich nicht zulassen, Mylady", beharrte Pickett. Seit Mr. Colquhouns rechtzeitigem Eintreffen waren fast drei Stunden vergangen. In dieser Zeit war nach dem Leichenbeschauer für Foote geschickt worden und er hatte ihn fortgebracht. Mrs. Catchpole hatte die Blutflecken vom blanken Holzboden entfernt und sich die ganze Zeit über beschwert (sie war auf das Geräusch von Schüssen hin die Treppe herauf gerannt, genau wie Pickett es vorhergesagt hatte), und Mr. Colquhoun hatte Pickett persönlich vom Boden aufgehoben, wohin er gefallen war, und ihn wieder ins Bett gelegt. Er war jetzt wieder wach und saß an dem kleinen zerkratzten Tisch zwischen seinem Richter und der Lady, die seine Frau war.

„Sagt es ihr, Mr. Colquhoun", appellierte er an den Richter. „Sag ihr, dass sie ihr Leben nicht so wegwerfen darf." In Hemdsärmeln und Kniehosen wirkte er erschreckend dünn, sah aber besser aus, weil er sich gewaschen, rasiert und die Haare mit einem Band zurückgebunden hatte.

Auch Julia wirkte ansehnlicher, nachdem sie sich die Haare frisiert und ihren blutbespritzten Morgenrock gegen ein Tageskleid in Primelgelb getauscht hatte. Sie präsidierte nun über Picketts Tisch und teilte Tee mit einer Anmut und

Eleganz in beschädigte und nicht zueinanderpassende Tassen aus, die dem hundertjährigen silbernen Fieldhurst-Teeservice keine Schande gemacht hätten.

Mr. Colquhoun nahm seine Tasse aus ihrer Hand entgegen und schüttelte den Kopf. „Es tut mir leid, John, aber ich fürchte, ich kann ihr nichts dergleichen sagen. Tatsächlich traue ich mich nicht. Soweit ich weiß, wurde der letzte Mann, der ihr in die Quere kam, mit einem Messer aus dem Haus vertrieben."

„Wie bitte?", fragte Pickett verblüfft.

„Das erkläre ich dir später", versprach Julia und tadelte den Richter mit einem vorwurfsvollen Blick. „Möchtest du nicht noch ein Stück Teekuchen, John? Du hast seit Tagen nichts mehr gegessen, und ich will nicht, dass jemand sagt, die Ehe würde dich verhungert aussehen lassen."

„Ich habe eine Ahnung", stellte der Richter fest und knüpfte an das Gespräch an, das Picketts Proteste unterbrochen hatten. „dass Lord Fieldhurst durchaus versuchen, könnte, die Ehe vor Gericht anzufechten. Da es Fälle gegeben hat, in denen irreguläre Ehen wie Eure annulliert wurden, würde ich vorschlagen, dass Ihr solchen rechtlichen Schritten zuvorkommt, indem Ihr die Sache in der Kirche noch einmal richtig macht."

„Eine ausgezeichnete Idee", stimmte Julia zu.

„Die Annullierung vor dem kirchlichen Gericht soll in weniger als zwei Wochen zur Verhandlung kommen", widersprach Pickett. „Allein für das Aufgebot würden wir drei Wochen brauchen."

„Genau", sagte Mr. Colquhoun und nickte. „Aus diesem Grund rate ich Euch dringend, eine Sonderlizenz zu besorgen, damit Ihr die Zeremonie jederzeit und überall abhalten könnt. Was haltet Ihr von nächster Woche? Bis dahin wird meine Janet zurückgekehrt sein – und sie und ich würden uns freuen, das Hochzeitsfrühstück ausrichten zu dürfen."

„Ich kann mir keine Sonderlizenz leisten", protestierte Pickett. „Und ich weigere mich, meine Frau für ihre eigene Heiratslizenz zahlen zu lassen. Das heißt", fügte er hastig hinzu, „ich *würde* mich weigern, *wenn* ich Mylady wirklich heiraten würde." Die Tatsache, dass sie so etwas überhaupt besprachen, ganz zu schweigen davon, dass die beiden Menschen, die er auf der Welt am meisten liebte, anscheinend all ihre Differenzen beigelegt hatten und sich jetzt gegen ihn verschworen, bewies nur, dass die Welt während seiner Bewusstlosigkeit auf den Kopf gestellt worden war.

„Ich bin sicher, Eure Skrupel machen Euch Ehre, John", sagte der Richter. „Aus diesem Grund habe ich vor, selbst die Sonderlizenz zu bezahlen. Ihr könnt es als mein Hochzeitsgeschenk betrachten. Ich würde nicht weniger für meinen eigenen Sohn tun", fügte er hinzu und nahm Picketts Einwände vorweg.

„Aber, Sir, ich bin nicht Euer Sohn", sagte Pickett und wies auf das Offensichtliche hin.

„Nein, aber bei Gott, Ihr hättet es sein sollen, also hört bitte auf zu widersprechen!"

„Danke, Mr. Colquhoun, das ist sehr nett von Euch", sagte Julia und griff über den Tisch, um seine Hand zu drücken. „Und ich hoffe, Ihr lasst uns Euch und Mrs. Colquhoun zum Essen einladen, sobald wir uns eingerichtet haben. Einen Korb mit Essen aus dem Grillon's Hotel zu teilen, während John die ganze Mahlzeit verschlief, kann kaum zählen."

„Mylady", sagte Pickett und unterbrach diese rosigen Pläne für seine Zukunft, „ich bin von der Ehre, die Ihr mir erweisen wollt, überwältigt, aber es geht einfach nicht. Alle Pläne für die Annullierung sind auf dem Weg, selbst der Brief dieses Arztes. Ich denke, wir sollten – ich bin *sicher,* wir sollten – wir müssen das Verfahren zu Ende bringen", schloss er kläglich.

„Es wird keine Annullierung geben, John." Julia errötete tief, aber sie sprach mit einer Stimme, die keine Gegenrede zuließ. „Es ist nicht möglich."

Pickett starrte sie mit schockiertem Gesichtsausdruck an. Es war Mr. Colquhoun, der die unangenehme Stille durchbrach, indem er seinen Stuhl zurückschob und sich erhob. „Na, schaut einmal, wie spät es ist", sagte er, obwohl es keine Wanduhr oder einen sonstigen Zeitmesser irgendwo gab. „Ich sollte besser gehen. Wenn Ihr mich bis zur Tür begleiten würdet, John?"

Pickett, der dies korrekt als Befehl statt als Bitte verstand, erhob sich und folgte seinem Richter ziemlich benommen zum Treppenabsatz direkt vor der Tür. Als sie draußen waren, schüttelte Mr. Colquhoun ihm herzlich die Hand.

„Mein Junge, damals in Schottland, als ich Euch erklärte, dass Ihr und Lady Fieldhurst unwissentlich eine gültige Ehe geschlossen hättet, wünschte ich Euch mehr im Scherz alles Gute. Jetzt tue ich das erneut, aber von ganzem Herzen. Gottes reichster Segen für Euch beide."

„Danke, Sir, aber – aber wir sind nicht verheiratet, nicht wirklich."

„Oho!", rief der Richter lachend aus. „Wenn die Lady das meinte, was ich glaube, seid Ihr in der Tat sehr wohl verheiratet!"

Pickett wurde knallrot. „Aber ich habe nicht – wir haben nicht – zumindest *glaube* ich nicht …"

„Wenn Ihr einen guten Rat annehmen wollt, John, jeder verheiratete Mann lernt, dass Gelegenheiten gibt, wo man sich durchsetzen muss, und andere, um zu nicken und zu sagen: ‚Ja, Schatz.'" Er tätschelte Picketts Schulter. „Ich denke, es ist an der Zeit für Euch, zu nicken."

„Aber Sir, sie ist eine Viscountess!", widersprach der verwirrte Bräutigam, seine Stimme hob sich in einem Anflug von Panik.

„Ja, und sie hat Euch gewählt." Als er sah, dass sein

Protegé nicht überzeugt war, fügte er hinzu: „Nehmt es Euch nicht so sehr zu Herzen, mein Sohn. Ich glaube, die meisten glücklich verheirateten Männer fühlen sich zu der einen oder anderen Zeit ihrer Frau unwürdig. Erlaubt es Euch, glücklich zu sein. Ihr habt Euch das Recht dazu ebenso verdient wie irgendein Mann, den ich kenne."

Pickett seufzte. „Vielen Dank, Sir."

„Und jetzt", sagte Mr. Colquhoun und warf einen Blick auf die Tür, „wenn mich meine Ahnung nicht trügt, habt Ihr und Eure Frau viel miteinander zu besprechen, also werde ich Euch dem überlassen. Oh, und beeilt Euch nicht, zurück zur Bow Street zu kommen, wohlgemerkt! Ganz davon abgesehen, dass Ihr noch längst nicht wieder genesen seid, befindet Ihr Euch schließlich in den Flitterwochen."

Mit diesem Partherschuss drehte der Richter sich um und ging die Treppe hinab, um es Pickett zu überlassen, der Frau gegenüberzutreten, die er entgegen aller guten Absichten in einer unabsichtlich geschlossenen Ehe gefesselt hatte. Er stellte fest, dass sie immer noch am Tisch saß und ihn mit einem rätselhaften kleinen Lächeln betrachtete.

„Nun, John?"

„Was habt Ihr eben damit gemeint, dass es keine Annullierung geben kann?", wollte Pickett wissen, und nahm den Stier einfach bei den Hörnern. „Wolltet Ihr sagen, dass ich ... dass Ihr ... dass wir ..."

„Erinnerst du dich wirklich nicht?", fragte Julia.

„Wirklich, ich weiß kaum, ob ich belustigt oder beleidigt sein soll."

Pickett runzelte nachdenklich die Stirn und erinnerte sich an den besonders lebhaften Traum, den er in der vergangenen Nacht gehabt hatte. „Ich erinnere mich ein wenig. Ich dachte, ich hätte es geträumt. Es wäre nicht das erste Mal gewesen", gestand er verlegen.

„Nein, mein Liebster, es war ganz real."

Er ließ sich auf seinen Stuhl fallen, stützte die Ellbogen auf den Tisch und ließ den Kopf in die Hände sinken. „Oh, Mylady", stöhnte er. „Es tut mir so leid!"

Ihr Lächeln schwand. „Wirklich? Und ich hatte mir geschmeichelt, dass es dir gefallen hätte."

„Es tut mir nicht meinetwegen leid", sagte er hastig. „Wie könnte ich das Beste bedauern, das mir jemals passiert ist? Aber ich dachte, ich müsste sterben. Ich wusste nur, was ich wollte; ich hatte keine Gedanken an das, wovon ich wusste, dass es meine Pflicht war. Mylady, warum habt Ihr mich nicht davon abgehalten?" Eine neue und schreckliche Möglichkeit kam ihm in den Sinn. „Ich habe doch nicht – ich habe mich Euch doch nicht aufgezwungen?"

„Überhaupt nicht", versicherte sie ihm. „Tatsächlich warst du äußerst galant und hast mir jede Gelegenheit gelassen, meine Meinung zu ändern. Was das sich Aufdrängen angeht, nun, zu so etwas bist du überhaupt nicht fähig."

Ihre Wortwahl war vielleicht unglücklich angesichts der Zweifel, die der Antrag auf Annullierung kürzlich an seiner Männlichkeit geäußert hatte. „‚Nicht fähig‘, Mylady?"

Sein früheres Entsetzen machte einer fast komischen Bestürzung Platz, und sie erkannte, dass die Forderungen der Annullierung in Verbindung mit seiner eigenen mangelnden Erfahrung ihn mit einem tiefen Mangel an Vertrauen in Bezug auf eheliche Beziehungen zurückgelassen hatten. Es würde ihre Pflicht und ihr Privileg sein, ihn über diesen Punkt zu beruhigen.

„Ich habe nur gemeint, dass du nicht zu der Art von Brutalität fähig bist, die man braucht, um sich einer Frau gegen ihren Willen aufzudrängen. Was das rein Technische angeht, kann ich dir versichern, dass alle deine Körperteile in gutem Zustand sind und funktionieren und mit etwas Übung alles sicher großartig machen werden." Als er über die Bedeutung dieser Ankündigung nachdachte, fügte sie in ernsthafterem Ton hinzu: „Es sei denn – John, haben sich deine Gefühle geändert?"

„Nein!", rief er aus, entsetzt über die bloße Idee. „Wie könnt Ihr so etwas denken? Ihr müsst wissen, dass es im Leben für mich kein größeres Glück geben könnte, als Euch zur Frau zu haben! Aber von dem Moment an, als ich von unserer Ehe erfuhr, war ich entschlossen, Euch nicht an eine Beziehung zu binden, die Ihr *unmöglich* wollen könnt!"

„Kann ich nicht? Du unterschätzt dich beträchtlich, mein Lieber."

Er holte tief Luft. „Mylady, es gibt Dinge, die Ihr nicht über mich wisst – abgesehen von dem offensichtlichen Standesunterschied. Foote hat mich einen Taschendieb genannt und damit nichts als die Wahrheit gesagt."

„Oh, ich weiß alles darüber", sagte Julia und wehrte Picketts unehrenhafte Vergangenheit mit einer Handbewegung ab.

„Tatsächlich?"

„Ich habe gesehen, wie du mit einer Haarnadel Schlösser knackst", erinnerte sie ihn. „Ich hielt es für unwahrscheinlich, dass du eine solche Fähigkeit von Mr. Colquhoun gelernt haben könntest. Tatsächlich hat er es mir vor Monaten erzählt, als wir in Schottland waren. Ich muss jedoch gestehen, dass mich deine Vergangenheit weniger interessiert als deine Zukunft."

„Mylady, seid Ihr sicher, dass Ihr das wollt?" Er war entschlossen, sie auf seine eigene Unzulänglichkeit aufmerksam zu machen, stand auf und breitete seine leeren Hände aus. „Ich kann Euch nichts von all den Dingen geben, an die Ihr gewöhnt seid."

„Ich hatte eine Fülle von ‚Dingen', John", sagte sie mit einer Spur der alten Bitterkeit. „Im Allgemeinen finde ich sie stark überbewertet."

„Ich habe Euch überhaupt nichts zu bieten", beharrte er.

„Nichts außer dir selbst, vielleicht, und das ist alles, was ich will."

Wie um alles in der Welt, fragte er sich, sollte man bei einer solchen Frau edel und aufopferungsvoll bleiben? „Mylady ..." Er schüttelte verwirrt den Kopf. „Was habe ich jemals getan, um Eure Liebe zu verdienen?"

„Es ist nicht was du *getan* hast, John, es ist was du *bist*."

„Ein Dieb, ein Taschendieb?", fragte er zerknirscht.

Sie lächelte ihn zärtlich an. „Unter anderem."

„Das mögt Ihr jetzt so sehen, aber früher oder später werdet Ihr den Verlust Eurer Freunde, Eures Platzes in der Gesellschaft, bereuen. Wenn ich glauben dürfte, dass Ihr wirklich glücklich mit mir sein könntet ..."

„Als ich frisch mit Frederick verheiratet war", sagte sie mit großer Nachdenklichkeit, „hätte mich jemand gefragt, hätte ich geschworen, dass wir für den Rest unseres Lebens unglaublich glücklich sein würden. Du weißt, wie das ausging. Ich bin jetzt älter und klüger und weiß, dass es keine Garantien gibt. Ich kann dir nicht versprechen, dass ich immer glücklich sein werde, dass es niemals einen Augenblick des Bedauerns geben wird. Aber wenn mich die letzten Monate eines gelehrt haben – in der Tat hätte die vergangene Woche allein ausgereicht, um es mir klarzumachen, hätte ich es nicht bereits verstanden gehabt! – wenn ich mir nur über eines völlig sicher bin, dann, dass ich ohne dich todunglücklich wäre."

Es war ein unwiderlegliches Argument, denn er hatte die gleichen Monate voller Unglück durchlebt. Es gab noch eine weitere Frage, die er stellen musste, ein Detail aus dem Traum, der kein Traum gewesen war, das im harten Tageslicht noch unglaublicher schien als alles andere. „Mylady, habt Ihr wirklich eine Locke von meinem Haar an Eurem – an Eurem …" Er machte eine vage Handbewegung in Richtung ihres Busens.

Sie stand auf und legte ihre Hand auf seine Brust. „Ich habe eine Locke deines Haares auf meinem Herzen getragen, John. Wie ich dir gestern Abend sagte, ich fürchtete, es könnte alles sein, was mir von dir bliebe."

Die Welt mochte verrückt geworden sein, aber hierauf zumindest wusste er zu antworten. Mit dem erleichterten Seufzer eines Mannes, der einen ungleichen Kampf aufgibt, nahm er sie in die Arme und küsste sie ausführlich, und plötzlich erschien die Vorstellung einer Ehe zwischen ihnen nicht nur möglich, sondern als die natürlichste Sache der Welt. Am Ende dieser angenehmen Übung hob er den Kopf und richtete sich zu seiner vollen Größe auf.

„‚Großartig', sagtest du?" Ein selbstgefälliges kleines Lächeln umspielte seinen Mund.

„Mit etwas Übung", erinnerte sie ihn. Selbstbewusstsein war schön, aber es wäre nicht gut, ihn zu bald selbstzufrieden werden zu lassen.

„Ich verstehe." Er rieb sich sein Kinn und dachte über die

in diesen Worten liegende Kritik nach. „Und hat Mylady irgendwelche Vorschläge, wo ich diese Übung erwerben könnte?"

Sie lächelte ihn verschmitzt an. „Mylady nicht, aber Mrs. Pickett hat jede Menge Ideen."

„In diesem Fall", sagte er, verneigte sich tief aus der Taille und bot ihr seinen Arm an, „Mrs. Pickett, würdest du mir die Ehre erweisen?"

„Ach, Mr. Pickett, ich dachte, du würdest niemals fragen!"

Sie legte ihren Arm äußerst förmlich auf seinen und zusammen betraten sie das Schlafzimmer und schlossen die Tür hinter sich.

SHERI COBB SOUTH

ICH SEHE DICH IN MEINEN TRÄUMEN
Eine John Pickett Kurzgeschichte
von
Sheri Cobb South

John Pickett erwachte mitten in der Nacht abrupt mit einem leichten Schmerz im Kopf und einem Gefühl der Panik im Herzen. Langsam – fast widerwillig, als hätte er Angst davor, was er sehen oder nicht sehen könnte – hob er sich auf einen Ellbogen und drehte den Kopf.

Sie war neben ihm im Bett, genau wie die letzten zwei Nächten – oder waren es drei? Das spielte eigentlich keine Rolle; wichtig war nur, dass sie hier war.

Er hatte nicht zu lange gewartet.

Mit einem Seufzer der Erleichterung strich er sich die braunen Locken aus den Augen, schob den geflickten und verblassten Bettüberwurf beiseite und glitt unter der warmen Decke hervor. Die Nächte waren so früh im März noch frisch und das kleine Schlafzimmer war ziemlich kalt, doch Pickett nahm keine Notiz davon. Er lief barfuß durch den Raum, wo

326

eine große schwarze Flasche auf der Kommode stand. Er öffnete die Flasche und tastete nach dem Löffel, von dem er wusste, dass er irgendwo hier liegen musste, zuckte aber zusammen, als seine Hand auf etwas stieß, das definitiv kein Löffel war. Was genau er berührt hatte, wusste er nicht; sein Schlafzimmer war plötzlich voller von weiblichen Wesen benötigten Gegenständen erfüllt, die es noch nie hatte beherbergen müssen.

Was auch immer es war, das Geräusch klang in dem ruhigen Raum unnatürlich laut.

„John?", rief eine schläfrige weibliche Stimme. Das Bettzeug bewegte sich, als sie sich im Bett aufsetzte, und obwohl der Raum zu dunkel war, als das er ihr Gesicht hätte sehen können, wurde ihr goldenes Haar doch von dem Strahl des Mondlichts, der durch den schmalen Schlitz zwischen Vorhang und Fensterrahmen schien, mit Silber übergossen.

„Liebling, hast du Schmerzen?"

„Ich wollte dich nicht wecken, Mylady", sagte er und drückte die schwarze Flasche schützend an seine Brust, als würde sie versuchen, sie ihm mit Gewalt abzuringen.

„Solltest du das Zeug so oft einnehmen? Der Arzt hat dich gewarnt, dass du nicht davon abhängig werden darfst, wie du weißt."

„Das kann er leicht sagen", murrte Pickett. „Es war nicht sein Kopf, der eingeschlagen wurde."

„Nein, und er würde es dir natürlich auch nicht

missgönnen – ebenso wenig wie ich – wenn die Schmerzen unerträglich sind. Aber ich dachte in den letzten Tagen, dass es besser würde. "

„Nun …" Eigentlich war es *viel besser*, aber er hatte Gründe dafür, auf das Laudanum zurückzugreifen, das der Arzt zur Verfügung gestellt hatte, Gründe, die wenig mit der Kopfverletzung zu tun hatten, die er im Verlauf einer Ermittlung der Bow Street erlitten hatte, die furchtbar schiefgegangen war.

Das Bettzeug raschelte erneut, als sie aus dem Bett stieg und durch den Raum dorthin ging, wo er stand. „Warum brühe ich dir nicht eine Tasse Weidenrindentee auf?", schlug sie vor, und das Nächste, was er bemerkte, war, wie die Flasche ihm sanft, aber bestimmt aus der Hand genommen und wieder auf die Kommode gestellt wurde.

„Wenn es nicht hilft, kannst du das Laudanum nehmen und ich werde kein Wort sagen."

Sie hatte ihn erwischt, dachte Pickett bitter. Wenn er protestierte, würde er nur ihren Verdacht bestätigen, dass er süchtig nach dem Zeug geworden wäre. Und er nahm an, dass dem so war, doch nicht in der Art, wie sie glaubte.

Sie deutete sein Schweigen als Zustimmung, öffnete die Schlafzimmertür, blieb gerade lange genug stehen, um ihren Morgenrock von einem Haken zu nehmen, steckte die Arme durch die Ärmel und schlang den Gürtel um ihre schlanke Taille, bevor sie durch die Tür in das vordere und etwas größere Zimmer der beiden Räume ging, aus denen seine Wohnung bestand. Sie blieb vor dem Kamin stehen, schnappte sich den Schürhaken und erweckte das Feuer wieder zum Leben, sodass es den Raum schwach mit flackerndem orangefarbenem Licht beleuchtete.

„Nein, Mylady, das solltest du nicht tun", protestierte er, als sie einen ziemlich verbeulten Kupferkessel zur Hand nahm, der den letzten Rest des Wassers enthielt, den seine Wirtin, Mrs. Catchpole, immer am Vormittag heraufbrachte.

„Ich kümmere mich darum."

„Eigentlich bin ich ziemlich stolz darauf, dass ich weiß, wie es geht." Sie gab ihm den Kessel nicht, sondern hängte ihn an den Arm des Krans, der auf einer Seite der Feuerstelle befestigt war, und schwang dann diesen Arm mithilfe eines zweizackigen Metallstabs über das Feuer, als hätte sie nie ein Haus voller Diener gehabt, die solche banalen Aufgaben für sie erledigten.

Sie drehte sich um und sah ihn mit einem ziemlich selbstzufriedenen Lächeln an. „Du wärest über einige der Dinge, die ich in der letzten Woche getan habe, überrascht."

„Du hast mich geheiratet", sagte er. „Danach überrascht mich nichts mehr."

Das stimmte nicht ganz. Noch, als er die Worte sagte, erwartete ein Teil von ihm, dass sie ihn anschauen würde, als hätte er den Verstand verloren und zu wissen verlangen würde, wovon er um Himmels willen redete.

Aber nein. „Warum ziehst du dich nicht an, während das Wasser heiß wird?", schlug sie vor. „Nicht, dass ich gegen deinen Anblick etwas einzuwenden hätte, wohlgemerkt, aber wir wollen doch nicht, dass du dir jetzt nach allem noch durch die Kälte den Tod holst."

Er ging ins Schlafzimmer, zog Hemd und Kniehosen an und warf einen verstohlenen Blick auf die Kommode. Die schwarze Flasche war verschwunden; anscheinend hatte sie sie mitgenommen. Er kehrte in das andere Zimmer zurück und stellte fest, dass sie etwas, das aussah wie getrocknete Blätter und Zweige eine angeschlagene Teetasse abmaß.

„Ich frage mich, ob der Weidenrindentee schmackhafter sein könnte, wenn ich ihm etwas von meinem eigenen Orange Pekoe hinzufüge", bemerkte sie. „Was meinst du?"

Pickett hätte viel lieber ein oder zwei Löffel Laudanum hinzugefügt, aber er wusste es besser, als dieses Gefühl laut auszusprechen. Er gab ihr eine unverbindliche Antwort und setzte sich an den Tisch, von wo aus er den Rand der Gardine zurückschob, um auf die Straße hinabzublicken. Eine Bewegung in der Dunkelheit fiel ihm ins Auge und er stand auf und drückte sein Gesicht gegen das Glas, um besser sehen zu können. Unterhalb und rechts von ihm bewegte sich eine gebeugte Gestalt direkt unter dem Schlafzimmerfenster – und Pickett wusste, dass sich direkt unter seinem Schlafzimmerfenster der Eingang zu Mrs. Catchpoles Laden befand.

Jemand versuchte, die Tür aufzubrechen.

Der Schmerz in seinem Kopf war vergessen, als er in das Schlafzimmer zu der Kommode eilte, doch diesmal war es nicht die verlockende schwarze Flasche, die er suchte. Stattdessen zog er die unterste Schublade auf und nahm eine Pistole heraus.

Julia erschien in der Tür. „John? Was hast du vor – *John!*", rief sie aus und riss die Augen angesichts der Waffe in seiner Hand weit auf.

„Jemand versucht, in den Laden einzubrechen", erklärte er ihr.

„Aber Liebling, du kannst nicht – es geht dir noch nicht gut!"

„Ich lebe seit fünf Jahren unter Mrs. Catchpoles Dach, Mylady", sagte er. „Während all der Zeit hat sie meine Mahlzeiten gekocht, meine Kleider gewaschen, versucht, mich mit ihrer Nichte zu verheiraten …"

„Was versucht?", wiederholte Julia, die über dieses Beispiel der zahlreichen Tugenden seiner Wirtin nicht erfreut war.

„Ich kann hier nicht sitzen und so tun, als ob ich nicht wüsste, was passiert", schloss er.

„Aber …"

„Hier." Er nahm ihre Hand und schloss ihre Finger um den gebogenen Holzgriff. „Gib mir Deckung."

„Ich habe noch nie in meinem Leben eine Waffe abgefeuert!"

„Du musst sie nicht abfeuern – in der Tat wäre es mir viel lieber, du würdest das nicht tun – aber du kannst damit drohen, wenn es nötig werden sollte. Ich bezweifle, dass unser Freund dort unten das Risiko eingehen will."

Ohne auf eine Antwort zu warten, drehte er sich zum Fenster, drückte den Flügel auf und streckte den Kopf hinaus, dann ließ er sich vorsichtig über das Fensterbrett fallen, wobei die langen Schöße seines Hemdes hinter ihm flatterten wie das Gewand eines Racheengels. Er landete auf dem mutmaßlichen Einbrecher und stieß ihn zu Boden. Die beiden rollten vor und zurück, zuerst einer oben und dann der andere, bis es dem Bösewicht endlich gelang, eine Handvoll Picketts Haar zu greifen. Er zog, und Pickett, blind vor Schmerz, lockerte seinen Griff für den Bruchteil einer Sekunde – woraufhin sein Gegner unter ihm hervorkam und wegrannte. Als Pickett die flüchtende Gestalt erblickte, als sie unter einer fernen Straßenlaterne vorbeikam, stellte er überrascht fest, dass er nicht mit einem erwachsenen Mann, sondern mit einem Jungen, der nicht älter als zwölf Jahre alt sein konnte, gerungen hatte – obwohl etwaige Schuldgefühle, die er wegen seiner so rauen Behandlung eines Kindes vielleicht hätte haben können, durch den erneuten Schmerz in seinem Kopf vertrieben wurde. Er atmete ziemlich schwer, setzte sich auf und versuchte nachzuprüfen, ob sich die Stiche in seiner Kopfhaut während des Kampfes gelöst hatten. Es gab keine Anzeichen von Blutungen oder andere Hinweise darauf, dass sich seine Verletzung verschlimmert hatte, daher stand er mit einem Seufzer der Erleichterung unsicher auf. Er tastete über den Türrahmen nach dem Schlüssel, den Mrs. Catchpole für ihn dort aufbewahrte, falls er einmal zu später Stunde nach Hause kommen sollte, dann ließ er sich in den dunklen Laden ein, verschloss die Tür wieder hinter sich und stieg die Treppe zu seiner Wohnung hinauf.

„Er ist entkommen", grummelte er, als Julia die Tür weit aufstieß, um ihn einzulassen. „Ich hätte ihn erwischt, wenn ich nicht noch so schwach wie ein Kätzchen wäre …"

„John Pickett!", unterbrach sie ihn, schloss die Tür hinter sich und drehte sich um, um ihn mit blitzenden Augen und in die Seite gestemmten Armen zu mustern. Er fragte sich flüchtig, was sie mit der Pistole gemacht hatte, aber als er den Ausdruck auf ihrem Gesicht sah, war er nur froh, dass sie sie nicht auf ihn gerichtet hielt.

„Jeder, der in der Lage ist, aus einem Fenster im Obergeschoss zu springen, um mit einem Einbrecher zu ringen, kann mit Sicherheit die Nacht überleben, ohne auf Laudanum zurückzugreifen!"

Er sah sich hastig im Raum um und fürchtete einen Moment, dass sie die Flasche in einem Anfall plötzlicher Gereiztheit zerstört haben könnte. Aber nein, da stand sie auf dem Kaminsims und lockte ihn. Alles, was er tun musste, war an Julia vorbeizukommen – obwohl angesichts des Ausdrucks in ihren Augen jeder solche Versuch leichter gesagt als getan wäre, selbst ohne eine Pistole in ihrer Hand. Er ließ sich in den Stuhl fallen, von dem er sich vor Kurzem erhoben hatte, stützte die Ellbogen auf den Tisch und vergrub den Kopf in den Händen.

„Nein, Mylady – verlange das nicht von mir – ich kann nicht …" Er sah aus gequälten Augen zu ihr auf.

„Bitte – ich – ich kann nicht …"

Dann kam sie zu ihm und schob einen seiner Arme beiseite, damit sie sich auf seine Knie setzen konnte, und fragte leise: „Warum kannst du nicht, Liebling?"

„Weil …" Er zögerte einen Moment und suchte nach Worten, um seine größte Angst in Worte zu fassen.

„Weil – wenn der Nebel sich hebt – wenn ich zulasse, dass er sich auflöst – könnte ich erwachen und mich allein wiederfinden und erkennen, dass dies alles nichts war als ein durch das Opium hervorgerufener Traum. Und ich glaube nicht, dass ich das ertragen könnte."

Sie musste ein wenig über seine Furcht lächeln, denn sie wusste, dass sie unbegründet war. „Noch nie hat meinetwegen sich jemand entschlossen, zum Opiumesser zu werden, und obwohl ich nicht leugnen kann, dass es schmeichelhaft ist, hätte ich dich lieber nüchtern." Sie legte ihre Arme um seinen Hals und streichelte die verworrenen braunen Locken, die ihm über die Schultern hingen. „Du träumst nicht, John. Ich bin hier und ich bin deine Frau – und ich werde morgen und übermorgen und überübermorgen hier sein. Und", fügte sie beinahe heftig hinzu und legte ihre Hände um sein Gesicht, „ich werde dich so sehr und so von ganzem Herzen lieben, dass du eines Tages aufhören wirst, dich darüber zu wundern."

„Ich werde nie aufhören, darüber zu staunen ..." Er kam nicht weiter, denn sie brachte ihn zum Schweigen durch das einfache Mittel, seinen Mund mit ihrem zu bedecken.

„Aber verstehst du das nicht?", beharrte er, als sie sich endlich voneinander lösten. „Das ist genau so etwas, was du sagen würdest, wenn ich träumen *würde*. Und glaube mir, du bist mir oft genug in meinen Träumen erschienen, dass ich das weiß."

„*Wenn* du träumen würdest", wiederholte sie und änderte die Betonung leicht. „Hörst du was du sagst? Du weißt selbst, dass dies anders ist, dass es kein Traum ist."

„Vielleicht", sagte er zweifelnd. „Aber schließlich habe ich zuvor kein Laudanum genommen. Vielleicht liegt es daran."

„Mein armer Liebling, dein kluger Kopf ist völlig durcheinander, nicht wahr? Sagen wir einfach, wenn es ein Traum ist, dann träume ich ihn auch – und in diesem Fall möchte ich auch nicht aufwachen. Also tun wir es einfach nicht." Sie glitt von seinen Knien und ergriff seine Hand. „Lass uns wieder ins Bett gehen, ja?"

Ins Bett. Sie hatte nicht gesagt, dass sie *schlafen* gehen sollten, und das hob seine Stimmung etwas. Er erhob sich und mit einem letzten unsicheren Blick auf die schwarze Flasche auf dem Kaminsims erlaubte er ihr, ihn wieder ins Schlafzimmer zu führen.

* * *

Als er wieder erwachte, lag das Zimmer im Sonnenlicht. Sein Kopf schmerzte leicht, aber sein Verstand war klar – klarer, als er seit Tagen gewesen war, seit er auf der Flucht aus dem brennenden Drury Lane Theater auf den Kopf geschlagen worden war.

Langsam – fast widerwillig, als hätte er Angst davor, was er sehen oder nicht sehen könnte – hob er sich auf einen Ellbogen und drehte den Kopf.

Und da war sie.

Anmerkung der Autorin

Das Königliche Theater in der Drury Lane brannte in der Nacht des 24. Februar 1809 wirklich nieder. Die Ursache des Feuers wurde nie entdeckt, aber es gibt über das Ereignis einen charmanten Bericht von Richard Brimsley Sheridan – Dramatiker, Abgeordneter und Manager des Drury Lane Theaters –, der aus einem nahe gelegenen Kaffeehaus das Feuer beobachtete. Als seine Freunde ihn drängten, nach Hause zu gehen, soll er gesagt haben: „Kann ein Mann nicht ein Glas Wein an seinem eigenen Herdfeuer genießen?"

Als ich für dieses Buch über das Feuer recherchierte, machte ich eine höchst unwillkommene Entdeckung: zu diesem Zeitpunkt war das Theater völlig leer gewesen. Während der Fastenzeit wurden nur wenige Vorstellungen gegeben und an diesem Abend hatte keine Aufführung stattgefunden, nicht einmal eine Probe. Nun, ich bin mir sicher, dass dies eine sehr gute Nachricht für alle Menschen gewesen sein muss, die normalerweise im Theater gewesen und somit in Gefahr geraten wären, aber für einen Roman ist das langweilig. Für diese Geschichte habe ich es mir also zur Aufgabe gemacht, das Theater bis zum letzten Platz zu füllen und eine Inszenierung von Händels Oratorium *Esther* anzusetzen. Abgesehen von der Tatsache, dass dieses besondere Stück in der Fastenzeit häufig aufgeführt wurde, machte das romantische Duett zwischen Esther und dem König die Wahl leicht.

Und jetzt muss ich ein Geständnis machen. Als ich anfing, diese Serie zu schreiben, ging ich davon aus, dass sie enden würde, sobald die romantische Beziehung zwischen John Pickett und Lady Fieldhurst geklärt wäre. Aber jetzt, da ich an diesem Punkt angelangt war, beschloss ich, dass eine Ehe, die so ungleich war wie diese, es verdient hatte, weiter verfolgt zu werden. Wenn Sie diese Worte lesen, werde ich das sechste Buch der Reihe fertiggestellt haben, in dem sich Pickett seiner bislang größten Herausforderung stellt: der Begegnung mit seinen Schwiegereltern.

Über die Autorin

Sheri Cobb South ist die preisgekrönte Autorin von mehr als zwanzig Romanen, darunter die John Pickett Krimireihe sowie mehrere Regency-Liebesgeschichten, zu denen das von der Kritik hochgelobte *The Weaver Takes a Wife* gehört. Die in Alabama geborene Sheri, die dort auch lange Zeit wohnte, zog vor Kurzem mit ihrem Mann nach Loveland, Colorado und hat jetzt aus dem Fenster ihres Arbeitszimmers einen atemberaubenden Blick auf Long's Peak. Wenn sie nicht schreibt, liest sie gern, macht Handarbeiten und singt im Kirchenchor. Sie ist auch ein Fan von alten Filmmusicals und BBC-Kostümdramen. Sheri hört gern von ihren Lesern und lädt Sie ein, ihr eine E-Mail an Cobbsouth@aol.com zu senden, ihre Autorenseite auf Facebook zu „liken" und / oder ihre Website unter www.shericobbsouth.com zu besuchen.